m

—————— 阅读之前 没有真相

午 夜 文 库

深宫女捕快：
谁令骑马客京华

暗布烧 著

新 星 出 版 社　NEW STAR PRESS

谁令骑马客京华

世味年来薄似纱,谁令骑马客京华。
小楼一夜听春雨,深巷明朝卖杏花。

——宋 陆游《临安春雨初霁》

目录

1	序
3	第一章　女尸古井眠
49	第二章　金簪雪里埋
87	第三章　祸起鸡鸣寺
129	第四章　魂断梨香苑
161	第五章　公子露真身
209	第六章　归结风流债
265	尾声

序

正月初三，午后便变了天。

冬云乌沉沉地压着天空，大团大团白絮正孕育着一场暴雪。整个皇宫沉浸在庆贺除岁的热闹当中，无人注意到冷宫深院那一处偏僻的所在。

渡月轩，荒置已久。院墙内，地砖破损年久失修，枯叶满地无人打扫，几株槐树仿佛吸取了这院子的全部精气，长得参天。

"原来是你。约我来此，有甚勾当？"树影下，传来一名女子的窃窃低语。只见她二等宫女的打扮，穿一身银红撒花长棉裙，几乎及地的裙裾底下，一双团锦绣花鞋微微露出个尖儿来。

"把你手中的物什交出来便罢。"站在她对面的人道。

"什么物什？"宫女装作不知。

那人笑笑，只是看着她，目光中暗含着一丝狠厉。

"非礼勿视，非礼勿听，我是知道规矩的。"

"有些事情你知道得太多，有些又知道得不够。"那人掸了掸身上的尘土，"你可晓得这渡月轩的来历？"

这是宫里人人皆知的掌故。据传，渡月轩从前住过一位西域进贡的美人，颇受太祖皇帝宠幸，被封为昭仪。然而，怀胎五个多月，突然下腹剧痛，落红不止，一个成形的男胎被打下。皇帝震怒，下令彻查，却说是昭仪自行吃了家乡带来的茶果，那果子里掺了分量不轻的藏红花。昭仪悲痛欲绝，日日以泪洗面，精神恍惚，渐渐变成了一个疯妇。一日，昭仪突然穿戴齐整，吃罢早饭，慢悠悠来至院中的一口井边，念了一句"世味年来薄似纱，谁令骑马客京华"。念罢，纵身投入井中，香消玉殒。

"那都是前尘旧事，提它作甚？"

"你只知太祖皇帝的昭仪死于此井，却不知在前朝时期，此井亦是不祥的所在。"

宫女回首瞥了一眼那口古井，道："有何不祥？"

"太祖皇帝率领兵马攻入皇宫时，遍寻不着前朝皇帝的踪影。来至此处，见一众宫女太监围着古井哀哀哭泣，往里面一瞧，却见前朝皇帝已投井而亡。"那人笑道。

"竟……还有此等事？"

"此乃前朝秘事，宫中知晓者自然不多。"

"你今日为何说与我知？"宫女的脸色渐渐惨白。

"因你已活不过今日。"

"你……"宫女挪动莲步，悄然往后退去。

"若能交出那件物什，或还能留你一条性命。"那人步步紧逼，已将宫女逼迫至古井边。

"我虽蠢笨，亦知物证在手，方有活路。若交予你……"

忽然，一阵狂风大作，皇宫内的门窗都被吹得噼啪乱响。在这嘈杂喧嚣的轰鸣中，那一声女人的尖叫已湮没不闻。

第一章　女尸古井眠

1

"啊……痛，痛煞本宫……"红纱帐里，一声声凄厉的哀嚎传来。

辰正一刻，怡春宫的暖阁里，宫女太监和老嬷嬷全都跪拜在地。有俯身祷告的，有痛哭流涕的，亦有贼眉鼠眼四处张望的。正在纱帐内疼痛翻滚的是沈婕好娘娘，如此哭天抢地，似鬼魅般哀号，已有一顿饭的工夫。

"下来了……不好，这许多的血……"跪在纱帐里的贴身宫女巧凤喊道。

"太医呢？"

"穆太医在外面候着呢。"

"快请进来。"

打开帘子，从门外躬身走进来一个医官，一身青色祥云暗纹蟒袍，右手拎着一只医箱。来至近前，跪在纱帐旁边，道："请婕好娘娘脉。"

一截玉臂从帐子里横摆出来，旁边的嬷嬷忙盖上一块茜色帕子。穆太医抬手轻按其上，悉心诊脉。巧凤不由得细细打量这位年轻的太医，只见他二十五六岁，生得颇为白净，面色如涂了脂粉，一双浓黑飞扬的剑眉下，黑曜石般的眼睛炯炯有神。

"穆太医，娘娘如何了？"

"胎儿已落，娘娘暂无性命之虞。"穆太医低沉道。

"啊……"只听得帐中传来婕好娘娘哀恸之声，又是悲伤又是庆幸。

"微臣这就去开一剂止血补气的方子,快快熬炖了为娘娘服下。"说罢,穆太医起身。

"等一等。"突然,从门外传来一个尖利的声音。须臾,一个穿着暗红色圆领蟒袍的老太监大摇大摆地从门帘处走入,身后跟着一个肤色白皙、眉清目秀的小太监。他行至床榻前,跪下恭恭敬敬地请了安,然后,又踱步至暖阁中央,大声宣告道:"老奴奉皇后娘娘懿旨,前来查问婕妤娘娘小产之事。"

"快,快跟上。"小太监在前面脚步匆匆,一面走一面催促。

身后传来嘈嘈切切的脚步声。一名看着只有十七八岁的宫女,鹅蛋脸,尖翘鼻梁,穿一身绛紫色团花长棉裙,踩着小碎步使劲跑。

"公公,这是要去哪里?"

"怡春宫婕妤娘娘那儿……"

"婕妤娘娘?我早晨刚去伺候过汤药,出了什么事?"

然而,小太监并不答话,往前转过一条窄巷,便径直走入了怡春宫的大门。

小宫女疾步跟上,却迎面撞上了一个穿青色宫衣的小太监。"哗啦"一声,一个布包被撞落在地上,露出些散碎的物件。小太监慌得俯身扑倒,忙不迭地将那些东西都收拢,一声不吭地跑出了大门。

这时,前面带路的太监已经走入了东暖阁,打了个千儿,道:"李公公,尚食局司药房的宫女欣媚到了。"

欣媚一进东暖阁,便见屋里黑压压地站满了人,忙跪下来行礼。眼梢悄悄环伺四周,见太医院的穆宏亦站在床榻前,心里方定了定神,向对方投去询问的目光。然而,穆宏只是垂手侍立,并无回应。

被称为李公公的是大内总管太监李秀英,年近花甲,在宫中颇有威望。听到小太监的禀报,他居高临下地看了一眼欣媚,缓缓开口道:"你便是负责婕妤娘娘汤药的宫女?"

"是,奴婢是尚食局司药房的三等宫女,叫作欣媚。"

"今儿早晨是你给婕妤娘娘送的汤药?"李公公的声音又尖又细,仿佛一根快要崩断的琴弦在艰难地拉着。

欣媚磕了个头,道:"是,婕妤娘娘怀胎五月,司药房每日按太医院的方子为娘娘抓药、煎药,再送到怡春宫来。"

"必是这司药房搞的鬼!婕妤娘娘喝了那碗汤药,便腹痛难忍,遂致小产。"沈婕妤的大宫女巧凤竖起两道柳叶眉,恶狠狠道。

小产?欣媚心里一咯噔,立即意识到事态严重。她抬眼又看了看穆宏,只见对方轻轻摇了摇头,示意她不要多言。

李公公抬起手,褶皱的面皮上堆起虚假的笑意,对巧凤道:"你且把婕妤娘娘小产前后的事,再详细说一遍。"

巧凤施了个礼,面色郑重,说道:"婕妤娘娘一向起得早。今日亦是卯正三刻便起来了。用罢早饭,娘娘在小院中走了一会儿,身子十分健朗,毫无异样。大概辰时初刻,司药房的这个小宫女欣媚端来了一碗保胎的汤药。娘娘一尝,便觉得比平日的要苦些,但欣媚一味劝娘娘要趁热喝干了才好。娘娘勉强吃了半碗,只说去床上歇一会儿再服。谁知,刚躺下不到一盏茶的工夫,便觉腹痛难忍,下身还见了红。请了太医院的这位穆太医来瞧,竟说娘娘有滑胎之症……"

"穆太医,你来说说如何为婕妤娘娘诊治的?"李公公又发话。站在他身边的那个白面小太监抿着唇,目光如同一汪深潭,专注地看着穆宏。

穆宏作了个揖,面色凝然道:"婕妤娘娘的胎本是太医院令孙守诚大人看顾的,怎奈今日一早皇后娘娘传召孙大人,微臣便斗胆来为婕妤娘娘诊治。方才,微臣已命小太监去取了娘娘的医案来看,见娘娘乃先天禀赋不足,肾气未充,因而日日都是服用益血补肾之方养胎,并无错处。然而,微臣今日诊娘娘的脉息,却像是经历了肾气的大亏耗,导致精血无法固养胎儿。如若不落胎,必会伤了娘娘的性命。因而,微臣便施针足太阴、手阳明等穴,助胎儿落下。目前,娘娘性命已无忧矣。"

这时,李公公身边的白面小太监微微向前一步,眉眼间有精光闪过:"巧凤姐姐方才说,婕妤娘娘只吃了半碗汤药,不知剩下的半碗在何处?"

"有。"巧凤忙命小宫女去小厨房将那半碗汤药端来。

白面小太监眯着眼睛,笑道:"可否请穆太医看看,这碗汤药里面有没有甚古怪?"

欣媚心下暗自忖度,这个小太监为何如此得脸,竟越到李公公的前头指手画脚起来。穆宏却不动声色,只端起那碗汤药看了看,又凑到跟前嗅了嗅,突然锁紧了眉头。

"这汤药……"欣媚狐疑起来,穆宏向来稳重,为何此刻却露出如此可怖的表情。

穆宏沉吟半响,跪在地上磕了个头,道:"启禀婕妤娘娘,此汤药中应该是被人加入了红花。"

"红花?这不可能。"欣媚几乎跳脚,指着穆宏嚷道,"穆太医说话可要仔细。婕妤娘娘汤药里的每一味药材,都是由司药房的王尚宫亲自核验过的,怎么可能加入红花?"

"放肆!"李公公大喝一声,两个小太监便将欣媚反剪双手,按倒在地。

"李公公,求您明察。我司药房乃是侍奉娘娘们汤药的重地,一向勤谨恭顺,不敢有一丝懈怠。这汤药里绝不可能有红花,司药房不受这冤枉!"欣媚使劲挣扎,将按住她的两个小太监拉扯得东倒西歪。

白面小太监嘴角含着一缕淡淡的笑意,一对乌沉沉的眸子不住地看着她。

这时,穆宏扬起脸,神色肃然道:"这红花应该不是煎药之时加入的。李公公请看,碗底有零星几根红色枝叶,那便是致人滑胎的红花了。如若是煎药时加入,司药房必然已经拿筐子筛过,不可能还留下如此明显的残渣。"

"穆太医的意思,这红花是汤药拿到怡春宫中之后,才被人加入的?"白面小太监问道。

"应是如此。"

李公公挥了挥手,示意两名小太监将欣媚松开。阴鸷的目光在众人脸上逡巡,最终又落在了欣媚的身上。"这汤药端进怡春宫之后,都经过哪些人之手?"

欣媚细细回忆:"奴婢在司药房将汤药碗放入一个朱漆描金八宝食盒中送至怡春宫。然而,婕妤娘娘喝药有个规矩,每每必要将汤药倒入皇上御赐的一只八仙莲花白瓷碗中……"

"那一定是浪花做的,每回都是由她将食盒拎至小厨房。"巧凤突然嚷道,"她把汤药倒入白瓷碗时,就有机会放入红花。"

"快将那奴才带上来!"李公公断喝道。

不一会儿,两个小太监便将那名叫作浪花的宫女连拖带拉地拽了上来。浪花显然也明白自己摊上了什么事,脸色惨白、泪水涟涟,哭喊道:"娘娘,奴婢没有放过什么红花,奴婢没有做过。"

这时,一名青色宫衣的小太监悄悄走到巧凤的身边,附耳低语,还递给她一个纸包。巧凤吊起眼角,瞪着眸子冷笑道:"还想抵赖?李公公,这便是从这个贱婢的枕头底下找到的醒醒之物!"

那个纸包在巧凤的手中被打开,里面露出一簇草药,红彤彤似鲜血,根根如针尖般分明。李公公瞟了一眼,便喊了声"作孽!"然后,令太医穆宏上前辨别。

"是红花没错。"穆宏欠身道。

"咳咳。"这时,沈婕好在帐中咳了两声,有气无力道,"浪花,本宫待你不薄,想不到你……"

"娘娘,奴婢没有做过啊!"浪花瘫软在地,不断地重复着这一句。

"哼,那日娘娘不过因打碎茶盏说了你几句,你便这般存心报复。你……真是好歹毒的心肠!"青衣小太监发话道。他的声音醇厚铿锵,令整个屋子都为之一颤。

这时,床帐缓缓拉开,露出沈婕好半个身子。只见她面容憔悴,气若游丝,两颊泛着不健康的红色,对着李公公略一欠身,道:"李公公,您是皇上和皇后跟前最得脸的人。今日,浪花所犯之罪实属本宫御下无方,说起来……本宫亦难辞其咎。还恳请李公公上覆皇后娘娘,念在浪花伺候我三年,赏她一个全尸吧。"

"不,不……娘娘,您不能这么对我。我为您当牛做马,您为何要这般害我?"浪花仍在号天哭地,两边的小太监已经上来拉人。

"浪花，娘娘已为你求情，放过你的家人。你还不知足吗？"青衣太监又开口喝道。

欣媚抬头看着这个太监，突然想起自己在哪里见过他。记忆的碎片在脑海中一块块拼凑起来，渐渐变成了一幅完整的图景。

李公公拉长了细细的嗓门儿，叫道："婕妤娘娘请放心，奴才这就去回皇后娘娘。来呀，将这奴才拖去内侍监严刑审问。"

"且慢。李公公，此事另有蹊跷，切莫草菅人命。"

2

故事回到卯时初刻。

报夜更鼓已尽，漆黑的夜色透出一点鱼肚白来。落了半夜的大雪已停了。此时正是值守宫门的侍卫交班时间，永巷里开始有人走动，沉寂一夜的皇宫稍微活泛起来。

顺着宫墙，一个黑影悄悄来到渡月轩的门前。还未等叩门，那红漆剥落的门便从里面"嘎吱"打开半扇，一只纤纤细手伸出，将来人拉入院内。

"讨厌，哥哥怎的才来？让奴家等得好心焦。"站在院内的女子一身宫女打扮，娇滴滴地嗔怪道。

"我的心肝，这不是要等着交班嘛。心哪里焦了？让哥哥好好给你揉揉。"穿着侍卫衣裳的男子笑呵呵地将女子搂入怀里，亲了个嘴儿。

"我的哥哥，这是什么话？难道就你要交班？奴家一会儿还得去伺候淑妃娘娘起床梳洗，可等不得那么会儿工夫。"这个宫女看起来约二十出头年纪，姿容普通，噘着嘴一副撒痴撒娇的模样。

"罢了罢了。今日哥哥我快些儿吧。"侍卫拉着女子就往东边的厢房走去。

"说起来,咱也得去寻寻门路,找个轻省又有油水的好差事。淑妃娘娘虽然好性儿,但没什么恩宠。在她那里服侍的人又多老迈,只有恁几个年轻的,缠得你几时都不得空儿。"侍卫说道。

二人走进一间厢房,里面倒是干净齐整,靠东的墙边摆着一张老旧的榉木雕花架床,上面铺了干净的被褥,显然二人来此干那营生已不止一两回了。

"奴家听说,明妃娘娘那里人多、清闲,赏赐还多。多少人都争着抢着想去呢。"宫女说着,跟侍卫两人并肩叠股在床边坐下。

"明妃娘娘虽是皇上心尖上的红人,但你不知她是布衣出身?论起身家来,还比不过你的淑妃娘娘,是将门之后呢。要说最得意的地儿,自然还得数皇后娘娘的坤宁宫。"侍卫说着,便搂住了女子,一味痴缠起来。

女子发出闷哼的声响,手指抓住男人已裸露出来的肩膀,紧紧地掐进肉里。"皇后娘娘那里自然是好,可毕竟皇上不常去呀。"

"怎的?你还想被皇上看上不成?"男人挑逗她。

"哥哥莫取笑。奴家有了哥哥,便是有了终身的依靠。"女子依偎在男人的怀里,娇喘连连,"奴家只是听宫里传,明妃娘娘那么得宠,说不定将来储君之位都可能易主呢。"

那侍卫突然停下了手上的动作,肃然道:"你听谁说的?"

"奴,奴家也忘了。好像是明妃娘娘宫里的小李子……"

"可别再胡乱传了。嘴上没个把门儿,这可是杀头的罪。"侍卫的身子抖了抖,又道,"太子殿下乃皇上的嫡长子,地位尊崇。

八皇子……毕竟还年幼，怎比得太子那般宽容御下，深得人心呢？"

宫女连忙伸出两条玉臂搂住了男人的脖子，笑道："奴家在哥哥面前，才口没遮拦的。妇道人家不懂得朝政大事，哥哥莫见怪。"

侍卫捏了捏那女子粉嫩的脸蛋儿，道："过几日便是上元佳节，皇上和皇后娘娘要大摆筵宴，各宫娘娘都会赴宴。你回去央求淑妃娘娘带上你，在各宫娘娘们的管事太监面前卖个乖，兴许就能挪动挪动了。"

"哥哥说得是。不知明妃娘娘那儿的德公公有甚喜好？哥哥且拿出些银子来，替奴家去疏通疏通。"

"我的心肝，只要是你开口的事，哥哥岂有不应承的？哈哈哈……"说罢，两人颠鸾倒凤，共枕同欢，整整一个多时辰。

待到辰时三刻，天色大亮。二人一梦醒来，惊觉辰光已晚，忙穿戴好衣服，推门出来。那宫女刚要迈步，却立时收住了脚，指着雪地上，惊道："哥哥，你来看。那里怎的会有一串脚印？"

侍卫放眼望去，只见昨夜的大雪将渡月轩的院子铺得如一大块白糯糯的乳脂糕点，莹白无瑕。从院门一进来往东，是他二人走至厢房的脚印，深深浅浅，颇为凌乱。而院门正对着的雪地上，还有一串清晰的脚印，斜斜地延伸至一口古井旁。

"这脚印……果然有些古怪。"

"难道，方才还有别的人进来了？"宫女脸色煞白。

侍卫走至院门口，蹲在地上，仔细地瞧了瞧那脚印，道："这脚印小巧整齐，像是一般宫女们常穿的绣花鞋。"

"这早晚的,一个宫女来这荒凉的地方做甚?"女子的眼珠滴溜溜地转,狐疑地望向自己的情郎。

侍卫被她盯得发毛,怒道:"为何那样看我?"

"哥哥莫不是跟别的女子还有首尾?"宫女娇滴滴地哭了起来,"奴家一颗心都在你的身上,你却还有旁人……"

"莫闹!哪儿来的旁人?"侍卫忍不住吼了一声,忙又压低了嗓门儿,"过来自己瞧瞧,这脚印奇怪得很。只有从门首去往那口古井的,却并无从古井那头走回来的……"

宫女被他这么一说,不由得举目望去,只见那脚印果然整整齐齐地一直延伸到古井旁边,然后就消失了。"哥哥,你该不会是说……"

两人面面相觑,心中都有了不祥的念头。

"我曾听说,这渡月轩从前住过一位贵人,因小产发狂,跳进这口井里死了。"侍卫说道,"之后,太祖皇帝便下令封了这院子。"

"莫不是宫里有人效仿那位贵人?"宫女的身子颤栗着。

侍卫点了点头,道:"如今看来,十之八九是有人在此地寻死了。"

"那……会是什么人?她是在咱们之前进来的,还是之后?有没有听见咱们的……"

侍卫按住了她的肩膀,道:"莫慌。方才进院之时,天色尚暗,我并未注意地下的脚印。此时回想起来,似乎那时雪地上就有一串黑乎乎的东西一直往井边去了。若是有人自戕,多半在咱们进来之前就已经……"

"哎呀!"宫女掩住了口,嘤嘤哭道,"真是大罪过。那方才咱们在厢房里做的事,岂不是……大不敬呀!"

"快别吵了。这要是被人发现,咱俩就完了。"侍卫捂住了女子的嘴,"赶快离开此地。"

"等等,我的哥哥,那人会不会还有救?"宫女忍不住又朝那口古井望了一眼。"咱们要不要过去瞧瞧?"

"莫管闲事!先顾自己的小命吧。"

"可是……"

二人轻轻打开渡月轩的门,探头来回张望片刻,便躬身来至外面的巷道上。刚要分道扬镳,只听见一个洪亮的声音喝道:"站住,你俩鬼鬼祟祟作甚?"

二人"扑通"一声便在雪地里跪下。那侍卫道:"这位公公,俺俩只是碰巧路过此地,并非相约。还望公公明察。"

那宫女微微抬眼观瞧,只见来人一共有仨,其中一人穿着猩红圆领蟒袍,乃是宫中的一等太监,后面跟着两个穿绛紫色圆领蟒袍的三等太监。"恕奴婢失礼,这位公公可是未央宫的德公公?"

那德公公腰板一挺,朗声道:"正是咱家。你二人是哪里的?报上名来!"

那宫女道:"奴家乃是永宁宫淑妃娘娘的二等宫女,名叫李花枝。"

侍卫道:"小人乃是值守内宫门的侍卫,名叫杨九郎。"

德公公俯下身来,目光逼视着二人,道:"你二人究竟在此作甚勾当?"

这时,一名小太监悄悄绕至那宫女身后,指着她的裙裾道:"启禀德公公,这宫女的裙子丝带都未系紧,两人必定在此幽僻处行那苟且之事。"

德公公两只眼睛往上一吊,面色夸张道:"好大胆。新岁初始,竟敢在此秽乱宫闱,看来你俩是不要命了。"

那侍卫慌得连连磕头,道:"公公饶命啊!我二人虽情意相投,亦不过是在此说说话儿,哪敢越矩半分?小人有一事禀报,望能将功补过。"

"哦?你讲。"

"方才,俺们在那渡月轩里,瞧见一串女子的脚印,自门首一直延伸至那口古井边。小人猜测,或有宫中女子趁着大雪黑天,在此投井也未可知。"侍卫道。

其中一个小太监凑近道:"公公,女子的脚印……该不会是……"

那侍卫头脑颇为机灵,见势忙道:"德公公恁早便出来巡视,想必是在找寻走失的宫女吧?"

"正是。那脚印果然是一名女子的?"另一名小太监问道。

"千真万确。"

德公公略一沉吟,道:"进去瞧瞧。"

说罢,推开渡月轩的大门。只见在昏暗的天色下,有一串娇小而清晰的脚印一直延伸至古井边。德公公伸手拦阻道:"此事甚为蹊跷,切莫妄动,破坏了这脚印。咱们绕西边围墙根下过去。"又对站在门口的那一男一女道:"你二人暂且在这里候着,待探查明白,再作道理。"

三人一前一后,踩着厚厚的积雪来至井边。只见那脚印正上方井沿处的积雪已被挤碎,看起来似有人曾经趴在那里。德公公做了个手势,一名小太监便上前,探身往井底看。身子一趴上西侧的井沿处,立即也将积雪挤落不少。

"呀！"小太监惊呼了一声，"是腊、腊梅……"

德公公忙扒开了小太监，亲自俯身上前去查看。只见黑漆漆的井底泛出一丝反射的亮光，一张惨白而狰狞的脸在水面底下若隐若现。那女子散乱头发，双目紧闭，唇角微勾，活脱脱似一只来自地狱的鬼魅。

3

"此事另有蹊跷，切莫草菅人命。"欣媚的话甫一出口，东暖阁的众人立即像是被点了哑穴，一丝声响都没有。李公公身边的白面小太监目光微凝，唇畔勾起一抹冷笑，仿佛等着看一出好戏。而太医穆宏却用眼角扫了欣媚一眼，意在责怪她强出头。

这时，沈婕妤宫里的那名青衣小太监上来拦住了话头："你一个司药女，在这里胡呲什么？李公公，浪花谋害婕妤娘娘，证据确凿，还请快快查办了。娘娘小产后体虚，见不得俗务纷扰，诸位若无他事，都退了吧。"

然而，总管太监李秀英并未动身，他站在屋子中央，躬着身子，眼角的褶皱里闪出一丝狡黠的光。"奴才们自不敢打扰婕妤娘娘休息，但此事关系重大，涉及谋害皇嗣，老奴不得不仔细。欣媚，你不妨说说，此事还有什么蹊跷？"

欣媚微微躬身，道："回李公公，司药房为娘娘们伺候汤药，有个规矩。刚煎好的汤药都要放至稍凉，然后装入朱漆描金八宝食盒中保温，送给娘娘服用时，汤药的温度正好入口。这也是为何王尚宫总是叮嘱奴婢们，要看着娘娘们服下汤药，因为那时的温度和药效都是最适宜的。"

"那又如何？"大宫女巧凤挑眉不解道。

"方才，穆太医已经说了，红花是在汤药端至怡春宫后加入的。当时，这汤药的温度已经不高，而浪花将食盒拎至小厨房换碗，亦不过是片刻的工夫。穆太医，欣媚想问一下，将红花加入一碗不太热的汤药中，又只浸泡了很短的时间，能发挥出多大的药效？"

穆宏眯眼斜睨着她，似在嗔怪又似有褒奖："但凡药材，必须要经过特定的浸泡、煎煮等制作手法，方能将药效发挥出来。用温水浸泡红花，虽然也会有一些作用，但恐怕药效并不会很强。"

"哦？那么，有可能致人落胎吗？"白面小太监目光熠熠道。

穆宏蹙着眉头，道："这与服用者的身体状况有关，微臣不敢妄言。但一般来说，如此程度的浸泡，恐不足以产生滑胎那样的药性。"

"哼，穆太医，刚才分明是你说汤药里面被人加入了红花，现在又说这红花无用。你到底有谱没谱？"巧凤双手叉腰，怒喝道。

穆宏没有答言。欣媚拦在前头，道："巧凤姐姐莫要动怒。婕妤娘娘骤然滑胎，必有其因。若不查出真正的原因，说不定还会牵连到婕妤娘娘的下一胎。"

"放肆！这是安心咒本宫吗？"沈婕妤终于也绷不住面皮，咬着银牙道，"李公公，这贱婢以下犯上，如此猖狂，还请以宫规处置。"

白面小太监摆了摆手，上前作揖道："婕妤娘娘莫生气。李公公已经说了，不妨听这司药女讲完，再行处置。"说罢，他又转向欣媚，目光中流露出几分赞赏之色，说："你接着说。既然婕妤娘娘滑胎并非由于这红花，那又是出于什么原因呢？"

欣媚眉目轻扬，道："方才，奴婢跟随那位小公公进怡春宫时，不小心撞上了一位青衣公公，似乎就是娘娘身边的这位。"

沈婕妤眉峰微蹙，道："这是我宫里的管事太监小路子。"

"原来是路公公。"欣媚盈盈笑道，"欣媚与您相撞之时，碰掉了您手上的一个包袱。还请路公公不吝赐教，那包袱里面装的是什么物件？"

小路子脸色骤变，梗着脖子道："那不过是俺自用的一些衣物，有甚稀奇的？"

"可否拿来一观？"

"都扔了。"

欣媚眸中微光盈盈一轮，道："扔在何处？此时并非宫里垃圾清运的时辰，应该可以找回。"

白面小太监听后似有所悟，意味深远地看着欣媚，与身边的另一名小太监吩咐了几句，那人便出去了。

这时，站在旁边的巧凤咳了一声，挑起眉梢道："启禀李公公，这个欣媚说话颠三倒四，不知所云。她若真有什么实情要讲，不如随浪花一同拖去内侍监，跟负责审讯的公公好好絮叨便了。奴婢这厢要伺候婕妤娘娘休息了。若是娘娘身子有何不妥，谁担待得起呢？"

李公公沉吟着，没有作声。

欣媚瞥了穆宏一眼，道："穆太医，奴婢方才听闻您说，婕妤娘娘乃因肾气亏损致使滑胎？"

"是。"穆宏瞅了她一眼，目光中流露出不满。

"李公公，奴婢在司药房三年，也多少习得一些医药之术。"欣媚抬起下腭，大声道，"所谓肾气不足，固有先天胎里带来的不足之症，然短时间内出现亏虚，却往往有外在因素。奴婢的父亲曾经办过一起案子，一家高门大户的千金小姐去附近寺庙进香，却死在了和尚的寮房里。这户人家状告庙里和尚行凶杀人，家父便带着仵作前去勘验，却发现小姐身怀六甲，腹中胎儿滑落，母子俱亡。"

屋外起了风，吹动门帘，打在门框上，仿佛寺庙佛龛中的木鱼，一记一记，沉闷而单调。

"哦？莫非是这小姐与人通奸，事情败露，于是到寺庙中忏悔自尽？"李公公问道。

欣媚摇了摇头，目光在巧凤和沈婕妤的脸上逡巡片刻，笑道："仵作称，小姐怀胎不足两个月，且死前曾行过房事。"

"住口！这等污秽之事，岂容你一个奴婢到婕妤娘娘面前来说嘴？简直污人视听。李公公——"

巧凤正想再说，却被白面小太监打断了话头，他问道："那小姐究竟是怎么死的？"

"家父请教了多位经验老到的妇科圣手，都说女子孕后若房事不节，以致肾气亏虚，冲任不固，胎失所系，遂为滑胎。"欣媚说这话时面不改色心不跳，泰然自若，"后经调查，这小姐与寺中一年轻和尚有染，常常借进香之机在寮房私会。但小姐不知自己已有身孕，当日与和尚云雨之时，胎儿骤然滑落，下身鲜血淋漓。那和尚不明就里，以为小姐突发疾病，怕受牵连，惊慌之下便奔出寺院，从后山逃走了。小姐独自在寮房无人照应，终因失血过多而亡。"

"真乃一桩骇人听闻之奇案也。"闻得这一席话，李公公的脸色由白转青，冷光厉厉，看沈婕妤的目光也变得歹毒起来。

"不，李公公，这婢子胡言乱语！"沈婕妤浑身发颤，气喘吁吁，仿佛丹田之气都被激了出来。

"奴婢只是猜疑,婕妤娘娘会不会与那位小姐一般,孕后房事不节,导致滑胎?"欣媚又道。

"李公公……"

太监李秀英扭动着身子,上前一步,阴阳怪气道:"各宫嫔妃有孕之后,咱家那里便会命人记录,不再侍寝。婕妤娘娘已有数月不曾被召幸,又何来的房事呢?"

沈婕妤终于按捺不住,起身下了床,嘤嘤哭道:"李公公说得是。本宫遵皇上旨意,一直静心养胎,除却每日去皇后娘娘那里晨昏定省,其余时间连怡春宫的门都不曾出过。这个宫女究竟安了什么歹心,要如此诬蔑本宫……"

白面小太监微微一笑,凑到李秀英的耳边,道:"李公公,此事干系甚大,不如搜一下宫?若无异常,也好还婕妤娘娘一个清白。"

李秀英何等乖觉之人,一听便明白,若沈婕妤确系与人私通,必得找到证据方可回禀皇后。否则,落一个诬蔑妃嫔之罪,他即便有一百个脑袋也吃罪不起。

"没有皇后娘娘的旨意,本宫倒要看看,何人胆敢胡来?"沈婕妤怒发散乱,甩动一身轻纱白袍,正色道,"本宫好歹也是皇上亲封的婕妤,又为皇上怀了龙嗣。今日,谁敢在怡春宫中撒野,本宫便即刻告到皇上面前去。"

"婕妤娘娘息怒。"李秀英忙跪倒在地。

沈婕妤扭头怒视着欣媚,指着鼻子骂道:"这司药房的宫女目无宫规,胡乱攀扯,说不定是受人指使加害于本宫。来呀,将她拿下拖去内侍监,严刑拷问,定要查明此女究竟包藏着何种祸心,背后又是受何人指使?!"

那太监小路子忙带人上来将欣媚按倒在地,反剪双手便要拖出去。这时，从门帘外急匆匆跑进一个小太监，怀里揣了一个布包。

"李公公，这是奴才在怡春宫外的灌木丛里找到的物件，请您过目。"

欣媚挣脱束缚，上前打量那个包袱，激动道："这便是方才路公公带出去的包袱。"

"打开！"李秀英站起身来，一声令下。

那小太监便将布包放在地上，大喇喇地打开，一些形状古怪的物件呈现在众人眼前。

"啊！"沈婕好失声叫了一下，慌忙捂住了眼睛。

屋内的几个小太监脸上皆露出猥亵之色，虽不敢正面观瞧，却都拿眼梢斜瞟着沈婕好。几个小宫女不明所以，面面相觑，但似乎也略微猜到了这些物件的用处。

李秀英看了一眼，便命人将包袱重新包上，拱手道："婕好娘娘，这些物件恐怕老奴只得呈交皇后娘娘定夺了。"

白面小太监喷了一声，道："李公公，这些物什莫不是民间夫妻房中所用之物？"

"奴才见过，那个像铃铛似的东西好像叫作缅铃，据说夫妻行房时使用，能增益闺房之情趣。"带包袱进来的小太监说道，眼神不住地往沈婕好身上瞟，"还有那个短棍状的物什，据说叫作景东人事，看起来像是男人的……"

"住口！"巧凤喝骂道。沈婕好已昏昏然跌倒在地上。

"婕好娘娘，得罪了。"李公公抬手挥了挥，"来呀，搜宫。"

闻令，一众小太监鱼贯而入，顷刻便充斥了怡春宫的每一个角落。只听得翻箱倒柜、砸碎碗碟、撕破绸缎之声不绝。沈婕好瘫软在地上，目光空洞地望着地砖，哀哀泪流如雨。

这时,太监小路子扑通一声跪在地上,连连给李秀英磕头,道:"求李公公怜悯,婕妤娘娘绝无与人私通之事。一切都是奴才的错,那些物件乃是奴才托人从宫外带进来的。为了讨主子娘娘欢心,便怂恿娘娘自个儿闹着玩儿。谁知道,今日才玩了一会儿,娘娘竟腹痛起来,见了红。奴才自知不好,这才包了这些物什去扔掉的!"

说毕,他便在冰冷坚硬的地砖上"邦邦"磕头,不一会儿便磕得满头是血,昏死过去。

"小路子……"沈婕妤目光哀婉地看着他,泪水淌满面颊。

巧凤也哭着跪下来,道:"李公公明鉴。娘娘深居宫中,除了宫女太监,从未接触过其他男子。这些物什不过是闺房寂寞,聊以慰藉。今日闯出这么大的祸事来,都是奴才们没有伺候好。奴才们愿以死谢罪,求李公公莫要将此事回禀皇后娘娘。否则,婕妤娘娘在这宫中再无立足之地啊!"

"不,巧凤……"沈婕妤跪着膝行到巧凤身边,二人抱在一起,嚎啕大哭。

这时,搜宫的小太监们都来回话,怡春宫中并无其他男子,也未有男子出入的痕迹。李秀英的眼珠转了转,扭头看了那白面小太监一眼:"小真子……"

那小真子立刻会意,躬身笑道:"李公公,咱们是奉皇后娘娘之命前来查问,既然人证物证俱在,这就去回了皇后娘娘,听候发落吧。"

听了这话,沈婕妤往后一仰,便晕倒在巧凤的怀里。

突然,一名侍卫急匆匆地跑到门前半跪在门帘外,禀告道:"启禀李公公,西南角渡月轩的古井中发现一具女尸,万马龙校尉差卑职来禀报,并请穆太医前去验尸。"

欣媚眸中一亮，嘴角微微勾起，带着几分期许看向穆宏。但穆太医却铁青着脸，连正眼都没看她一下，踏着沉重的步子走出了暖阁。

4

两道褚红色的宫墙长长地向远处延伸，中间是一条被皑皑白雪覆盖的甬道。一大早，宫里已安排人手将主要的道路都清扫了出来，只有通往偏僻殿堂屋宇的小道还可见踩了几个零星脚印的雪路。渡月轩门口被一群侍卫围了起来，看热闹的宫人们只能远远议论着，并不清楚里面究竟发生了什么。

因只是一名宫女自戕，李公公便派内侍监的一名掌事太监孟公公和穆宏一同前来查看，自己则亲去向皇后娘娘禀报怡春宫沈婕妤落胎之事。穆宏与孟公公走到渡月轩的门首，见禁军校尉万马龙将军正在指挥侍卫们搬抬尸首。三人见面寒暄了一番，万马龙道："孟公公，您来了，卑职总算可脱身了。皇上那边还等着卑职去伺候呢。"

孟公公约摸三十出头，方脸阔嘴，黝黑面皮，是李秀英身边颇为得力之人。他略欠一欠身，道："万将军，究竟是怎么一回事？"

万马龙抬起手往古井方向的地面上一指，只见皑皑的雪地上有一串清晰而小巧的脚印，从门边一直延伸至古井边。"事体简单，一看便明了。自戕者乃是明妃娘娘宫里的二等宫女腊梅，雪夜独自行到此处，投井而亡。今早有一对野鸳鸯在渡月轩那边厢房里厮混，发现了雪地上的脚印。二人出来时，恰巧被明妃娘娘的大太监德公公撞见，慌张之下说出了脚印的事。德公公带人进来查看,这才发现了井里的尸首。"

穆宏抬眼望去,只见院子西侧沿着宫墙有一些杂乱的脚印,应是进去查看之人为保护现场而故意绕道留下的。一进门往东拐,至厢房那边,还有一串来回的脚印,多半是所谓的野鸳鸯打食留下的。

"德公公还在吗?"孟公公问道。

"哦,他已经去向明妃娘娘回话了。"万马龙道,"本官方才也做了一些问询。这名宫女腊梅自昨夜便不见踪影。今早五更,明妃娘娘起身梳妆,见腊梅没在旁伺候,便叫人去寻。但遍寻未央宫,却没找见这婢子。明妃娘娘命德公公悄悄去宫里四处寻找,一直寻到了这渡月轩。"

孟公公略一沉吟,对穆宏说道:"事体虽不甚复杂……为稳妥起见,穆太医,还烦请您上前查看一番。"

听到这话,万马龙一拱手:"既如此,还请孟公公宽宥,在下先去皇上跟前伺候了。这深宫内院的事,本也不在禁军的管辖范围。我留下一队侍卫,由公公差遣便是。"

孟公公拿眼梢剜了他一眼,心下腹诽,这厮乖觉,不肯往自己身上惹事,面上仍是笑道:"有劳万将军。宫里出了这等事,皇上和娘娘们自是不安,还得仰仗将军勤谨看守。"

"公公说得是。"万马龙皮笑肉不笑,转身离去。

欣媚跟着前面的人一路疾行。穿过御花园的假山石,绕过金鱼池塘,那人倏然失去了踪影。欣媚往前追了几步,四下踅摸,却见那人从前面一棵柳树的背后走了出来。白皙的脸庞隐在干枯的柳枝儿影下,一对清冷的眸子颇有深意地看着她。

"姐姐为何跟我至此？"这个叫小真子的太监笑着问道。

欣媚打量此人不过十七八岁年纪，与自己相仿，面容清隽，唇红齿白，眉宇间还透着几分英气。而且，他的仪表谈吐颇为得体，不像一般穷苦布衣人家出身。

"我不过是回司药房去，哪里跟着你了？"

"从怡春宫回司药房明明可以取永巷走近道，姐姐却跟着小真子绕了大半个御花园，这又是何故？"小真子笑道。

欣媚心下暗忖，此人跟在大太监李秀英身边，颇为得用，年纪轻轻便已是二等太监，显然是有两下子的。父亲说过，水来土掩，若土难以掩住，不如疏导之。"真公公，欣媚唐突了。方才，我见李公公悄悄嘱咐话儿，是不是遣真公公去渡月轩那边查看一下？"

"姐姐果然聪慧。"小真子眨了下眼睛，像是想到了什么，"莫不是姐姐也想去看个热闹？"

"嗯。"欣媚坦率地点点头，"穆太医不肯带我去。真公公……能行个方便吗？"

小真子眼中的眸光一凝："姐姐跟穆太医相熟？"

"穆太医与家父乃是忘年之交，欣媚从小便喊他叔叔。"

"哦。方才听得姐姐说过，令尊似乎是衙门中负责办案的……"

"不错，家父生前乃是一名县衙的捕头。欣媚自幼便十分爱凑这些热闹。"言及此处，欣媚声音渐沉，"闻得那边出了人命案子，不过好奇心使然，不知公公能否允我同行？"

"姐姐既然说了，自然是使得的。"小真子眉眼笑道，"不过，小真子有一事还望姐姐指教。方才，你究竟是如何瞧出沈婕妤滑胎一事的破绽的？"

欣媚唇角微扬，笑道："说出来亦不值什么。那巧凤曾道，沈婕妤尝了今日的汤药，便觉比平日的要苦些。但据欣媚所知，藏红花味甘、性平，若真是加入了红花，喝起来绝不会更苦……"

"哈哈，原来如此。姐姐果然是心细如发，兰心蕙质。"小真子眼底浮上一抹钦佩的笑意。

欣媚忙轻巧地躬身，道："真公公谬赞了。欣媚这厢还要多谢公公，若不是您暗中遣人寻到了那个包袱，只怕我这会儿已经在内侍监受刑了。公公才是运筹帷幄的真诸葛也。"

"姐姐可羞煞我了。事不宜迟，咱们快走吧。"小真子眸光一漱，转过身示意她跟上。穿过前面的翠竹林，便来到了渡月轩的门前。欣媚未看清这小太监掏出了什么令牌，看守的侍卫已十分恭敬地放他俩进去。放眼望去，只见对着门的一棵大槐树底下放着一块杉木板，上面躺着一具宫女的尸首。穆宏正蹲在旁边，用手触压着女尸的腹部。

"死者系未央宫二等宫女腊梅，尸首口合，眼微闭，两手拳握。腹胀、内有水，系溺死。"穆宏一边检验一边说道。

欣媚跟小真子从旁边被人踩过的雪道悄悄绕到跟前，规规矩矩向孟公公行了礼。孟公公冲小真子微微一躬身，抬手示意他二人旁边站立。

"身上有多处擦伤，可能是跌落井时，在井壁的岩石上磕碰所致。"

"穆叔，能否推断出是何时溺死？"欣媚小声问道。

穆宏两耳一竖，回头瞪了她一眼，但旋即看到了站在她身边的小真子，转过头不语。继续翻动死者的眼皮，又查看皮肤被浸泡的程度，道："死亡时辰应该在子时到丑时之间。"

"我记得昨夜的雪是戌时开始下的,到子时,雪已经积得很厚,窗沿上足足有两三本书那么厚。"小真子仰天看了看,"此宫女乃是冒着雪出来投井的。"

孟公公说道:"不错。丑时末雪就渐渐停了,地上积了厚厚的雪,因而此女在渡月轩的雪地上踩出了一串清晰的脚印。"

欣媚早就注意到了那串被保护起来的脚印,正欲发问,却听见小真子说道:"如此,她便是投井自尽无疑了。"

"正是如此。"

"右手掌心握有一根枯枝,攥得很紧,割破了手掌和食指。"穆宏对他们的交谈置若罔闻,继续勘验道。

"攥着枯枝是何意?"欣媚忙问道,"莫非,死者意有所指?"

小真子舒展眉头,好奇地望着她:"欣媚姐姐,何出此言?"

欣媚闪动一双善睐的明眸,笑道:"欣媚只道,人若真心寻死,便该一了百了,为何还会攥着枯枝,不肯放手呢?家父曾说,人若是枉死,常常会试图留下些线索,比如写下什么字,手里攥着某样物什……"

"枉死?这不可能吧?"孟公公说道,"你们且来看,那串脚印自门首到井边,有去无回,清清楚楚。若是有人谋害腊梅,那么凶手的脚印在何处?难道凶手是无脚的鬼魅不成?"

欣媚望着那串清晰无比的脚印,低头不语。

"方才,禁军校尉万马龙将军已来查看过,亦认为腊梅是投水自戕无疑。"孟公公又说道,"穆太医,您验完了吗?了事了便随奴才一同去回话吧。"

"启禀孟公公,此案万不能草率定论。依照宫规,宫人自戕是要株连亲人的,但若被谋害又另当别论。"欣媚道,"宫里人都知道这规矩,又岂会轻易自戕?我以为,腊梅究竟是自戕还是被害,应当查个清楚。"

"你这婢子算什么身份?敢在这里跟咱家顶嘴!"孟公公陡然发怒道,"方才,未央宫已经来人说明了,这腊梅前日替明妃娘娘梳头时,弄断了娘娘的三根长发,被斥责了几句。她十分惶恐,怕娘娘日后还要降罪,因而投井自戕。"言毕,他冷哼一声,拂袖离去。

欣媚叹息一阵,兀自绕到了古井旁边。只见井沿上也积着一层厚厚的雪,但有两处的积雪被弄碎了。一处在脚印对着的正上方,那显然是死者投井时拂掉的。另一处靠近西侧的宫墙,应该是最初发现尸体的人为了查看情况,趴在井沿所致。正看着,欣媚突然蹙起了眉头,嚅着嘴喃喃道:"此处似乎有过一道印子。"

"什么印子?"未曾察觉,小真子已从身后欺近,凑在她的耳畔,声音如水波般撩动。

欣媚乍然有些惊慌,往旁侧一步,指着西侧那处碎雪道:"你瞧,此处的积雪虽然破碎不堪,但最底下那一层却有一道浅浅的印子,似乎被棍子状的东西压过,还结了冰。"

"这又有何深意?"小真子凝视着她,眸光明亮。

"现下还不得而知。然则,案发现场的每一处痕迹,都是凶手留下的线索。"欣媚出神地说道,陷入沉思。

"光凭一个印子,便能推翻腊梅自戕之说吗?"

"或许……欣媚不敢妄言。但家父说过,只要充分地调查,任何谜团皆可破解。"欣媚坚毅的目光迎上去,"这世上没有解不开的谜。"

这时,只听得穆太医在门口喊了一声:"欣媚,随我去吧。"

5

文德殿中十分寂静,一张紫檀木镂空雕龙纹书案后面端坐着郑国皇帝郑世承。他今年已五十有六,头发花白,眼角布满皱纹,看起来比实际年龄还显苍老些。此刻,他一手拿着奏章,一面听着大太监李秀英的报告。

"是司药房的一个宫女,瞧出了其中的破绽?"皇帝捻着胡须问道。

"是,皇上。这宫女倒是伶俐,说得几乎不差。沈婕妤当场供认不讳。"

"嗯,既如此,那便处置吧。皇后怎么说?"

"皇后娘娘的意思,沈婕妤生性淫乱,德不配位,且又因自己的过失害死了龙嗣,按宫规应该处死。"李秀英说完,微微抬眼,见皇帝沉着脸不作声。

良久,只听见龙书案后面传来一声叹息:"唉,也是朕耽误了这些年轻女子,使她们不得其所。罢了,将沈婕妤贬为庶人,送去寂照庵修行吧。"

"皇上宽仁,老奴这就去传旨。"说罢,便行礼告退。

这时,殿外传来通报:"启禀皇上,贵妃娘娘求见。"

"宣。"

须臾,一名身着锦衣华服的女子脚步凌乱地走至大殿近前。贵妃乃是江南一小门户出身,名叫苏明丽,宫中之人亦多称她为"明妃"。只见她穿着一条百花曳地裙,外罩刻丝泥金银如意云纹缎裳,面容秀丽,肌肤细腻,美艳动人。但细看去时,头上云髻钗环全无,乌黑的发丝散乱地披在肩头,显得楚楚可怜。

"皇上,臣妾有罪,特来脱簪请罪。"娇滴滴的声音一开腔,便令大殿中的雕梁画栋都抖了三抖。"

皇帝的脸色稍稍转暖，笑道："爱妃何罪之有？快快平身吧。"

明妃施施然起身，泫然欲泣道："启禀皇上，今早臣妾宫里一名二等宫女在渡月轩里投井自尽……"

"哦？"皇帝的声音发沉。

明妃惶恐地又跪了下去："如今新春伊始，宫人自戕乃不祥之兆，传到民间难免落人口实。臣妾深知，此事非同小可，实乃对祖宗、对皇上的大不敬也。不敢隐瞒，特来请罪。"

"这宫女为何无端自戕？"皇帝问道。

明妃垂下头，嘤嘤泣道："都是臣妾的错。皇上初见臣妾时，曾夸赞臣妾秀发柔顺美丽。自此，臣妾便有了娇宠之心，日日都要细细梳理、涂抹花露，精心保养头发。昨日，那腊梅在替臣妾梳头之时，弄断了三根长发。臣妾心下懊恼，便失口斥责了她几句。岂知她是个心眼小、容不下事的，一声招呼也不打就跑去投了井。呜呜……臣妾真是后悔不迭。"

"爱妃快莫自责了，你一向是最体恤下人的柔顺性子，都是这婢子自己不成器，心眼儿又小，才枉送了性命。"

"皇上，这贱婢自然难逃株连亲人之罪，但臣妾亦有管教不严之过，自请皇上责罚。"

皇帝笑了，眯眼道："爱妃想让朕如何责罚？"

明妃做出扭捏之态，道："皇上要如何责罚，臣妾自然无不领命。"

"那便罚你为朕洗一个月脚如何？"

"皇上……"明妃语调娇娇滴滴，面上漾起一抹明艳的笑容，唇畔红晕潋滟，"臣妾愿意接受惩罚。"

"哈哈哈……你且回去吧。待晚些，朕再去看你。"皇帝说罢，便低头看手上的奏章。

"是。"明妃正要告退，殿外又传来通报。

"启禀皇上，太子殿下求见。"

"哦？太子又有何事？"皇帝从龙书案上再次抬起头来，"宣。"

明妃见躲避不及，忙退到殿东侧的十二扇楠木雕花嵌寿字镜心屏风后面。从缝隙看出去，只见一个颀长的身影从大殿门口走来。白日金灿灿的光落在他身上，令他通身都带着一股高贵肃穆之气。

太子郑玄明来到殿前，三跪九叩行了大礼，道："启禀父皇，今日宫中发现一名宫女死在渡月轩的古井里。事有蹊跷，儿臣特来禀报。"

"哦。你同明妃说的是同一桩事？"皇帝道。

"是的。父皇，死者乃贵妃娘娘宫中的二等宫女，叫作许腊梅。禁军的万将军认为她是投井自尽，但儿臣又听了些别的说辞，深感此事并不单纯。"

皇帝微微蹙眉，道："一个宫女之死，又会有何隐情？"

太子深深拜了一拜，道："父皇，儿臣听闻，这宫女腊梅死时手中紧紧握着一根枯枝，似乎有所指。宫中还有传言，说腊梅死前曾跟不少人说起，亲眼见到宫闱中发生了秽乱之事，且涉及显贵人物……"

皇帝瞳孔微缩，未置一词。

"儿臣以为，宫女腊梅若真是被人所害，背后必定牵扯到宫闱内的秽乱之事。若任其发展，只会积弊愈深。一旦哪日被人捅破，或为外人所知，必将极大地损害我皇家颜面。父皇，兹事体大，务必要查明真相啊！"

皇帝的右手在龙书案上一动，拇指和中指轻轻相捻，低沉道："玄明，你所言之事涉及宫闱清明，可要慎言。"

"父皇，儿臣虽无十成把握，但此等事宁可信其有，不得不提防。"

"若是真查出什么来呢？"皇帝歪过头，目光蔼蔼地盯着太子。

太子下意识往后一缩，又挺起胸膛来，朗声道："父皇，儿臣以为，此事不可大张旗鼓，只可秘密调查。一旦查出端倪，便命秘密处决，永绝后患。"

"准奏。玄明，由你亲自去传朕口谕，命大理寺卿丁耀祖秘密调查，不得有误。"

"遵旨！"

太医院署内设有大堂五间，穆宏平日值班之所位于大堂南侧的一间小厅内。欣媚跟随穆宏步入大堂，远远便看见后殿供奉着伏羲、神农、黄帝的塑像，上头还挂有御书"永济群生"的匾额。穆宏当值的处所地方狭窄，陈设简单，只摆了一张紫檀雕花条案，一口黄花梨嵌玉石立柜。

欣媚往桌边一张圆木小杌子上一坐，噘着嘴道："穆叔又要教训人了，是吧？"

穆宏从立柜中找出一包茶叶，细细地拣了一些放入紫砂壶中，道："我这儿新得了些信阳毛尖，叫你来尝个鲜。"

欣媚笑道："要喝茶，必得配上可口的茶果才有滋味儿。穆老夫人做的山楂馅儿茶果，可还有吗？"

"你真是个馋嘴儿。我娘昨日刚做了十来个，都让我带进宫里来予你。"说着,穆宏又从立柜里取出一只檀木镂纹提篮,掀开上面的白纱布,里面露出一个个娇小可爱的白敷敷的茶果来。

欣媚搓了搓手,径直从篮子里捏了一个来吃,一边吃一边嘟囔"好食",把碎渣儿掉了一地。

"看看你,我这茶还没泡好,你便这般狼吞虎咽的。"穆宏从衣内取出一块帕子,替她拭去嘴角的残渣。

"我饿啊!一大早还未及用早膳,便被沈婕好娘娘叫了去,折腾得我心惊肉跳,肉都少了二两。"欣媚又抓起一个茶果往嘴里塞。

"你可知……沈婕好得了什么下场?"穆宏的声音逐渐凝重。

欣媚抬眸看了他一眼,有些怯怯的,问:"怎的了?"

"被贬为庶人,送去寂照庵了。"

"那也是她咎由自取。"欣媚嘟囔道,"谁让她自己做了丑事,还要诬赖到别人头上。这种人,我看不过眼。"

"欣媚!"穆宏提高音量道,"你以为,当众说出沈婕好落胎的秘密,弄得人尽皆知,便是在伸张正义吗?"

听到他的斥责,欣媚也不禁动了气,把手上的茶果往嘴里一塞,嚷道:"穆太医,我还没问你的罪呢。你明知那沈婕好落胎的缘故,为何偏偏要扯出红花之说,嫁祸到宫女浪花的头上?莫不是沈婕好早就买通了你,让你替她掩饰?"

"唉。"穆宏重重地叹了口气,眸中流露出一丝失望,"说的什么浑话?我不过想保住皇家的颜面、沈婕好的性命!"

"哼,沈婕好的性命要紧,难道浪花就可以任人宰割吗?穆太医,原来这么多年,我都错瞧了你,我爹爹也错瞧了你。你们穆家三代御医,享尽荣宠,便是靠这些腌臜手段挣来的!"说毕,欣媚立时起身,气鼓鼓地便要告辞。

穆宏苦笑着拉住她的衣袖，把她按在小机子上，用紫砂壶倒了一盏茶端到她面前，道："欣媚，你爹方木令乃是赫赫有名的江南第一名捕，我知你从小耳濡目染，在探案上有过人的机敏。但你爹曾讲过，探案归结到底，讲求三心，耐心、细心和良心。这三心若有一心未到，查案便可能出大纰漏。"

"这话，爹爹跟我说过了。"欣媚语气刚硬。

"但你何曾遵循过一二？遇事总是横冲直撞，见到谜团就扑上去，却从不思考谜团背后的因由。"穆宏道，"今日那沈婕妤诬陷宫女浪花，我自然是一眼便看出了。但我心里明白，她那么做不过为了自保。我当时就坡下驴，道出红花之事，也是为了让此事有个说法，尽快息事宁人，莫要将沈婕妤所做的苟且之事暴露于众目之下。事后，我自会向皇后娘娘单独禀明原委，保浪花无虞。"

"穆叔你……原来是这个打算。"欣媚眼眸一黯，"但是，即便能保浪花性命无虞，也难免让她去内侍监的牢房受苦，不若将事实真相和盘托出来得爽利。"

穆宏摇头道："沈婕妤步步为营，早就预备好了后着。她一开始诬陷司药房，见不济事，便立刻又赖到浪花的身上。你怎知她后面还预设了什么样的棋子？宫中争斗，往往一不留神便牵连甚广，有时为了自保，嫔妃们根本视奴才的命如草芥。我手上没有证据，如何与之辩斗？"

欣媚被说得哑口无言，嗫嚅着不作声。

"你不过是误打误撞，碰巧见到了那小太监去扔掉的物什，这才能将案子做实。"穆宏道，"只是……宫中的太监宫女闲来无事，总爱翻唇弄舌，传些闺阁秘闻。沈婕妤此事被那么多耳朵听去，岂不是令皇上难堪吗？"

欣媚蛾眉倒竖，神情夸张，道："呀！穆叔，那皇上会不会降罪于我？"

"难说。"穆宏也气鼓鼓地捏起一块茶果，"你呀，以后别一有案子就去凑热闹。古井女尸那桩事，你就此罢手吧。"

"哦。"欣媚端起茶杯，抿了一口，微笑地看着他。

6

昌王府的后花园别具风韵。长长的朱漆回廊将花园环绕，一边是太湖石垒成的假山，一边是金鱼池，池上有一座临水轩，凭栏俯瞰池中的紫藤花倒影，金色红色的鱼儿游动，恰似一张花团锦簇的云被。

临水轩中央摆着一张醉枝木镂雕镶理石八角几，几案上尽是各种珍馐果品，美酒佳酿。两名贵公子对坐着，举杯小酌。

坐在上首的是郑国皇帝的第五子郑玄昌，被封为昌王。他穿一身石青色云蟒纹妆花缎朝服，束发戴冠，方脸阔嘴，生得颇为威武。此刻，他手持金樽，眼望透明的酒液，道："未央宫中的宫女自戕，太子为何要掺和上一脚？看来，此事似乎颇为微妙啊。"

坐在下首的是翰林院大学士司马奎之长子司马琪，穿一身月白金丝织锦服，油头粉面、皓齿红唇，笑道："昌王殿下所见极是。据传，那宫女死前自称亲眼见了宫闱中的秽乱之事，而且涉及极有身份权势的贵人。不知这把火会烧到何人身上去呢？"

"哼，如今太子最想扳倒的人是谁？"

司马琪恍然大悟："自然是明妃娘娘……莫非是明妃的私德有亏？"

昌王摇了摇头："太子若真有明妃私通的罪证,直接揭发便了。这回请旨彻查她的宫女之死,多半还是想搅浑了水,伺机寻出破绽吧。"

"嗯,也是。这明妃娘娘盛宠不衰,犯不着去干那苟且的营生。"

"苏明丽布衣出身,毫无背景。十八岁进宫便获荣宠,一路从才人晋升到贵妃,连皇后娘娘都被她夺了风头。即便如今三十有五,依然是风光无两,那些年轻妃嫔们哪一个能近得了父皇的身呢?"昌王嘴角流露出嘲讽的神情。

"说得是啊。去岁,好不容易有个沈婕妤在她眼皮底下怀了龙种,可谁知今晨竟落了胎。"司马琪眨了眨眼,"殿下可听说,沈婕妤落胎之因由?"

"呵呵。"昌王忍不住笑道,"你这厮刁钻,知你又要编派人。沈婕妤淫欲无度,命小太监用那夫妻闺房里的器具为其消火,招致灾祸。但本王深感疑惑,为何此等私密之事,竟在宫中传得沸沸扬扬?"

"据说,有个愣头青当场揭穿,被一众太监宫女都听了去。"

"哦?竟有这种蠢货!在宫中怕是活不长。"

司马琪点头："可不是哩。好在皇上仁慈,留了沈婕妤一条性命,只将伺候的太监宫女们全部杖毙。"

"哼,父皇一向心软,优柔寡断。太子最怕的不就是苏明丽的枕头风吹久了,将那皇位旁落他人吗?"

"其实,太子殿下未免过虑。明妃娘娘的八皇子玄杰尚且年幼,不足为惧。"

昌王捻起一枚青黄的杏儿,拿在手中把玩。"玄杰如今也有十四岁了。若是明妃有朝一日将皇后娘娘扳倒,摇身成为正宫,那再过几年，待玄杰长成，便得了势。"

司马琪笑道："原来如此，太子殿下岂能容事态发展到那一步？看来此次太子和明妃之间必有一场酣斗。鹬蚌相争，昌王殿下正好坐收渔利。"

"呵呵，"昌王冷笑一声，"司马公子说笑，本王不过是个富贵闲人罢了。"

"非也非也。昌王殿下的母妃乃淑妃娘娘，将门之后，身世显赫。除了太子殿下，您可是皇上的第一贵子啊！"司马琪溜须拍马道，"譬如那六皇子玄亮，虽然能干，但其母孙昭仪乃宫女出身，又无恩宠。我看皇上整日派他外差，显然并不放在心上。再说那七皇子……"

"哼，老七我倒是不惧。这厮从小养在宫外，是不是龙种都难说。所谓沧海遗珠，不过是一个噱头罢了。这两年，父皇好歹给他安了个主管内廷的差事，显然不堪大用。"昌王又喝下一杯酒，"我看他人还伶俐，将来或可为我所用。"

"殿下所言不差。以在下愚见，如今阻拦着殿下的唯有太子和长公主而已。他们是皇后娘娘的嫡子和嫡女，最有权势。长公主虽为女儿身，但手握宫中财库大权，负责内廷一切采买事务，乃是太子最有力的臂膀。只有扳倒了他们，皇位才可有望啊。"

"嘘！"郑玄昌把右手食指置于嘴唇上，"司马公子休要妄言。你我在此饮酒作乐，不谈国事。哈哈哈……"

是夜戌时，大理寺衙署内灯火通明。寺卿丁耀祖正在偏厅审阅案卷，外面有人通报："寺正萧湛求见。"

"进来。"丁耀祖提笔在砚台内舔了舔，快速地批阅了一本案卷。

萧湛乃一堂堂七尺男儿，浓眉阔目，身着从五品盘金绣白鹇官服，进门作了个揖，道："大人，卑职刚从宫中回来。"

丁耀祖请他在旁边一张木雕椅上坐下，道："萧湛，你可曾见到内侍监负责查案的那位孟公公？"

"是的，大人，孟公公向卑职讲述了发现尸首的经过，以及宫中御医的验尸结果。卑职已差人将那宫女的尸首抬至大理寺。"

"嗯。此案恐涉及宫闱秘闻，皇上命大理寺暗中调查，不可张扬。萧湛，所有经手之人务必可靠。"丁耀祖叮嘱道。

萧湛答应，踌躇片刻，又道："大人，此案……卑职颇有些不解。"

"何事不解？"

"那渡月轩乃宫中冷僻之所，平日无人问津。昨晚又下起十年来罕见大雪，厚厚的雪地上只留下了宫女腊梅从大门走至古井的脚印。如此一来，投井而亡便是唯一的结论。不知为何皇上还要命大理寺彻查？"萧湛问道。

丁耀祖略一沉吟，道："你可见到宫女腊梅手掌中握有的枯枝？"

"是的，卑职已将此物证一并带回。但是，一根枯枝又能说明什么？或许不过是宫女临死前碰巧抓在手中而已。"萧湛道。

"太子殿下向老夫透露，宫女腊梅死前曾在宫中与人说起，她亲眼看见宫中某位贵人的秽乱之事。"丁耀祖目光锐利，"太子以为，腊梅是被人灭口的。"

"但只要看过现场便知，此案绝无这一可能啊！"萧湛急切道，"若有人谋害腊梅，必然也要一同行至井边，方可将其推入古井。雪地上只有腊梅一人的脚印，凶手如何近得腊梅之身呢？"

"此事便是你我要勘破的第一个谜团。"丁耀祖道,"萧湛,你既细细查看过现场,可有发现那脚印的异状？老夫记得,八年前柳州有一案,亦是雪地中只留下一行脚印。但细细勘查现场却发现,同一个脚印有许多细微的不同边缘,像是被同一只脚踩过好几遍。由此得出结论,凶手是穿着与死者相同的鞋子,踩着死者的脚印走过去,再倒踩着脚印走回来,造成现场只留下一行脚印的假象。"

"此案乃是江南名捕方木令所破,堪称雪地脚印的经典案例,属下自然未曾忘记。"萧湛拱手道,"今日在现场,也曾细细比对查看,那脚印的确是一次性形成,绝无多次踩踏的可能。"

丁耀祖陷入了沉思,半晌方说道："看来,若宫女腊梅并非自尽,那凶手的手段一定极为高明了。"

萧湛摇摇头,道："大人,卑职有不同的见解。此案并不复杂,腊梅昨日早晨为贵妃娘娘梳头时弄断了娘娘的头发,为怕受罚而投井自尽。从这一角度看,既有现场的证据,又有自尽的动机,完全可以结案了。"

丁耀祖微微一笑,道："萧湛,你可知宫人自戕要株连亲人？腊梅一人犯错受罚,即便被贵妃娘娘杖毙,也不过是一条人命。然而一旦自戕,若无恩恕,那可是全家乃至全族人的性命啊！这笔账,难道腊梅算不过来吗？"

"这……卑职惭愧,不知宫中还有此等规矩。"萧湛只觉后背冷汗涔涔。

"宫中规矩往往都在皇上的一念之间,并无明文法条,你不知亦在情理之中。"丁耀祖道,"但生活在宫中的妃嫔及宫女太监,对这些规矩都是烂熟于心的。稍稍行差踏错,便是丢脑袋的事，如何能不仔细？"

萧湛垂着头，眉心微蹙："腊梅若是被害，那手心的枯枝……"

丁耀祖点点头："不错，那正是你我要勘破的第二个谜团。腊梅临死前手握枯枝，将手掌割破了也不肯放手，这其中必然有深意。或许，是在向我们提示凶手的身份。"

"枯枝？人海茫茫，要如何去找到一个与枯枝有关的人物呢？"萧湛略一转睛，突然喊道，"大人，卑职记得发现尸体的那一对野鸳鸯，女的是永宁宫的二等宫女，唤作李花枝；男的是值守内宫门的侍卫，叫杨九郎。莫非，枯枝指的就是他们俩？"

"此二人现在何处？"

"已关押在寺里的大牢，卑职这就去提审。"

"萧湛，记住要小心审问，不可露出马脚。"

"是！"萧湛一拱手，转身去了。

7

正月初五本是破五迎财神的日子，却因一桩宫女跳井事件闹得人心惶惶，连皇后娘娘都免了各宫的请安，独自去宫中宝华殿上香祷祝。一大早，司药房接到了为明妃娘娘熬制安神汤药的方子，司药尚宫王珍香便命欣媚去准备。

午正三刻，欣媚提着一只装有汤药的朱漆描金八宝食盒来至未央宫。这里是整座皇宫中最为奢华的宫殿，层楼高起，崇阁巍峨，回廊环绕，金饰华丽。欣媚从爬满紫藤花的回廊疾步行至正殿前的空地上，见明妃娘娘的管事太监德公公正坐在门前打盹儿。她一抿嘴，悄悄退至旁边的耳房，见到两名宫女坐在炕上做针黹。

"姐姐们安好！"欣媚笑道，"我见德公公在打盹儿，便知明妃娘娘定是在午睡呢。看来，我这汤药送早了。"

穿银红撒花长棉裙的二等宫女翠儿起身，让她坐下，倒了一瓯子茶水递过来："唉，昨夜因为腊梅的事情，合宫上下闹得不安宁，明妃娘娘自然休息得不好。"

"腊梅姐姐真是傻，明妃娘娘一向宽容御下，她又何必自寻短见呢？"欣媚端过茶杯啜了一口，慢悠悠道。

另一名穿着绛紫色团花长棉裙的三等宫女灵芝眨了眨眼睛，低声道："欣媚姐姐真以为那腊梅是自己去投井的？"

欣媚两眼圆睁，故作惊讶道："怎么？莫非另有隐情？"

"我与腊梅同住一屋，她平日里常爱显摆自己在主子跟前得宠的事。"灵芝一边做针黹一边说道，"大概五六天前，她便在未央宫里到处炫耀，说自己瞧见了一位贵人的秽乱之事。有人询问她究竟如何，她又故作神秘，闭口不言。"

欣媚诧异道："若真是秽乱之事，那便应该向主子禀告。为何要自个儿私下传话呢？她究竟有何打算？"

"咳，根本不必听信腊梅的任何一句话。那丫头从来都是谎话连篇，嘴上没谱儿，若是信了她的话，怕是整个皇宫都不干净了。"翠儿道。

"翠儿姐姐，我倒是觉得……这回腊梅的手里恐怕真有些凭据。她跟我说过，很快会有一大笔钱进账，到时候就给乡下的老子娘买一个大院子，置几亩田地呢。"灵芝又说道。

欣媚眨了下眼睛，道："竟有此事？那么前日，腊梅可曾同你们说起过什么？或是提到要去见何人？"

翠儿道："那丫头惯会偷懒耍滑，平日里就总不见人影，常躲在柴房里休息或是偷吃糕点，有时还跑去别的宫里玩儿。我记得，前日下午，明妃娘娘命人收拾西厢房阁楼上的布匹，寻了她半日也不见人。"

灵芝道："翠儿姐姐，你是不知哩。我晚饭后回屋更衣，见她床上的铺盖胡乱揉着，被窝里面还热热的，敢情是偷懒睡了一下午。"

"这么说来，她是晚饭后才去了渡月轩？"

翠儿摇头道："俺们不知。但她确实未与俺们一道用晚饭。"

欣媚轻轻点头："腊梅死后，她自个儿的那些梯己物品都还在吗？"

灵芝摇了摇头："德公公已经命人收拾了送出宫外给她的老子娘。"

欣媚笑道："灵芝，能去你屋里看看吗？腊梅睡过的铺子总还在吧？"

灵芝疑惑道："姐姐要看什么？"

"说起来，这桩事总归不吉利。"欣媚煞有介事道，"人都说投井之人往往是中了邪的。我幼年时学过些祛除邪祟的法子，可以帮你去瞧一瞧。"

"当真？"

说罢，两人便拉着手来至后面的厢房。只见狭窄的小屋中堪堪摆下三张小床，每张床头边有一口小柜，供宫女们存放梯己的物品，其他的家具桌椅全无。腊梅的床已经空了，连铺盖和被褥都收拾得一干二净。欣媚打开床头的小柜，里面空空如也。

"姐姐要如何驱邪祟？"灵芝问道。

欣媚一愣，信口胡诌的理由经不起盘问，便笑道："我记下这屋子的构造，回头托人去外面庙里替你们烧些元宝便是了。"

"哦，那可多谢姐姐啦！"灵芝高兴地说道。

欣媚不无遗憾地看着这屋子，道："可惜没有了腊梅的遗物，若是能烧掉一两件，便更显齐全些。"

"呀，有啊！"灵芝走到自己的床铺旁，从柜子里拿出了一本书，"这是腊梅姐姐读过的书，我前日刚跟她借了来。烧这个应该管用吧？"

欣媚拿过来一瞧，乃是一本白乐天的《长恨歌》。她难掩兴奋之色，拿在手上快速翻看，字里行间并无异样，唯独在最后部分，用细细的毛笔画出了两句诗。

> 惟将旧物表深情，钿合金钗寄将去。
> 但教心似金钿坚，天上人间会相见。

翻过去，后面还有一句。

> 在天愿为比翼鸟，在地愿为连理枝。

"灵芝，这几道细细的墨线是你画出的吗？"

灵芝连连摆手。"怎会？欣媚姐姐，我连大字都不识几个，这本书是腊梅姐姐借给我，让我学认字的。"

欣媚的眉峰一凝，面色沉了下来。

宫中尚食局的回廊之外有一小片太湖石堆成的假山，上面建造了一座松凤亭，在松柏和凤凰花树的掩映下，显得尤为幽静。这日晌午，大理寺的萧湛从假山脚下匆匆而过，忽然被人叫住了。

"萧大人，您这是刚从李公公那里回来吗？"

萧湛抬头望去，只见上头亭子里摆了一桌酒肴果盘，小真子正独坐自饮。他一拱手，笑道："原来是真大人，您果然有雅兴。萧某从李公公那里回来，您是如何得知？"

小真子冲他招招手，道："大理寺在查宫女腊梅的案子，我亦是知道的。萧大人，不如上来小酌一杯如何？"

萧湛踌躇片刻，登上了假山头，步入松凤亭，在小真子对面坐下。"您有何事吩咐？"

小真子提起一把青瓷酒壶替他斟了一杯酒，上奉道："太子殿下命我在此等候，有几句话问萧大人。"

萧湛接过酒杯，一饮而尽，说："您请说。"

"大理寺昨日连夜提审了二等宫女李花枝和宫门侍卫杨九郎，不知有何进展？"小真子嬉笑着拈了一枚果子递予萧湛。

萧湛拱手推却，道："此二人不大可能是杀害腊梅的凶手。"

"哦？为何如此判定？"

"据太医穆宏大人推断，腊梅死于正月初四的子时到丑时之间。而这个时间，宫女李花枝正在淑妃娘娘的寝殿中值夜，门口有两名太监把守，绝无可能外出；杨九郎在内宫门的门口值守，见过他的人更是不计其数。"萧湛道，"因而，此二人没有杀害腊梅的时间。"

小真子点了点头。"如此，线索可就断了。"

萧湛低垂下眼睑，说："是。萧某方才去见李公公，便是想问问宫中是否还有姓名中带枝、枯、木等字的宫人。"

"萧大人为何认定，腊梅手中的枯枝一定是指凶手的姓名呢？"

"不然呢？真大人又有何高见？"

小真子拱手笑道："岂敢岂敢。萧大人乃大理寺第一名探，我可不敢班门弄斧。不过，昨日我在宫里见识了一位极有趣的宫女，对于查案颇有心得，择日邀来与你会会。"

"呵，女子探案？我可从未听说过。萧某虽然不才，还不至于要向一位女子讨教。"萧湛面露不豫之色，起身告辞，"多谢大人的美酒。公务在身，在下告辞了。"

望着萧湛远去，小真子不动声色地又斟了一杯酒，朗声道："听了许久，还不现身吗？"

一块巨大的假山石后头传来女子嘤嘤的笑声："真公公，莫非你背后长了眼睛不成？"

"哈哈！"小真子扭过头，望着款款走来的女子，"欣媚姐姐，是我约你来此，自然晓得你早已等在身后。"

"原来是真公公找人传的话。"欣媚疑惑，"有何事？"

小真子站起身，把她让到上座，笑道："姐姐不必紧张。小真子也是受人所托，请你见一个人。"说毕，他拍了两下掌，只见一名身材瘦高的太监从亭下的山洞里走了出来。

这太监穿着青色圆领蟒袍，二十五六岁年纪，生得面如满月、目似朗星，好一派清秀儒雅的气度。走上前来跟欣媚施礼道："欣媚姑娘，鄙人乃太子殿下身边的贴身太监，叫作许世才。宫里人都喊一声小许子。"

"哦，原来是许公公。欣媚这厢有礼了。"欣媚也躬身福了一福。

双方厮见毕，彼此对席而坐，小真子打横。酒过三巡，小真子笑道："欣媚姐姐方才想必听到了我与大理寺正萧湛大人的谈话。如今，未央宫的宫女腊梅投井的案子，还十分胶着哩。"

"皇上既命大理寺调查,想必对腊梅姐姐自戕一事有所怀疑。"欣媚不动声色地说道。

"依姐姐看,此事究竟如何呢?腊梅是自戕还是被人谋害?"小真子问道。

"自然是谋害,毋庸置疑的事。"

话音刚落,只听见"噗通"一声,许世才跪倒在地,拜道:"欣媚姑娘,若能替鄙人妹妹伸冤,我全族人定当感激不尽啊!"

欣媚连忙起身,扶起许世才,问道:"许公公,原来腊梅是你的妹妹?"

"不错,腊梅与我乃是一母同胞的亲兄妹,因家道中落,双双入宫为奴。兄妹俩在宫中相依为命、互相扶持,感情极为深厚。"许世才边诉说边落泪,"怎奈小妹性子直,说话不懂得拿捏分寸,更不知避讳。她被害前一日曾来寻我,说亲眼见到了宫中的秽乱之事,还说要拿此事去某个显贵之人那里讨得些好处。因小妹向来喜欢吹嘘,所言之事往往夸大,我便没有在意。谁承想……"

欣媚颔首,从衣内掏出一卷书,道:"许公公,你可见过这本《长恨歌》?"

许世才看了看,道:"未曾见过。此书有何奥妙?"

欣媚将书页翻到最后部分,指着上面的两行诗句,道:"方才,欣媚去未央宫送汤药,遇见了腊梅同屋的宫女灵芝,她说此书乃是令妹借予她之物。看,这两行诗句被人用细毛笔画出,你可解其意?"

"长恨歌……这是讲唐玄宗与杨贵妃的故事。"许世才蹙眉,"说句大不敬的话,此乃公公与儿媳的乱伦之情,在三纲五常之外。莫非,腊梅画出的这两句诗,暗含了宫中某位深陷秽乱之事者的线索？"

"许公公高见！"欣媚拱手道。

许世才连连摆手作谦，又道："欣媚姑娘，鄙人不才，在太子殿下跟前效力，也得了些赏识。此番小妹被害，殿下十分同情，特地下了一道密令，请欣媚姑娘暗中调查，为吾妹伸冤！"

"太子殿下？怎会知道我？"

小真子笑道："姐姐解开沈婕妤娘娘滑胎一事，总管太监李秀英已禀告了太子殿下。这是殿下赐予你的腰牌，准许你出入宫门，查明真相。"

欣媚接过腰牌，见紫檀木牌上雕刻了"东宫"二字，拿在手里沉甸甸的，仿佛要直坠到她心底去。霎时间，她心念急转，思量片刻，抬头笑道："承蒙太子殿下抬爱，欣媚领命。许公公，还请代为禀告殿下，这几日务必要勤谨看守宫门，切勿使凶手逃脱。若发现形迹可疑之人，必要抓起来细细审问。"

第二章　金簪雪里埋

1

"欣媚姐姐，慢些儿走。"小真子的脚步声由远及近，"一拿了腰牌就想去查案，司药房就没有别的差事了吗？"

欣媚一回身，与那张英俊的脸庞对个正着，瞬时面色绯红道："这是太子殿下的旨意，还轮得着司药房来置喙吗？"

"可是，太子殿下命你暗中调查，切不能将此事告知司药尚宫。"小真子道。

"那是自然。"欣媚斜睨着他，"原来，太子殿下是派你来监视我的！公公请放心，司药房那里欣媚自有法儿通融。你且去禀告殿下，我不会坏了他的事。"

小真子脸上漾起一缕如春风般明媚的笑意，缓缓道："小真子乃是主动请缨，来为姐姐保驾护航的。这宫里妖魔鬼怪甚多，光凭一张腰牌，未必能转得开。"

欣媚一愣，心想这小太监生得实在白净好看，总觉得像是在何处见过。可惜做了太监，否则不定要惹出多少风流情债来呢。

"如此，那便劳烦真公公了。"欣媚顽皮地福了一礼。

说话间，两人便来到了渡月轩的门首。大理寺已将周围一丈开外的空间都用木桩和绳索围了起来，萧湛正带着几名衙役在里面勘查。

小真子上前伏在萧湛耳畔嘀咕了几句，又递上了一卷书籍。只见这位大理寺正翻看了几页，立时面色骤变。他转过脸，拿眼梢瞟了欣媚两眼，面露惊讶和感佩之色。走过来对欣媚作了个揖，道："方姑娘，这本《长恨歌》是腊梅遗留之物？"

欣媚亦款款施了个礼，道："萧大人，正是。这书乃是从腊梅同屋的宫女那里得来的。"

萧湛双眉深锁。"在地愿为连理枝，这句子中的连理枝会不会同腊梅手中的枯枝有关？"

"萧大人所言极是，欣媚亦有此怀疑。"

"容姑娘见谅，萧某要将此证物带回大理寺。"

欣媚伸手一摊，笑道："但凭大理寺处置。"

小真子见机道："萧大人，太子殿下十分看重这位姑娘，还望大人通融，准许一同勘查。"

萧湛道："方姑娘聪明机警，颇得太子殿下赏识，萧某人佩服！"

欣媚亦道："萧大人谬赞。欣媚无才无能，不过是仗着从家父那里学来的一些办案经验。蒙太子殿下错爱，不敢懈怠，惟有脚步勤快些，多搜集些线索才好。"

"姑娘果真是方木令的女儿？"萧湛问道。

欣媚一愣，问："萧大人如何得知？"

"真大人告诉我的。"

小真子在一旁微笑道："太子殿下选人办差，自然要查清家世来历。说起方大人的威名是何等响亮，不论在朝堂还是民间，几乎无人不知晓这位神探的大名啊。"

萧湛道："说得是。萧某自入行以来，一直以方大人为榜样。曾有幸见过方大人一面，听他谈得三五件查案的关节，获益良多。"

听了这话，欣媚胸膛起伏，心内感慨。父亲虽然离世已有三年,但他曾经屡破奇案、为民请命的声名却永远地留在了人间。

"欣媚替家父谢过两位大人的赞誉。萧大人,不知大理寺今日再次来勘查案发现场,所为何事?"

萧湛目光微敛,迟疑片刻道:"正是为了腊梅手中的那段枯枝。我们想找到那段枯枝究竟出自何处。"

"咱们想到一处了。"欣媚兴奋道,"上回我见那枯枝,似乎是从某棵枯树上折下来的。而腊梅又紧紧攥在手中,说明这很可能是她临死前折的。多半那棵枯树就在这渡月轩中。"

萧湛微微颔首:"方姑娘说得是。只可惜,我们寻遍了这渡月轩,却还未找到与那枯枝相似的树种。"

欣媚闻言笑道:"我看那枯枝并非出自高大的乔木,更像是来自某些低矮的灌木。萧大人,欣媚有个不情之请,能否将这渡月轩的雪地扒开,细细查找一遍?"

"这……"萧湛露出吃惊的神色。为查案需要,大理寺已下令,渡月轩及周围一丈内的雪地保持原样,不得破坏。即便衙役们进入渡月轩查案,亦是循着前人已踩踏过的地方,不敢去动那一串腊梅的脚印以及未被踩过的雪地。如今,这小小的宫女却提出要扒开雪地查找枯枝,令萧湛不禁心生疑窦。此女莫不是想要破坏现场的证据?

"萧大人不必有疑虑。这雪地上的脚印只需请画师依样拓下即可,包括脚印的深度及样子皆可记录下来。积雪终将化掉,但按照近几日的天气,恐怕需要十天半个月方可化净。若届时再去查看雪地之下的线索,恐怕已经晚了。还望萧大人尽早做出决断。"欣媚道。

小真子也摇晃着脑袋道:"萧大人,依在下愚见,那腊梅被害之时,风雪下得正大,恐怕有些证物被埋在积雪之下也未可知。欣媚姐姐之言，实属良策。"

萧湛思索良久，冲身后的衙役挥手道："来人，速去找一位画师来。"

不消半个时辰，现场的各种痕迹已被画师悉数拓下。萧湛命衙役们扒开渡月轩地面的积雪，查找跟案件有关的线索。一时间，渡月轩内四处都是扒雪和铲雪的身影。

欣媚亦在其中，低头俯身，仔细搜寻。小真子凑到她身边，笑道："姐姐何必如此辛劳？这些粗重的活计交给衙役们去做便是。我这人最见不得姑娘受苦，这细细嫩嫩的皮肉，哪儿受得了这等操磨？"

欣媚瞟他一眼，冷笑道："真公公一定是大户人家出身吧？您见过的姑娘都是养尊处优、弱不禁风，自然受不得操磨。像欣媚这种自小在田间野惯了的，莫说是跑凶案现场查看，就连被害人的尸身也是摸过的。"

"当真？姐姐实在令我大开眼界，佩服佩服。"小真子连忙作了一个揖，目光直愣愣地盯着欣媚的手。

"对了，真公公，您究竟是什么来头？"欣媚突然反问道。

小真子一脸迷茫。"姐姐这话何解？"

"您一会儿跟在大内总管李公公的身后，似是他的得力助手，一会儿又跑出来替太子殿下办事。而且，您与大理寺的萧大人也十分熟稔，似乎这宫中就没有您办不了的事儿。"欣媚两眼一瞪，说出了盘桓在心头的疑虑，"虽然您穿着二等太监的制服，但应该不只是一个简单的小太监吧？"

小真子吃吃地笑道："姐姐果然冰雪聪明。那么，你倒猜猜看，我究竟是什么身份？"

欣媚上下打量着他，笑道："且待我思量。真公公仪表堂堂、谈吐不凡，一看便是高门贵族出身。但却在这宫里当了个太监，可见家中遭遇了莫大的变故，或许是罪臣之后被贬为奴？"

小真子目光沉蔼，并不答言。

"入宫之后，你为人机敏、圆滑融通，颇得宫中主子们的赏识。"欣媚继续说道，"主子们多少有一些不欲为人所知的差事需遣人办理。我猜，你应该是替太子殿下办过某些私密之事，受到太子的倚重，因而获得了比一般太监更高的地位和实权。"

小真子拍手笑道："姐姐莫非神人？竟能将在下的来历看得如此通透。我的确在太子殿下跟前得了些脸，又跟各宫的主事们处得融洽，在这宫中谋生也算是游刃有余了。"

欣媚勉强笑了笑，心内感叹，这样一位才貌俱全的贵公子，竟沦落为皇宫里的一枚棋子。这身世与境遇，跟自己亦有些同病相怜之处了。她不再说话，扭过头，仍独自去古井旁的地面搜寻线索。

"姐姐与小真子颇有眼缘，若是日后有用得着我的地方，姐姐只管吩咐。"小真子的声音又在耳畔呢喃。他一凑近，便能闻到他身上那股淡幽绵长的茉莉清香，让人神志迷乱。

欣媚躲开他的脸，讪讪道："真公公客气了。咱们都是宫里的奴才罢了。咦，这是何物？"

从古井边青石板的缝隙里，欣媚用指头捻起一根簪子来。那是根纯金打造的发簪，上面刻着寿字花纹，簪头还镶嵌了一圈细密的蓝宝石。

小真子笑嘻嘻地夺过去看。"呀，这可是上等的金簪，看起来像是娘娘们所用的饰品，怎会掉落在这种地方？"他一边看，一边转动着簪子，突然双目圆睁，凝住了笑容。

欣媚好奇地凑过去一瞧，只见在簪子的内侧刻着一行小字：

王孙无归处，京都不眠音。

"这似乎是一句情诗？"欣媚疑惑道，"真公公为何如此紧张？"

小真子眼神愕然地看着她："姐姐难道没有听过这句诗吗？"

"欣媚才疏学浅，未曾读过，不知是哪位大家的作品？"

"这是去岁长公主殿下生辰时，皇上亲自写下的诗句，全文是：兰卉独清韵，傲然卓不群。王孙无归处，京都不眠音。因句中暗含了长公主殿下的闺名，皇后娘娘便命人将此诗的前后两句分别刻在一对祖传的金簪上，还说要作为长公主出嫁时的嫁妆哩。"小真子的眼珠来回转动，语气也焦躁起来，"这是一首藏头诗，后一句中，王孙的王字和京都的京字，正是公主的闺名。"

"王京？"

"是琼字，公主的闺名叫作琼儿。"小真子悄悄在她耳畔说道。

欣媚一转念，惊道："腊梅在《长恨歌》中画出的诗句提到了金钗，是玄宗和贵妃的定情之物。如今，长公主的金簪掉落在此地，莫非……"

"你们可找到什么可疑之物？"这时，萧湛挪着步子向他们走来。

小真子刚想将那金簪藏进自己的袖中，却被欣媚瞥见，一把夺了过来。"我们在这石板缝中找到了这根金簪，请萧大人过目。"

萧湛接过金簪，只看了一眼，便神色大变。他慌忙将簪子收进掌心，道："方姑娘，这根金簪之事，万不能跟旁人说起。"说完，他颇有深意地看了小真子一眼，便急匆匆离开了渡月轩。

2

长公主是皇帝和皇后娘娘在东宫时所出的嫡长女，身份尊贵，备受宠爱。她所居住的永乐宫位于皇宫的南侧，靠近后宫与前朝之间相隔的"天街"地带。宫殿之中金碧辉煌，古董字画琳琅满目，花卉锦簇兰麝芬芳，一派娇贵奢丽景象。

然而，此刻正殿里却传来凄厉的责骂声："那是太后娘娘崩逝前赐予你的一对簪子，是代代相传的嫁妆，怎会轻易丢失？"

皇后庞艳端坐在正殿的一张酸梨枝弯纹玫瑰椅上。只见她银盆脸儿，水杏凤眼，眼角可见岁月烙下的细细纹路。穿着一套牡丹凤凰纹对襟外褂，头戴至尊凤凰簪，双眉紧蹙，面沉如水，不怒自威。

长公主郑琼儿跪在冰凉的金砖地面上，掩面期期艾艾道："母后息怒。那对簪子儿臣一直仔细保管，实在不知怎会落到渡月轩。"

"琼儿，若要人不知，除非己莫为。别以为本宫不知道你的那些事儿。"皇后咬碎银牙道，"堂堂一国公主竟……实在有辱皇家清誉。"

"母后，莫要听信那起子宫娥奴才们的闲言碎语。"长公主哭道，"他们是瞧见门前石狮子腿儿沾水，便能想到龌龊事情的贱骨头。母后何苦为了那些闲话，生那么大的气？"

皇后额头青筋暴起，道："身正不怕影子斜。你若行得正，坐得端，哪里会有这些污言秽语？这根金簪到底怎么丢失的，今日必得给本宫一个交代。"

长公主脸色惨白，磕了一个头道："启禀母后，儿臣思量，除夕那夜，儿臣曾经戴着那根金簪赴父皇的合宫宴会，或许是无意间碰落在地，被哪个宫女捡了去，也未可知。"

"哼，如今你也就拿这些说辞来搪塞本宫罢了。大理寺已向你父皇禀报，那死去的宫女腊梅留下一本《长恨歌》，其中暗指宫中有人私赠金钗传情，做出秽乱之事。而在她投水的古井旁，又发现了你的金簪。此事……如何还洗得清？"皇后怒道。

"大理寺……为何要查这些事情？"长公主喃喃道。

"那是太子专门向你父皇陈情，说那宫女腊梅之死颇有蹊跷，请旨命大理寺暗中调查。本以为那腊梅是未央宫的人，说不定能扯出明妃的什么事儿来，谁知竟查到了你的头上。"皇后扼腕道，"大理寺不敢专断，立即将此事禀告了皇上。你父皇大怒，不仅训斥本宫教导无方，还下令务必查清此事是否与你有瓜葛。琼儿啊，你的好日子可到头了。"

长公主立时瘫坐在地，瞪着一对杏眼，哭道："父皇怎能如此对待儿臣？彻查此事，岂不是让合宫都知晓女儿的名节有疑吗？"

"你道旁人还不知晓？此事如今已在宫内传开了，那明妃指不定如何在暗中偷笑呢。"皇后气恼道，"你父皇下令彻查，也是为了还你一个清白，好堵住那悠悠众口。"

长公主眼珠一转，跪直了身子，问道："母后，大理寺是谁在负责调查此事？"

"是大理寺正萧湛。"皇后道，"但是，听说查到腊梅留下的那本《长恨歌》以及发现金簪的是一名司药房的宫女。本宫还未查到此女是什么来历！"

长公主眯起细长的眼眸，道："萧湛为人忠诚谨慎，绝不敢私自泄露案情，更何况还牵扯皇室，定是这不知好歹的贱婢，将金簪之事传得合宫皆知。母后，儿臣不论她是什么来历，绝不会让她活到明日。"

萧湛离开后，欣媚同大理寺的衙役们又在渡月轩里搜查了两个多时辰，未再发现新的线索。欣媚对小真子道："看来，腊梅手中的那一截枯枝，并非来自渡月轩中的树木。"

小真子道："然则腊梅为何要攥着一截枯枝来这渡月轩呢？"

"或许，这段枯枝并非腊梅带来，而是凶手带来的。"欣媚眨眼道。

"凶手？他带一截枯枝又有何意？况且，这枯枝又怎会落在腊梅的手里？"小真子问道。

欣媚摇了摇头。"现在都难说。真公公，比起枯枝，如今那根金簪更值得思量。唐突问一句，腊梅所说的秽乱之事会不会与长公主有关？"

小真子脸颊抽搐，讪讪道："姐姐何故问我这个？在下不过是一介小太监，哪里会知道皇室秘闻？"

欣媚抿嘴一笑："方才见萧大人面色慌张，如今你又是这般讳莫如深的模样，看来此事八九不离十了。"

"嘘——"小真子上前用手掩住她的嘴，"姐姐莫要妄议上面的事。长公主乃是皇上和皇后娘娘的嫡长女，出生时天降祥瑞，乃是我朝的吉祥圣女。姐姐可别胡呲，当心没了小命。"

欣媚拨开他的手，肃然道："真公公，调查此事乃是太子殿下的旨意，即便事涉长公主，只要太子殿下没有明令禁止，我便要调查到底。"

小真子左顾右盼，见四下无人，凑到欣媚的耳畔，低声道："唉，姐姐不知内情。长公主生性放荡，前些年曾经在她的寝宫内发现过御前的侍卫，皇上知晓后震怒，差点儿把她废了。皇后娘娘苦苦求情，又说长公主乃国运之所系，这才硬把事情压了下来。"

"竟有此等事？"

"别嚷！此乃机密，切不可与外人道也。"

欣媚笑道："若是机密，怎么连你都知道？"

"纸包不住火，宫里自然也会有一些人知晓。但这根金簪的事情若是传出去，长公主的名声怕是保不住了。"

"阿嚏——"一阵阴风吹过，欣媚不禁打了个寒噤。

小真子忙将搭在胳膊上的一件织锦镶毛斗篷披在了她的肩上。欣媚诧异道："哪儿来的斗篷？"

小真子笑道："方才我见姐姐哆哆嗦嗦，直打寒噤，便命人去取了件斗篷来。"

"真公公对姑娘们可真是体贴入微啊！"欣媚打趣道。

"只对姐姐才如此的。"小真子将手擦过她的耳垂，悉心整理了斗篷的领子，顺便替她将带子系上。手指温热的触觉在脸庞擦过，令她的身子莫名抖了抖。明知他不过是个阉人，但宫中对食之事亦是有的，还是保持距离为妙。

欣媚后退了一步，脸色微红，道："天色已晚，咱们回去吧。"

二人刚踱出渡月轩的大门，便见一个小太监提着一方食盒急匆匆走过。小真子喝道："六安子，你上哪儿去？"

六安是御膳房的三等太监，闻言驻足，过来行了个礼："见过真大人！奴才给贺太妃送晚膳去。"

欣媚抬头看天，已是酉时初，便问："六安公公，你每日都从这条道上过吗？"

六安点头道："是咯，这位姐姐，我负责给贺太妃送晚膳，从御膳房到太妃们住的宝祥宫，走这条道最清净。"

"那么，这几日你经过这渡月轩时，可曾发觉有何异样？"欣媚问。

六安有些不自在地看了看小真子，道："若说奇事，倒还真有一桩。"说着，他将食盒放在门首的石狮子旁，走至大门前，指着那具门锁道："你们瞧，这锁是旧的，生满铜锈，一直都是堪堪挂在门上，根本就无法锁住。因而，这渡月轩里常常有宫女和侍卫来偷情，或是宫女和太监对食……"

听到此处，欣媚不禁拿目光瞥了小真子一眼，见对方正笑盈盈地瞧着她。

"前天傍晚，也是这个时辰，我给贺太妃去送晚膳，走到此地有些内急，便想进渡月轩寻个地儿方便，却发现门上多了一具新锁，把门给锁住了。"

"哦？"欣媚惊道，"你确定是一具新锁？"

"当然了。"

"那旧锁呢？"

"未曾看见。"

"可是，现在这里挂着的明明还是那具旧锁。"欣媚道。

六安耸了耸肩，道："所以，才说是一桩奇事嘛。这锁被换的那天晚上，未央宫的腊梅便在这渡月轩里投井自尽了。我天天都瘆得慌，疑心那具新锁跟腊梅的死有关联。"

"那你为何不向上禀报此事？"欣媚道。

六安眼神怪异地看着她。"姐姐，您莫说笑了。我这样的奴才,说的话有谁会听?况且,也没人来问过我呀。"

欣媚笑道:"对不住,是欣媚失言了。真公公,您可记得那偷情的宫女和侍卫来渡月轩时,大门的锁是何种情形?"

"我记得萧大人问过那二人,说是渡月轩的锁一向就形同虚设,那日二人进入时,与往常并无二般。"小真子道。

欣媚陷入沉思。"如此看来,腊梅被害的可能性更高了。"

"哦?姐姐此言何意?"

"腊梅死于午夜子时,而酉时初这渡月轩已被锁起来了。她若为自戕,要如何打开那具新锁,进入院中呢?"欣媚反问道,"由此可推断,那具新锁必然是凶手所为,只是他为何要提前将这渡月轩锁起来呢?是为了布置杀害腊梅的机关吗?"

六安听得呆了,问:"真大人,这位姐姐莫非是捕快吗?"

3

二人与六安道别后,便往西拐入渡月轩旁边的一条小巷。巷子的道路已被清扫出来,但因为在阴面,道两边的积雪仍十分厚重。

行了几步,欣媚突然停下脚步,来至道旁,借着路灯的光线查看那积雪。她伸手扒拉两下,突然叫道:"真公公,您快来看,这积雪下面似乎有圆柱形的印子。"

小真子凑近一瞧,只见在被清扫出来的积雪下面,果真有两道竹管筒形状的印子。"姐姐以为,这是何物造成的?"

欣媚抬头又看了看,指着院墙上的积雪,道:"瞧,这围墙顶上的雪也有被抹落的痕迹。依我看,似乎有人曾在这里架起竹梯,立在西院墙边上,往渡月轩里面探头观望。"

小真子击掌道:"欣媚姐姐,如此看来,那雪地脚印之谜便可破了。"

"哦?你且说来。"

"凶手背着腊梅的尸首,凭梯子爬上墙头,然后将尸首从高处抛入那古井中,就不会在雪地上留下脚印了。"小真子道,"事后,凶手再自行走至古井边,伪造出腊梅的脚印,然后纵身一跃,从墙头上跳出,自戕的假象便完成了。"

欣媚思索片刻,噘着嘴道:"此法看似可行,但颇有难度,风险也极大。我瞧那古井距离院墙足足有两丈远,尸身沉重,恐怕难以保证能恰好扔进古井之中。至于从古井边跳出院墙外——对于普通人来说,更是无法做到的事。"

"世上无难事。这凶手要设计如此精巧的机关,必然做了万全的准备。若是江湖上的侠客,通过多次练习,应该可以有八九成的把握。"

"侠客?这后宫里哪儿来的侠客?"欣媚笑道。

小真子道:"后宫藏龙卧虎,隐匿身份、深藏不露的大有人在,姐姐不就是一个吗?"

欣媚红了脸。"罢了。烦请真公公告知萧大人,这墙脚下和墙头的痕迹十分重要,或与凶手从雪地脱身的机关有关,请派画师尽快拓下来。天色不早,司药房那边还有差事,欣媚告辞了。"

"姐姐,我那里有一壶太子殿下赏赐的琼花露,一道去品品如何?"小真子笑道,"我还有好些话,想对姐姐说哩。"

"心领了。再不回去,司药尚宫该怪罪了。"欣媚连连摆手,逃似的往小巷深处跑走了。

* * *

回到居住的下房,欣媚解下身上的斗篷,拿在灯下细细地看。只见江南上供的彩锦上绣着百花争艳的图案,斗篷边沿镶了一圈灰色兔毛,是主子们才能用的上等物品。欣媚心下暗惊,小真子果然阔气,在主子身边得了这么好的东西。可他拿来这斗篷给她用,倘若被人瞧见,反倒让人疑心是她偷了主子的东西。

正思间,同屋的三等宫女小梅走了进来,欣媚连忙将斗篷塞进被子底下。

"姐姐藏什么东西呢?"小梅笑道。

"没有。"欣媚板起脸道,"尚宫们可用过晚膳了?"

"正在用呢。"小梅道,"你今日晌午后到哪里去了?王尚宫寻你好些时候了。"

"我今日下午不当班,王尚宫找我何事?"

小梅走到自己的床铺边,脱下衣裳外罩,低声道:"姐姐,你到底闯了什么祸事?我看王尚宫寻你时,脸色不好呢。"

话音刚落,门口闯进来五六个太监,都是清一色的紫衣太监打扮。为首的是个胖大肥脸的,喝道:"哪个是欣媚?"

欣媚朝前挪了半步:"欣媚在此。"

胖太监脸上横肉一抖,道:"来呀,拿下!"

霎时间,两个小太监来到她的身后,将她双手反剪,用粗麻绳捆了起来。绳头用力一束,登时手腕如刀割一般疼。

"这位公公,欣媚犯了何事?为何抓我?"欣媚扭动身子,却无法挣脱。

"少废话,带走!"

欣媚被他们拽着往门口走,情急之下,她扭过头对着小梅张了张嘴。

* * *

永乐宫的暖阁中红烛高烧，长公主正阖眼斜倚在一张黄花梨折枝梅花贵妃榻上，手中捻着一串碧玺香珠手钏。

大宫女翠娥走入暖阁中，下拜行礼道："启禀殿下，那贱婢已挨了十几板子，还不肯吐露幕后主使之人。"她身材窈窕，风姿绰约，只因右侧脸颊长了一个大痦子，面貌便显得有些狰狞。

长公主微微睁眼，一道寒芒射出。"那贱婢怎么说的？"

"她说，只是偶然听到腊梅投井一案，甚觉新奇，便偷偷潜入渡月轩内，碰巧发现了那根金簪。"

"空口嚼舌！大理寺的萧湛分明已对渡月轩全面戒备，她怎么可能潜入进去？"长公主一怒，头上的钗环叮当作响。

"是的。奴婢也拿话问她，萧大人为何会默许她进入渡月轩，但她总是语焉不详，似乎背后另有缘故。"

长公主冷笑一声："她不是还发现了一本腊梅读过的《长恨歌》吗？那又是怎么回事？"

翠娥道："她说那本书是未央宫的一名叫作灵芝的宫女拿给她的。灵芝与死去的腊梅同住一屋，曾跟腊梅借了这本书来看。因而才有人说，那书上画线的句子是腊梅暗指宫中发生了秽乱之事。"

"哼，去将那个灵芝带来。"

"殿下，灵芝是未央宫的人，恐怕轻易不好动。"翠娥微微抬头道。

"难道本公主还怕了那个女人吗？此事定是苏明丽在背后撺弄，腊梅、欣媚和灵芝都是她的人。"长公主发飙道，尖利的嗓音在殿中撞击回荡。

翠娥道："殿下，这欣媚虽然古怪，但听她言语，似乎并不是明妃的人。您想，萧大人能默许她进渡月轩搜查，恐怕不是明妃能左右的。"

"莫非……是父皇？"长公主心头一阵恶寒，"去，继续严刑拷问。若是天亮前还不招认，便直接拉去宫外乱葬岗活埋。不管是谁指使她，本宫权当不知便了。届时有人问起，你们只说她得罪了本宫，按宫规处置了。"

翠娥一愣神，忙不迭地拜倒："是，遵旨。"

坤宁宫本是皇宫中最尊贵华丽的宫殿，如今却也成了最孤寂冷清的所在。皇后庞艳已年近五十，日渐色衰爱弛，与皇帝情疏意淡。夜半三更时分，皇后卸了妆容，正欲就寝，却来了一位不速之客。

太医穆宏穿着齐整的官服，匍匐跪在正殿的金砖地面上，连连叩首。

皇后端坐在正殿的金漆楠木龙凤交椅上，低眉瞧着自己细长的指甲，道："夜已深，太医无召不可觐见。穆太医，为何今夜非要求见本宫？"

穆宏重重地磕了一个响头，道："皇后娘娘恕罪，实乃人命关天，微臣迫不得已，只能求助于娘娘。"

"哦？何事？"

"方才，司药房的一名宫女欣媚被长公主殿下强行带走，恐被秘密处决！"穆宏目色惶惶，声音亦颤抖着，"求皇后娘娘下旨，免此宫女一死。"

"这宫女犯了何事？"

"未犯任何事，只不过是性子顽皮，去那宫女投井的渡月轩看了会儿热闹……"穆宏低头说道。

皇后闻言便明白了原委，冷笑道："这婢子在宫中散布谣言，诬蔑长公主，以下犯上，即便处决也不为过。"

穆宏慌得连连叩拜道："皇后娘娘，还望明察。如今宫中四处都在传长公主殿下的流言，传播速度之快，绝非一个宫女信口雌黄便能做到。微臣从太子殿下处听闻，那腊梅死前也曾与人说起见到宫闱秽乱之事，却只是少数几位听者知晓，并未形成声浪。而针对长公主殿下的谣言，几乎短短几个时辰便传得人尽皆知，这背后难道没有古怪吗？"

皇后眯缝着眼，道："穆太医的意思……有人存心散布这谣言？"

"正是如此。依微臣对欣媚的了解，她不过小孩心性，虽然顽劣，却也懂得高低分寸，绝不会将此等未决之要事四处张扬。"

"那依你之见，是谁在散布这等谣言？"皇后的目光渐渐凝成一把利剑。

穆宏不敢抬头，道："微臣不知。只是，欣媚在这宫中浮根无萍，绝无可能凭一己之力将谣言传遍宫闱。"

皇后冷笑道："浮根无萍？穆太医，这宫女跟你又是什么关系？为何你深夜巴巴地跑来为她求情？"

穆宏又磕了一个头，道："皇后娘娘，微臣与欣媚的亡父乃忘年之交。微臣自幼便看着她长大。三年前她父亲去世，微臣曾在灵前应承，必将她当作亲侄女一般，尽力照拂。"

"唉，你呀！"皇后眉心微蹙，身子往后一仰，叹道，"小蝶过世之后，你便像是丢了魂儿一般。年纪轻轻，过着孤老头的日子，多少人说媒你都不理会。虽然小蝶是本宫的亲侄女，你这般念着她，本宫亦是感念。可日子总还得要过下去，难道你准备靠照顾别人的女儿，过一辈子？"

"皇后娘娘教训得是。"穆宏低下头去,声音越发哽咽,"庞蝶虽是我未过门的妻子,但我俩从小志趣相仿、情投意合。在微臣眼里,这世上再无及得上她的女子。微臣亦不想再接触其他任何女子了。"

"这又是何苦来?"皇后想起了自己早亡的侄女,抹了几滴眼泪。

穆宏再次叩首道:"还求皇后娘娘垂怜,莫要让那宫女欣媚蒙受不白之冤,丢了性命。"

皇后合上了眼,头微微靠着龙凤交椅上的绣凤软垫,缓缓道:"你去吧。此事本宫还要再思量。"

"可是,皇后娘娘,长公主殿下或许今晚就会……"

"退下吧。"皇后轻轻甩动了下衣袖。

穆宏无法,只得起身,缓步退了出来。

4

距离宫门外约摸一里地,有一个乱葬岗,是掩埋那些无人认领的宫人尸首的场所,亦是秘密处决犯事宫人的地方。

天色微明,两个健壮的太监寻了一处地方,拿铁锹挖了半日,总算挖出个能容纳一人大小的土坑。为首的胖太监指了指站立在旁边的一个瘦弱身影,道:"扔下去。"

"不,几位公公,还望再听小女一言。"欣媚的脑袋被黑布蒙着,双手被反绑在身后,声音却还冷静沉着。

"临死了,还有甚可说?方才让你供出明妃娘娘指使传谣之事,你怎嘴硬。怎么?如今想通了?"胖太监道。

欣媚道:"公公,子虚乌有之事,欣媚怎可胡乱攀扯?只是,公公们若是在此地处决了我,恐怕日后也会受到牵连。"

"哼,这是奉长公主殿下的命令,我等怎会受牵连?"

"这皇宫之中,比长公主有权势、有地位的还大有人在。试想,凭欣媚一介小小宫女,如何能够自由出入那案发的渡月轩?自然是有上头的默许。"

"那你且说出,是谁指使的你。"

欣媚摇头道:"公公们都是明白人,想一想在长公主殿下之上的主子们都有谁,便不必再问了。"

胖太监有些焦躁,喝骂道:"日后牵连是日后的事,今日若不在此结果了你,长公主殿下定会要了俺们的小命。快,把她推下去。"

"啊……"一名太监伸腿踢了一下欣媚的左腿,她就势跪倒,整个人滚入坑中,惨叫不绝。

"住手!"黑暗中,一个洪亮的男人声音从乱葬岗的最高处传来,"谁若敢动手,现在就要了他的命!"

几名太监有些恍惚,抬头一看,只见月光之下站着一名太监打扮的男子,手持拂尘,威风凛凛。

"来者何人?"胖太监问道。

"奉太子殿下之命,特来请这位欣媚姑娘前往东宫问话。"那太监答道。

"太子殿下?这……"几个太监面面相觑,"阁下有何凭证?"

"你们且上来,看看我是谁。"

胖太监哆哆嗦嗦地走了上去,一见那副尊容,便萎了半截气焰,道:"真大人,原来是您。果真是太子殿下的命令吗?"

"怎的?如若不信,只管去东宫求证。"

"不不，岂敢岂敢。奴才们这就去向长公主殿下回话。"胖太监招呼上另外两名太监，三步并两步，瞬时便跑得没了影儿。

小真子走过来，蹲在土坑旁，笑问道："死了没？"

"贼坏东西，还不把我拉上去？"

小真子笑着拉住欣媚的手，用力将她拽了上来。顷刻，将她头上蒙着的黑布扯去，作了个揖道："姐姐倒是沉着，临活埋了还能跟那些奴才们讲理嘞。"

"欣媚可不怕死，只怕死得不值。"欣媚眯起眼，打量着月色下的小太监，觉得他越发眉目俊朗，温润如玉，"你怎知他们会带我来此地？"

"长公主处决人，最爱在此地，我也不过是碰了碰运气。"小真子叹了口气，满腹委屈，"姐姐，你可真是吓坏我了。"

欣媚笑道："真公公又是如何得知长公主拘了我？"

"姐姐让那宫女小梅去找穆太医报信，正巧我在太医院查看方子，听了一耳朵，便即刻去向太子殿下回禀了。"

欣媚深深一拜："多谢真公公救命之恩。只是，欣媚一直在想，这祸事来得实在蹊跷。咱们在渡月轩找到那根金簪不过几个时辰，关于长公主偷情的谣言就传遍了皇宫。当时，知道这根金簪之事的只有萧大人和你我二人，其他衙役都只是在附近搜查，连咱们的交谈都未曾听见过……"

"但是萧大人乃大理寺正，受皇上之命，不可能透露此等机要之事。"小真子道。

"是啊。所以，排除萧大人，知道那根金簪的，除了你我，便再无他人了。"欣媚微笑地看着他。

小真子眼眸一暗，道："姐姐是在怀疑我吗？"

欣媚见他脸色骤变，忙嘻嘻笑道："公公乃欣媚的救命恩人，岂敢疑心？欣媚只是纳闷儿，这谣言未免传得太快，传谣之人究竟有何目的？"

"姐姐，这些都是宫廷内斗，日后有机会再同你细说。是我对不住姐姐，实不该将你拖入这趟浑水。"说到此处，小真子面露悔色，眼底一汪深水。

"欣媚！欣媚！"二人走下乱葬岗，迎头便见一个人影疾速飞奔而来。

"穆叔，你可来了！"欣媚快步迎上前去，在见到穆宏的那一刻，两颗泪珠霎时间落了下来。

穆宏上前，拽着她的袖子看了一回，却见欣媚躬起身子，连连叫疼。"怎么了？"

"挨了三十多板子……"欣媚咬着牙，眼泪涌得更欢快了。

小真子急道："姐姐方才怎的不对我说？快，去太医院诊治。"

一大清早，太子站在永乐宫正殿中央，抬头望着梁上的壁画，再次缓缓道："皇姐还未梳洗完毕吗？"

大宫女翠娥行礼道："太子殿下恕罪。长公主殿下昨夜犯了头痛，一夜不曾好眠。五更天时方才略略小憩一会儿。此时已然起身了，梳洗完毕便来见驾。"

"皇弟……"正说着，只听娇滴滴的声音从后面的寝殿传了出来。须臾，一个仿佛从古典美人图中走出来的女子款款步入正殿。只见她头上戴着金丝百花攒珠髻，绾着百鸟朝凤挂珠钗，脖颈上挂着圣尊翡翠珍珠项链，身上穿着缕金鸾鸟朝凤绣纹朝服，外罩五彩绢纱金丝绣花锦缎罩衣，雍容华贵，仪态万方，俨然一副上国公主的气派。

郑琼儿施施然来到近前，恭敬地行了礼，道："太子殿下驾到，皇姐迎接迟了，还望恕罪。"

太子忙俯身将长公主扶起，道："皇姐说的哪里话。本王不过闲来无事，特来向皇姐请安，讨一杯茶吃。"

二人叙了礼，让到厅上坐下。长公主命宫女奉上茶来。

"皇弟，你且尝尝这是什么茶？"

太子耐着性子，端起茶盏吹了吹，轻轻啜了一口，道："此茶异香扑鼻，本王实未见过。不知皇姐从何处寻来的？"

"并非什么罕物，乃是西湖龙井。"

"哦？但此龙井似与平时所饮的不同。"太子道。

长公主微微一笑，道："那杭州知府关世宽央了本宫一桩事，孝敬了几罐珍稀的明前龙井，是在那雪水未化之时，便已出芽的茶叶尖尖，极为金贵。芽儿幼嫩、新鲜，再配以三十年制茶匠的手艺，每年统共也出不了两斤。悄悄儿说，这货色怕是连父皇那儿都没有的呢。"

太子面上笑道："皇姐这里果真是什么样的奇珍异宝都有。"

"说的什么话。皇弟，咱们乃是一母同胞，皇姐的东西便是你的。将来，这万里江山都是你的，皇姐必定倾囊相助。"长公主眼梢带笑道。

"皇姐对弟弟的恩情，自不敢相忘。"太子拱手道，"只是如今，却有一桩难事，要请教皇姐。"

"太子殿下只管吩咐。"

太子咳了一声，道："昨日宫中传开了一则谣言，说皇姐与外人有秽乱之事，被那宫女腊梅瞧见，便动了杀机……"

"此等低劣的谎言，太子竟也放在心上？"长公主的语气微露不悦。

"皇姐,此事关乎皇家清誉,本王不得不仔细。"太子道,"太后娘娘赐予皇姐的一对金簪,其中一支掉落在了腊梅投水的古井边。人都道,腊梅得了这支金簪作为证物,皇姐便派人追杀夺回。腊梅慌忙逃往渡月轩,走投无路之下,被杀手推入古井灭口。因那夜风雪太大,金簪掉入雪地中无法搜寻,这才留下后患……"

"荒唐!"长公主恼怒地立起身,"太子殿下,那金簪本宫早已遗失,如何会落在井边,本宫亦毫无头绪。况且,那腊梅分明是自戕,太子何必还要追查不休?"

"不,腊梅绝非自戕。此事必有蹊跷。"太子针锋相对道。

长公主笑道:"据本宫所知,渡月轩的雪地里,只有腊梅走向古井的脚印,根本没有其他人的脚印。太子殿下,本宫倒想问问,若真有人谋害腊梅,此人要如何不留脚印地将腊梅推入古井之中?"

"这便是整件事最离奇之处。本王已请了一位断案高手前去查访,必能找出凶手不留脚印作案的法子。"太子语气坚定,"皇姐,本王求您一件事,司药房的宫女方欣媚,务必要保她无虞。"

长公主冷哼一声,沉默不语。过了半晌,她突然"咯咯"笑出声来:"我道是怎么回事,原来是为了他呀。太子殿下,何必为了一个宫人如此兴师动众?不知情的,还以为太子与那人有甚苟且的勾当呢。"

太子面色潮红,怒道:"你……皇姐,那金簪本是一对,为何独独遗落了一支?莫不是皇姐将那根金簪作为信物赠人,而那人不慎遗失了?"

郑琼儿怒目而视,眼底几乎要喷出火来。

太子站起身来告辞道:"本王听闻皇姐每月必去京城郊外鸡鸣寺两三趟。现如今金簪已遗失,奉劝皇姐莫要再去了。"

5

太医院的诊室中,医女海澜替欣媚敷了治疗皮肉伤的金疮药,忔皱着眉头缓缓走了出来。小真子迎上去,问道:"如何了?"

"背部至腿部都被打烂了,没有一处好皮。"海澜蹙着鼻子,"还得请穆太医进去瞧瞧,左小臂的尺骨似有折断的迹象。"

"穆太医……"

还未等小真子叫,穆宏已经铁青着脸走了进去。

"哎哟,穆叔,疼死了。"诊室内传来欣媚又哭又喊的叫声。

穆宏怒气冲冲道:"你个不知死活的猴儿。我嘱咐你莫要去管古井女尸的案子,为何不肯听我一言?"

"叔,人家都被打断手臂了,你还凶!"欣媚一面撒娇耍赖,一面嗷嗷喊疼。

"你可知自个儿已被人拖入局中?此事牵连甚广,绝不单单是一个宫女的自戕或被害。大厦倾覆,安得完卵?到时候你死了都不知道去哪里收尸。"穆宏又怒又悲。

"叔,你怎的这样咒我?!"欣媚哭道,"受人所托,忠人之事。我既已答应了,便要给人一个交代。哎哟,叔,你干什么?疼死我了!"

穆宏用力按住她左臂的尺骨,道:"你这骨头虽未断,但骨缝碎裂,必须每三日用黑玉膏敷裹,养足百日方才可愈。"

"百日?叔,你可是当世名医、妙手回春,绝不可能要养百日吧?"欣媚嘻嘻笑道。

"嗯,百日还不足哩。长公主若发现你未死,必然合宫搜寻,你且躲在此处静养着,待我去向皇后娘娘求情。"

听闻此话,小真子在外间道:"穆太医,此事不必担心。太子殿下一早便去同长公主殿下摊牌,告知方欣媚乃是替他查案办事。想必长公主殿下不会再对欣媚姐姐出手了。"

"当真?小真子,多谢你啦!"欣媚高声道。

"别说话。被人活剥了还替人裁皮衣呢!"穆宏恶狠狠道。

"哎哟,疼疼疼……叔,你轻点儿不行吗?"

外面,小真子听得心中不快,道:"穆太医,欣媚姐姐,我还要去给太子殿下回话,告辞了。"

穆宏听着外面人走远的脚步声,沉下脸,道:"欣媚,休再与此人搭讪,最好连面都不要见。"

"怎的?"

"此人绝非善类。你会吃亏的。"

欣媚不以为然道:"穆叔,这话可错了。方才,若不是小真子及时赶到,我就被长公主的太监们活埋了。"

穆宏嘲讽道:"农夫养猪的时候,每日都给猪喂得甚饱,还会保护猪崽不被豺狼虎豹叼走。你说,这是为了什么?"

"叔,我又不是猪。哎,别按那里,疼!"方欣媚龇着牙道,"那个小真子到底是何方神圣?他为人甚是古怪,谜团重重。若说他是太子手下亲信的太监,但似乎总管太监李公公也对他颇为看重,就连大理寺的萧湛也卖他的面子……"

"一个阉人,也值得你怎费心思?记住,你爹绝不愿见他闺女落得一个跟太监对食的结局。"穆宏肃然道。

方欣媚被说得满脸通红。"叔,你说的什么话?欣媚不会忘记进宫的目的。一旦查明父亲被害的真相,我便与这皇宫彻底告别了。"

穆宏深深地看着她映在晨光下红扑扑的脸庞,低声道:"但愿你不忘今日之言。"

文德殿的窗外是一片竹林,清风徐来,摇动窗扉,竹叶沙沙作响,更显室内的安静宁谧。早朝散罢,三位大臣被召来此处商议,分别是丞相诸葛乾,翰林院大学士司马奎以及大理寺卿丁耀祖。

皇帝今日面色不好,眼袋发青,眼窝深陷,似一夜未眠。"丁爱卿,你且照实说来。丞相和大学士面前,不妨事。"

丁耀祖恭敬地一拜,道:"启禀皇上,据本寺调查,渡月轩一案尚有三大谜团难以破解。第一,宫女腊梅究竟是自戕还是被害?从现场的痕迹看,渡月轩的雪地上只留有一行从门首行至古井边的脚印,没有凶手的脚印,自戕的可能性大。然而,腊梅死前却曾经透露见到过宫中有秽乱之事,这令她的死蒙上疑云。第二,腊梅死时右手掌心攥着的枯枝是何含义?渡月轩中并未发现与枯枝所属相同的树木,本寺正在扩大搜寻范围。另外,发现尸首的侍卫杨九郎和宫女李花枝,名字中虽然暗含着枯枝,但案发的子时至丑时,二人都在当差,决计没有杀害腊梅的时间。第三,在宫女腊梅投水的古井边,掉落了一支金簪,已确认系长公主殿下所有。微臣斗胆派人前去询问,长公主殿下称,这支金簪年前便已遗失,绝无馈赠他人之说。但如今宫中四处流传着长公主殿下与外人私通的谣言,连官眷家中都议论纷纷……"

"嗯。"皇帝闷哼一声。

丁耀祖惶恐地跪倒在地。"请皇上恕罪。微臣无能，非但不能将案情彻查清楚，还招致如此流言，令皇上烦忧，实在罪该万死。"

皇帝摆了摆手，示意平身。"卿不必自责，此案错综复杂，定是心思缜密之人所为。况又涉及皇家事务，卿力有不逮，也无可厚非。"说罢，他又看了看诸葛乾，道："丞相，如今看来，此案若再追查下去，恐牵连甚广，朕心中颇感不安，卿意如何？"

诸葛乾相貌魁伟，着一身紫色宝相花纹绣仙鹤补子官服，官帽下白发斑斑，躬身上前一拜："回皇上，臣以为宫女之死仅为此案的冰山一角。现今，长公主殿下虽然嫌疑最大，但背后传谣之人却包藏着更为阴险的祸心。箭在弦上，不得不发，唯有彻查此案，方可揪出幕后主使。臣恳请皇上命大理寺继续调查。"

皇帝半晌不答言，又对司马奎道："大学士有何见解？"

司马奎阔额圆脸，同样一身一品大员的紫色官服，穿在身上却绽出条条横肉。他面带笑意，缓步上前一拜，道："回皇上，臣以为后宫所发生的任何事情，都是皇上的家事，外臣何须置喙？所谓不痴不聋，不做家翁。家事再怎样棘手，又有什么要紧，皇上一个恩典，便都过去了。"

"大学士此言差矣。皇上的家事亦是国事。如今此事闹得前朝后宫沸沸扬扬，若只是强力压下，反而会令人疑心长公主之私德有亏。"诸葛乾道，"皇上，边疆探子来报，近日匈奴王暴毙，族中发生内乱，其弟东昌君带领一众追随的将士，弑杀了储君夺得王位。东昌君一向与我朝交好，老臣刚收到其来信，意欲与我朝嫡公主和亲，修永世之好。皇上膝下只有长公主一位嫡公主，若那些流言被东昌君知晓，怕是会转投向我朝劲敌金国，届时局势必将对我大为不利。"

皇帝深锁双眉，鼻孔中出气道："匈奴族一直为我朝大患，前匈奴王屡屡在边境挑衅，若是这次能笼络东昌君，实乃边疆守军之一大幸事也。"

司马奎笑道："皇上不必忧心。自古以来，和亲又不是定要嫡亲公主。皇上大可效仿汉元帝，挑选一名宫女收为义女，不就可以了吗？"

诸葛乾大声喝道："大学士慎言。即便长公主殿下不去和亲，其德行也乃我朝妇女之表率，若流言传扬出去，世人将如何看待我朝的礼仪教化？"

"诸葛丞相之言，似乎已然断定长公主殿下德行有亏。难怪前朝后宫流言纷纷，大约都是如丞相这般人云亦云，落井下石呀。"司马奎讥讽道，"皇上，臣以为，对待流言最要紧的并非查明真相，而是以雷霆手段快速压制。只要一道旨意，再有传谣者斩立决，看哪个不长眼的还敢乱嚼舌根？"

皇帝沉默许久，缓缓抬起头来，盯着丁耀祖道："丁爱卿，此事先放一放，待流言过去再暗中调查。大学士，去拟一道密旨，严禁官员与后宫再议论此事。"

"遵旨！"司马奎欣然下跪领旨。

长公主正在永乐宫的汀兰水榭抚琴，大宫女翠娥急匆匆走来。

"启禀长公主，皇上已经下旨，不许前朝后宫再议论那金簪之事。"

琴音骤断，郑琼儿沉思片刻，笑道："看来，母后已向父皇陈情。这种事剪不断理还乱，查下去只能让大家脸上都不好看。皇家之事岂容他人置喙？父皇断不许那些烂舌根的人在背后胡言诋毁。"

"是呢。皇上和娘娘都是向着公主殿下的。"翠娥笑道。

郑琼儿的神色却并不轻松,满腹心事凝在眉梢。"翠娥,本宫还是不放心。"

"殿下还有何虑?"

"那支金簪为何会出现在渡月轩里?那个死去的宫女腊梅,与我毫无瓜葛,怎么会在一本《长恨歌》里划出那样的句子?"长公主道。

翠娥转动眼珠,说:"殿下多虑了。那支金簪或许……果真是遗失后被人捡了去。"

"不。如今这情势,那桩事怕是要另做计议。"长公主深坐在一张海青石琴桌后头,右手托着香腮,"翠娥,本宫得去一趟鸡鸣寺。你快去安排。"

"这……殿下,皇后娘娘吩咐了,近日绝不许殿下出皇宫一步啊!"翠娥道。

"没见过风浪的小蹄子,一点儿小事就把你唬成这样?都不晓得该如何当差了吗?"长公主横起两道眉,呵斥道。

"奴,奴婢遵旨……"

6

午后,穆宏端着一碗热腾腾的汤药走入太医院的诊疗室,唤道:"来,快趁热喝了。方才出宫时,我去中央街市上买了一包栗子糖。乖乖喝完药,便许你吃一颗。"

打开门帘,只见医女海澜一脸无辜地坐在室内,瞪大眼睛看着穆宏:"穆太医,欣媚她……跑出去了。我百般劝阻,实在拦不住。"

穆宏气得跳脚,将药碗与栗子糖包往炕桌上一放,拔腿就追了出去。快到渡月轩附近的一片竹林里,只见一个左臂吊着绷带的宫女正在一步一步地往前挪移。

"方欣媚!你再敢往前一步,我打断你的腿!"穆宏断喝道。

前面的小宫女哆哆嗦嗦地转过身来,龇着牙道:"穆叔,你可是太医院顶英俊顶儒雅的太医,多少宫女对你倾慕不已,若是让她们瞧见你这般暴跳如雷的模样,可怎生是好?"

穆宏三两步走至近前,拧住她的耳朵,道:"这猴儿,就知道拿话呕我。我的话如今不好使了,是吧?"

"疼疼疼……叔,我背上火辣辣的一片,手臂也疼得钻心,您还要把我的耳朵也拧下来吗?"欣媚扮着鬼脸。

穆宏松了手,双手背后,负气道:"跟你爹一个脾气。只要有案子,不管是不是自己的职责,也不顾有没有危险……"

"穆叔!"欣媚用右手拉了拉他的左臂,"你是好人,莫生气。怎么年纪不大,心眼恁小!你且看看这是何物?"

穆宏扭过头看她手上的一块木牌,"东宫"二字活脱脱地跃入眼帘。"这是……"

"太子殿下赐给我的。"欣媚道,"腊梅的兄长在太子殿下的宫中当差,殿下体恤,特命我暗中调查腊梅之死的真相。"

"是太子?"穆宏沉吟片刻,"你不该应承这事。"

"太子殿下颇看重此事,又如此信任我,这乃是百年不遇的机会。"欣媚笑道。

穆宏脸色肃然,转身就走:"我去向皇后娘娘陈情,替你免了这差事。"

"喂,穆叔,这是何苦来?"欣媚快步追上,"若是替太子殿下办好了这桩差事，说不定就能得些恩赏。届时，我便求太子下令重查我爹爹被害一案。叔，我进宫就是为了这个机会，你可别给搅黄了。"

穆宏只顾朝前疾走，一不留神脚下被绊，狠狠摔了个跟头。欣媚忙上前扶起他，笑道："叔，求你了，就依我这一回吧。瞧，连竹林神仙都看不过眼，要留住你的脚步哩。"

穆宏揉一揉脚踝，看着脚下，原来绊住他的是一根长竹竿。欣媚亦觉奇怪，蹲下身细细观瞧那竹竿，发觉竹管两端都被斧子齐整整劈断，中间竹节亦被掏空。"恁长的竹竿为何扔在此处？还掏空了竹节，做什么用呢？"

穆宏指着不远处道："那一处还有。"

欣媚小跑过去，只见竹林里零星丢着几根被掏空的竹竿，均是一般模样。"怪事。宫中一花一树都有登记，有人在此劈断竹子，怎的无人发现呢？"

"除非是旧的竹竿。瞧，这些竹竿颜色发黄发暗，看着不像是刚被劈断的。"穆宏道。

"哪儿来的旧竹竿？"

穆宏寻思道："各宫中为了晾晒衣物或是支撑卷棚，都会备一些竹竿。"

"但是，何人将竹管内部掏空了，扔在此处呢？有何目的？"欣媚低头沉思。

穆宏看不过眼，拍了拍她的脑袋，嗔道："又犯病了。几根破竹竿也值得你费思量？走吧，不是要去渡月轩查看吗？"

闻得此言，欣媚喜笑颜开道："叔，全天下就你最好。"

二人快步行至渡月轩门前，却见萧湛坐在院门首的石狮子旁，颓然低落。欣媚上前盈盈一福，道："萧大人因何事烦恼？

莫非腊梅之案仍无头绪?"

萧湛瞥一眼她受伤的胳膊,叹息道:"查案又怎生难得倒萧某人?只是,皇上刚下旨,命大理寺暂停调查此案,还命前朝后宫不得再议论此事。司药房没有接到这道旨意吗?"

"欣媚昨夜未待在司药房里,尚不知此事。"欣媚大惊,"皇上为何会下这样的旨意?"

"皇上的旨意,岂容你我妄议?"萧湛目不转睛地注视着她,"只是,萧某听闻方姑娘昨夜曾被长公主殿下叫去问话,究竟是何缘故?你这手臂上的伤……"

欣媚低头看了看吊着绷带的左臂,正欲答言,只听穆宏笑道:"昨夜,长公主殿下确实曾叫欣媚前去问话,不过是问了些汤药熬制和服用的规矩。这手臂的伤是她自个儿不当心,撞上了假山石弄的,说来实在丢煞人了。"

萧湛眯着眼睛,冷笑道:"素闻穆太医八面玲珑,果然不错。萧某是个只知查案的粗汉,并不懂宫廷争斗。只是,腊梅投井一案谜团重重,若不解开,只怕年久日深,积弊愈重。"说罢,他叹了口气,站起身来便要走。

欣媚道:"萧大人留步。其实,欣媚今日来此,只为解开腊梅手中的枯枝之谜。"

萧湛狐疑道:"你有何道理?"

欣媚嫣然一笑,抬脚步入了渡月轩内。院内地面的积雪已全部被清除,穆宏和萧湛跟在她身后,径直行至古井边。

"萧大人,欣媚昨夜受了伤,熬痛之时总想抓住什么东西来缓解痛楚。由此联想到腊梅的尸首,她右手将那根枯枝攥得很紧,连手指皮肉都被割破,这会不会亦是熬痛所致?"欣媚道。

萧湛微眯了眯眼睛,道:"方姑娘的意思……腊梅临死前抓住枯枝,是为了忍住濒死的痛楚?"

穆宏颔首道:"腊梅乃是在井中溺死,水呛入鼻咽部的痛楚极度难忍,她的确有可能在濒死状态下,胡乱抓住井壁上长出来的枯枝挣扎。"

欣媚笑盈盈地看着萧湛:"萧大人,您看能否安排衙役下到古井深处,瞧一眼井壁上有没有与那枯枝相同的枝干?"

萧湛略一沉吟,单手抓住井沿边,一个纵身便跳入井中,双足蹬在井壁上,一步一步往下挪移。欣媚见了满心欢喜,连连鼓掌夸赞,惹得穆宏一阵白眼。

"萧大人,如何?井下的水深吗?"

"不很深,但足以淹没一名五短身材的女子。"萧湛一边往下蹬,一边伸手触摸旁边的井壁。突然,他像是抓到了什么,两眼一瞪,从水中折下一根树木的枝丫来。只看了一眼,他便抖擞了身子,开始两脚踩着井壁往上爬。爬出井后,将那根枝丫拿到日头下一看,茎枝干枯,连一片枯叶都没有,果真同腊梅手中的枯枝是同一品种。

"萧大人,得亏您靠触摸便能找到这枯枝。"

萧湛面露得色:"萧某曾触摸过腊梅手中的那根枯枝,枝干碎裂斑驳,十分粗糙,而且没有一片叶子。方才,萧某在井壁上一摸,便知有门儿了。不过,还是方姑娘高明,竟能想到这枯枝来自井中。"

"过奖过奖。"欣媚拱手笑道。

"可如此一来,这枯枝便只是腊梅熬痛时所折,与案情无甚关联了。"穆宏道。

萧湛挠了挠头。"大理寺此前走了弯路,调取了宫中所有姓名中带有枝叶类名字的宫人,逐一进行调查。全部白费了功夫。"

"噫！萧大人切不可妄自菲薄。家父曾说过，查案不仅要靠灵光一现，更要讲究脚踏实地。排除的可能性越多，离真相便越接近了。"欣媚抿嘴笑道。

萧湛面露钦佩之色，道："方姑娘接下来有何打算？皇上已经下旨，姑娘不会抗旨不遵吧？"

欣媚摆摆手，笑道："萧大人，旨意是死的，人是活的。古井边发现的那支金簪，矛头直指长公主殿下。皇上只是不让调查腊梅一案，并未阻止我等调查长公主之事呀。"

穆宏在背后狠狠敲了一记她的脑袋："弄断一条胳膊，还不知道怕吗？"

萧湛哈哈一笑，道："方姑娘果真是方捕头的嫡传亲闺女，在下佩服。"说罢扬长而去。

后宫与前朝之间的"天街"地带有一处花岗岩砌成的瞭望台，是禁军用来观察皇宫内外情形的场所。是夜，禁军校尉万马龙带着一名侍卫登上了瞭望台。那小侍卫摘下头盔，露出绾着的发髻和细腻的皮肤，乃是未央宫明妃身边的大宫女牡丹。

牡丹笑吟吟地从衣内掏出两张银票和一个纸筒，道："娘娘深知将军辛苦，特命奴婢带了一千两银票，供将军同手下侍卫们消遣。另外，娘娘新得了一幅五台山智深长老写的心经，知是将军所爱之物，特命奴婢带来。"

"贵妃娘娘费心了。"万马龙不动声色，将东西纳入袖中。站在台上极目远眺，底下是规划齐整、恢弘壮阔的皇宫，更远处是万家灯火的京城，天边的夜色中仿佛有一团红云正在蔚然升腾。

牡丹凑近一步，又道："万将军，娘娘这回下定了决心，还望将军成就一番。"

万马龙扭头看着她，冷笑道："娘娘可有把握？"

牡丹额首："没有十成，亦有八九了。内中人都知道，长公主每月要去鸡鸣寺两三遭，号称为国祈福，实乃私会情郎。如今这情势，长公主败象已露，实不必再保了。"

"娘娘有何吩咐？"

"三日后，长公主必会设法出宫，去鸡鸣寺再会情郎。届时，还望万将军一路悄然跟随，到寺中当场捉奸，方得圆满！"牡丹面露奸佞的笑意。

"皇上刚下旨，令长公主殿下禁足永乐宫，怎会允其出皇宫呢？"

"这便是大人要留心的事了。娘娘说，以大人的智谋，定能勘破那些妇人惯常的手段。"牡丹说完，深深一拜，转身走下瞭望台。

第三章 祸起鸡鸣寺

1

三日后,正月初九日。小真子一早便来寻欣媚,趁司药房无人注意,悄悄儿将她带至永乐宫朱漆红门斜对角的墙根下。

"真公公的消息可靠吗?"欣媚问道。

小真子低声笑道:"姐姐别看我这样,我也是个伶俐人。昨日,永乐宫的大宫女翠娥去司设监约轿子和轿夫,说今日要出宫去敬香。我一琢磨,恐怕别有门道,表面上是翠娥,实则出宫的是……"

欣媚疑惑道:"可是,皇上明明下令长公主禁足,这个节骨眼儿上,她为何还要出宫?"

小真子凑上前,笑道:"都说世上最难忍耐的事有两样,牙疼和相思。姐姐猜长公主是为了哪样?"

欣媚脸一红,嗔道:"油嘴!照这说法,长公主此行或许同那支金簪之事有关。咱们只要跟定那轿子,说不定就能解开金簪之谜了。"

"可是……姐姐能出宫去吗?"小真子故作忧虑。

"怎么不能?"欣媚挥了挥自己的左手臂,"瞧,我这手臂已经好多了,不用再吊着绷带了。"

"小真子是担心,穆太医会同意姐姐出宫吗?"小真子斜睨着她,语气带着几分嘲弄。

欣媚探头望着永乐宫的大门,摆了摆手,低声道:"嗯,莫让他知晓便了。"

"嘻嘻，穆太医可着紧姐姐了。前日还去内侍监，狠狠训了我一顿呢。"小真子噘嘴道。

欣媚扭过头，扑哧一笑："真公公怕了？"

小真子笑道："穆太医是个好人，就是太迂腐。年纪轻轻便跟个老学究似的，也不娶媳妇儿。姐姐可知宫里都怎么传他的事？"

"我才不信，宫里还有说穆叔坏话的？"欣媚挑眉道。

"那起子太监宫娥们闲得慌，便在底下编派人玩儿。有的说穆太医是个情种儿，未过门的媳妇死了便终身不娶。还有的说穆太医不娶是为了皇后娘娘家的脸面，毕竟他过世的未婚妻是皇后的侄女儿。"小真子说笑着便掩住了口，"最有趣儿的，姐姐猜是什么？"

欣媚道："莫作怪，快说来。"

"有人说，穆太医不喜欢女人，有龙阳之好呢。"

"不可能。"欣媚正色道，"穆叔从前跟庞蝶姐姐可恩爱了，吟诗作赋，双陆象棋，那些男女间的小情小调哪一样是他没耍过的？只是七年前庞蝶姐姐去世后，他便像换了个人似的，谨小慎微、不苟言笑，再也不是从前教我辨认草药的那个穆叔了。"

小真子见欣媚黯然，亦不再多言。又过了一会儿，他突然指着甬道那头抬过来的一顶青绸轿子道："瞧，来了。"

轿子在永乐宫门首刚停下，便有一名穿着宝蓝流彩暗花云锦棉裙的宫女款款走出。抬轿的小太监躬身一打帘，那宫女便坐了进去。

"那人便是长公主。她装扮成宫女模样，果然是要出宫去。"小真子道。

"你如何认得长公主？"

90

小真子笑道:"姐姐,小真子可是在太子跟前伺候的,太子与长公主乃一母所生,见面机会极多,我怎会不认得?"

"但是,长公主扮成宫女,不怕被宫门口的侍卫认出来吗?"

"宫门口的侍卫哪里见过长公主的容貌?有腰牌便无人敢阻拦了。"小真子说罢,缓步跟上了轿子,"姐姐可曾带了太子殿下的腰牌?"

"自然是贴身带着。放心,咱也出得去。"

鸡鸣寺是本朝太祖皇帝攻入京城后,动土兴建的第一座佛家寺庙,因而有"天朝第一寺"的美名。它位于京城郊外的凤鸣山涧里,距离皇宫约莫二十里地。长公主的轿夫脚程并不快,走走停停,半日才行至凤鸣山前的一片桦树林里。

欣媚与小真子悄然跟在后头,以林中的树木和石头作为掩护。小真子低声道:"姐姐发现了吗?还有一队人在跟踪。"

"谁?"欣媚诧异。

"一共有五个人,都是身怀绝技的高手。他们跟踪的路线与咱们不同,一直在树梢上栖着呢。"小真子抬起下巴,朝桦树的梢头努嘴。

欣媚正欲仰头,却被一只大手按住了发髻,道:"姐姐莫看,咱们装作不知,且看他们是什么来头。"

欣媚被那只大手按着,与小太监贴得极近,又闻着了他身上淡淡的茉莉花香,心头莫名发慌,故作冷声道:"知道了,公公请放手。"

小真子低下头,一双黑曜石般漆黑透亮的眸子盯着她,笑意似日光铺洒江面。"姐姐,休要用这等冷淡语气说话,听得人家心里怪刺刺的，不知道怎的处。这几日见不着姐姐，心里真想得紧哩。"

欣媚用手拍了一下他的胳膊，道："你又胡扯起这些闲篇儿。还不盯着点儿长公主的轿子？"

小真子用右手食指戳一下她吹弹可破的脸，道："姐姐，可是嫌弃我这奴才的身份？"

欣媚温然一笑，道："你我都是奴才，有甚可嫌弃的？真公公若是抬举欣媚，咱们便认个干亲，今后在宫中也有个照应。"

小真子奸猾地笑道："姐姐这是哄我哩！我才不与姐姐认亲，若有朝一日我小真子能出头，定将心事说与姐姐知便了。"

正说话间，只见长公主的轿子已经过了鸡鸣寺的第一道大门。二人忙跟上前去，却被门口的两名健壮魁伟的衙役拦住了去路。其中一位浓眉大眼的衙役道："京兆府尹田大人有令，今日鸡鸣寺内接待贵客，无关人等不得入内"。

小真子掏出太子的腰牌，肃然道："田杰礼怎恁多事儿？我等奉太子殿下之命，前来办事，还不赶快放行？"

两名衙役面面相觑，一时拿不定主意。另一位贼眉鼠眼的衙役道："这位公公，您莫要为难小的。若是太子殿下有令，还望跟田大人知会则个。"

欣媚一直细细端详着两名衙役的样貌，听得此言，拍手笑道："大壮、二壮，你们俩可当的好差事。"

两名衙役一愣，旋即眼中都喷出火光来："小姐！竟是欣媚小姐！你怎的会来此地？你不是进宫当娘娘去了吗？"

"这，这是传的什么谣？哪里就成娘娘了？我不过是个小宫女罢了。"欣媚哭笑不得。

小真子不明所以，只是惊讶地看着他们。那两名衙役却像孩子一般,围着欣媚嘘长问短,手舞足蹈,喋喋不休。欣媚笑着对小真子道:"他俩从前是我爹爹手下的捕快,弟兄俩,一个叫大壮,一个叫二壮,都是穷苦人家出身。我常跟着爹爹出门办案,便跟他们混得熟了。"

小真子噘起嘴,酸醋道:"姐姐的男人缘可真好。"

这时,从远处跑来一支马队,为首的正是禁军校尉万马龙。他在马上冲小真子作了个揖,道:"真大人也在此?恕在下礼数不周了。"

小真子还礼道:"万将军,今日怎么有雅兴来这郊外寺庙盘桓?"

万马龙笑道:"真大人说笑了。在下有公务在身,回头再谈。你们两个,起开!"他一扬鞭,慌得大壮和二壮忙向两边散去,马蹄一抬,便径直进入寺庙。

欣媚同小真子忙跟在他们的队伍后头,一径来到大雄宝殿前的院子里。这时,只见从东侧的围墙上飞下五名黑衣勇士,跪在万马龙跟前,道:"启禀将军,长公主殿下已进入西侧最南端的那间寮房,约有一炷香的辰光。"

"哼,给我进去搜!"万马龙发号施令道。

一时间,他带着四五名侍卫鱼贯般涌入寺庙西侧的那间寮房,四散开来搜寻。小真子和欣媚并未跟进,只站在那一排寮房前,感叹道:"万将军必定有十足的把握,否则这般捉鸡似的搜寻,可是会惹怒主子的。"

这时,寮房里传来一个女人尖利的叫声:"奴家在此处替长公主殿下念经,尔等突然冲进来搜查,究竟是何意?"

"哼,卑职恭请长公主殿下!"万马龙的声音传出来。

"长公主殿下远在皇宫,怎得出来见你?"

"翠娥姑娘，佛祖面前不打诳语。方才，有许多双眼睛看见长公主殿下走入这间寮房了。"

"胡言乱语。万将军，你今日之行径实属荒唐，若奴家回宫禀明长公主殿下，定要治你一个以下犯上之罪。念在你多年守卫皇宫、劳苦功高的分儿上，只要你现在退出去，此事便休。"那女子语气凛凛。

"哼，万某接到密报，长公主殿下与某人在此地私会。这寮房内必有暗道，或通往那偷香窃玉之所。皇室丑闻事关重大，今日必得查个清楚，捉住那奸夫好向皇上交代。"万马龙高声喝道："来呀！仔细搜查，任何一个角落都不要放过。"

寮房里继而传来窸窸窣窣的搜查声。约莫过了一炷香的时间，只见侍卫们陆陆续续退了出来，垂手侍立在院子的两边。一个穿着宝蓝流彩暗花云锦棉裙的宫女从寮房款款步出，只见她身量纤纤，肌肤白皙，右侧脸上长了一个痦子，一看便认得出是长公主身边的大宫女翠娥。

"哟，原来真大人也在这里。"翠娥对着小真子盈盈一福，眼睛却在欣媚的身上来回打量。

小真子忙还了礼，问道："翠娥姐姐是陪着长公主殿下来此敬香的？"

"不。皇上命殿下禁足，殿下便派奴婢前来替她敬香。"翠娥道，"殿下十五岁那年曾发下宏愿，每月必来鸡鸣寺敬香，为国祈福，从未间断过。此次不能亲自成行，特命奴婢前来，先在寮房念七七四十九遍《地藏菩萨本愿经》，再去大殿敬香礼佛，方显诚心。"

这时，万马龙如一只斗败的蟋蟀从寮房内走了出来，冲方才那五名黑衣人一招手，问道："尔等可曾看清，方才进入寮房中的是这名女子,确是长公主?"

其中一人道:"属下们亲眼见到长公主坐入那顶青绸轿子,一路上未曾下过轿。进了这寺庙后,轿子便停在院中,长公主下了轿,径直走入那间寮房。"

"一路上是奴家坐在轿中,亦是奴家走入寮房。万将军搜寻了这一通,可曾发现了长公主殿下的踪迹?"翠娥冷笑道,"是哪个不长眼的胡呲,胆敢诋毁长公主殿下的清誉?"

万马龙顿时半跪在地,拱手道:"都怪万某鲁莽,是个不长眼的癞头!翠娥姑娘大人有大量,高抬贵手放了我过去,千万不要向长公主殿下提及今日之事。"

翠娥一扭头,冷笑道:"奴家可没那番闲工夫,这厢还要替长公主殿下念经哩。万将军请回吧。"

须臾,万马龙便带着一众侍卫走得干干净净。小真子笑道:"翠娥姐姐,我二人是奉太子殿下之命,来鸡鸣寺取一幅空净法师的字画。不敢扰姐姐敬香,这便找法师去了。"

2

欣媚随小真子一道往鸡鸣寺的后院走去。只见那顶青绸轿子正停在后院的空地上,几个抬轿的太监都挤在一处打盹儿。欣媚四下张望,发现北面墙上有一扇红漆小门,上了闩。她走过去,取下门闩,推开门,见外面是寺庙的后山,树木郁葱,鸟鸣山涧,有一条溪流从门前潺潺流过。

"倒是个幽静的去处。"小真子在身后道。

"长公主会不会是从这个后门逃出去了?"欣媚低声问道。

小真子摇了摇头:"姐姐忘了?那几个黑衣人亲眼见到长公

主走入寮房。我方才细细看了，那寮房的窗户是细密的木格，且只能打开一条小缝，长公主又要从哪里逃出来呢？"

"那方才演的究竟是什么把戏？明明进去的是长公主，出来的却是宫女翠娥。若不是发生在眼皮子底下，我绝不会相信这般荒诞的戏码。"欣媚道。

小真子笑道："若要我说，长公主必定还在寮房之内。"

"嗯？"

"嘘——"小真子用手指做了个噤声的手势，"我故意说要往后面来，那翠娥自然会放松警惕。一会儿，等他们都走了，咱们再进寮房里去瞧瞧。"

未央宫的寝殿中，明妃午睡刚起，对镜梳妆，挽起一窝丝秀发，一副慵懒倦容。这时，太监小德子从门首飞似的跑进来，跪在近前，悄然道："启禀娘娘，万将军回来了，并未发现长公主的踪影。"

"什么？"明妃大惊道，"可搜查仔细了？"

"万将军说，他冒着杀头的危险，冲进和尚住的寮房去搜查，每一个角落都搜了，愣是没有一丝踪迹。"小德子道。

明妃身子一颤歪，后背重重靠在紫檀木雕花椅上，道："那么，那位大人呢？"

"那位大人亦不见踪迹。万将军问，娘娘是否被人摆了一道？"小德子微微抬头，见明妃脸上阴晴不定。

"不，本宫信他不会背叛我，但这长公主怎会凭空消失？"明妃蹙眉道。

小德子俯身道："娘娘，万将军说，他手底下的人亲眼看着长公主上了轿子,一路眼不错珠地盯着,绝无可能错漏。即便长公主在鸡鸣寺内耍了花样,但这会儿肯定还未回宫。若是娘娘能去搜一搜永乐宫,或许就能知晓他们的把戏了。"

"皇上驾到——"未待答言,门首太监已来通传,明妃慌忙整理好头上钗环,奔到院中下跪接驾。

"臣妾给皇上请安,皇上万福金安。"

皇帝命她平身,拉起她的手,道:"爱妃在宫中,有何消遣?"

明妃嫣然笑道:"臣妾哪有皇上那么好兴致,不过是赖在宫中,自在消受些吃喝罢了。皇上来得正好,臣妾的弟弟新从广东茂名带了些桂圆来,请皇上品鉴。"

两人缓步入正殿,宫女奉上茶来。明妃道:"将那做好的鲜桂圆甜茶呈上来。"

须臾,一名宫女端来一只花开富贵白金盘,盘底铺满晶莹玉透的鲜桂圆肉,上面浇着清水,已经有些发黄。明妃拿金汤匙从盘中舀了一盏茶水,温柔地递给皇帝:"皇上尝尝,这是臣妾亲制的桂圆甜茶。"

"哦?"皇帝接过茶盏,品了一口,"果然清甜,又不似寻常鲜桂圆那般甜腻。爱妃是如何制得恁好茶?"

明妃低眉笑道:"并无甚奇特法子,不过是臣妾的一点简单念头。将那新鲜的桂圆剥开,去核,浸泡在去岁从梅花瓣上收来的雪水中。桂圆肉的鲜甜浸入雪水,相得益彰,故而分外清甜可口。殿内炭火燥热,皇上来一盏正好。"

"唉,偌大的皇宫中,唯有爱妃可朕之心啊。"皇帝感叹。

"臣妾粗笨,并无别的好处,不过是心里眼里都是皇上罢了。"明妃笑道。

说了一会子话，明妃道："听闻皇上命长公主禁足，好不可怜见儿的。皇后娘娘不便开口，臣妾倒要为琼儿求求情，皇上何必听信那起子奴才们的谣言，伤了皇家的骨肉情分？"

皇帝默了片刻，道："爱妃，你总是心慈的。只是这琼儿忒不像话，从前朕耳朵里便听过不少话，禁足已算是小惩大诫了。"

"然则，皇上都未听长公主分辩，便下了责罚的旨意，岂不让人坐实了公主的德行有亏？"明妃道，"若是想不开有个三长两短，可如何是好？臣妾想将这桂圆甜茶送一些与长公主，皇上可愿同行，一道去瞧瞧琼儿？"

"既如此，朕今日得闲，便随你去走一趟吧。"

欣媚同小真子一道走上台阶，进入鸡鸣寺的大雄宝殿，只见殿中供着三生三佛，宝相庄严，普度众生。两边林立着十八罗汉的佛像，个个姿态迥异，面目鲜活。永乐宫的大宫女翠娥刚敬香完毕，起身对小真子道："翠娥已替长公主殿下圆满了功德，这就回宫去了。真大人要待到几时？"

小真子道："方才已说了，我是来替太子殿下办差的。空净法师正在禅房打坐，不便打搅。我们再等一会子，取了字画便回去了。"

翠娥看了欣媚一眼，道："这位司药房的宫女为何也在这里？"

小真子笑道："欣媚姑娘乃是在下心仪之人。今日难得有机会出宫，来此山明水秀之地，便带她一道来耍耍。"

欣媚一阵脸红，忙不迭摆手道："真公公说笑了。是欣媚贪玩，央求公公出来。还望翠娥姐姐莫要禀告李公公才是。"

翠娥冷冷看着他们,道:"既如此,翠娥先告辞了。"说罢,乘上轿子去了。

两人走下大雄宝殿前的台阶,欣媚道:"真公公确信方才我们在后院时,那间寮房内没有其他人进出过?"

小真子指着站在大雄宝殿前的一个小和尚,道:"那是太子殿下的人。他从台阶上一直盯着那间寮房呢。"

二人来至西侧最南端的那间寮房内,只见靠窗的是一张大通铺,约莫可供七八个和尚居住。通铺对面有两口实木立柜和一张雕花木桌,此外便再无其他陈设。

欣媚冲小真子眨眨眼,道:"真公公,此地实无可藏匿之处也。"

小真子俯身在墙壁上四处寻摸,道:"暗道,这屋中定有暗道。"

然而,二人在寮房内搜寻了快一个时辰,将每一处角落都摸遍了,也未找到任何暗道。小真子挠头道:"此事可真奇了。长公主分明进了寮房,怎会凭空消失呢?"

欣媚思忖道:"会不会长公主根本未曾出宫,确实只是派了宫女翠娥前来敬香?"

小真子摇头道:"姐姐是疑心我的眼神吗?方才在永乐宫门首,我清清楚楚地瞧见了长公主的面容,那是化成灰也不会认错的。"

欣媚见他气鼓鼓的,不免好笑:"欣媚只是胡乱猜测,公公这般生气作甚?"

小真子拉住她的手,笑道:"哪敢生气?只怕姐姐疑心我,不搭理我,那我可就要屈死了。"

欣媚被他捏着手,脸色登时通红,使劲儿抽出手道:"方才翠娥是独自坐轿回去的。若长公主确实出了宫，那此时她人在何处呢？还在宫外，或是早已回宫？"

"看来，宫中必将有一场大乱。"小真子眸色深沉，淡淡笑道。

"皇上驾到，贵妃娘娘驾到——"

随着一声通传，永乐宫的宫女太监们慌得在门首齐整整地跪了一地。皇帝步入宫中，未见长公主前来接驾，便问道："琼儿何在？"

为首的小太监慌里慌张道："皇上恕罪，长公主殿下正在汀兰水榭抚琴。"

"哦。"皇帝低头倾听，果然听得远处传来袅袅的琴声，如泣如诉，悠扬绵长，不由得会心一笑。"琼儿的琴技近来又有精进。今日江琴师可曾前来教导？"

"江城阔大人今日未曾得空，长公主殿下乃独自抚琴。"小太监答道。

明妃讪讪笑道："皇上果然最偏心长公主，从前便定下规矩，长公主抚琴时绝不许他人打扰，即便皇上亦如此。"

皇帝笑道："爱妃有所不知，琼儿自幼便在琴艺上有超凡的才华，朕特地命工匠在她宫中修建汀兰水榭，需渡船方可到达。琼儿临水抚琴时，琴音渺渺，令游鱼忘浮、飞鸟收翅，阖宫上下皆悉心聆听，岂不是人间一大美事？"

"如此美事，臣妾定要前去瞧一瞧。"明妃不由分说，便携起皇帝的手，漫步行至宫中花园的小湖边。

此湖方圆不足百米，状如一面椭圆形的梳妆镜，便命名为镜湖。湖心小岛上修筑了一座亭子，两边飞楼斜插，白石为栏，岸芷汀兰，郁郁青青，皇帝亲题"汀兰水榭"匾额，乃是皇宫中一处风光极为秀丽的景观。

亭中摆着一张海青石砌成的琴桌，上面放着一把梧桐木制成的焦尾古琴。此时，穿着一身白玉兰散花纱衣的女子正临水而坐，十指纤纤，弹奏一曲《渔樵问答》。琴技超凡脱俗，音韵婉转如流水，隔水渺渺传来，赛过天上仙境。

"如何？"皇帝笑道，"朕以为，全天下唯有琼儿方能弹奏出如此绝妙之琴音。"

明妃面露不甘，贝齿轻咬着红唇，笑道："皇上，此曲只应天上有，人间哪得几回闻？臣妾想要登上那汀兰水榭，亲眼瞧一瞧长公主是如何弹出这般曼妙琴音的。"

皇帝望着对岸的弹琴之人，笑容渐渐凝结："朕有过旨意，长公主抚琴之时，任何人不得打扰。"

"皇上开恩，臣妾也想学一学嘛。"

"不必再说。起驾回宫。"皇帝转身，离开了永乐宫。

3

小真子和欣媚在寺庙里用了素斋，同老方丈攀谈一会儿，便起身告辞。来至庙门首，欣媚对大壮和二壮道："两位哥哥，欣媚央求你们一件事。"

大壮拍着胸脯道："小姐说的哪里话。有事尽管吩咐。"

欣媚道："你们方才说，京兆府尹田大人派你二人今日来此守卫，称鸡鸣寺要接待贵客。你俩回去后，找机会细细打探，田大人口中的贵客究竟是谁。"

"我等乃是衙门里最下等的衙役，平日里连田大人的面都见不着。"二壮为难道,"不过,既然小姐吩咐了,我与哥哥尽力去打探便是。"

欣媚有些不放心,道:"你二人做事一向不沉稳,从前总让我爹爹替你们收拾烂摊子。这回可千万要小心,若实在打探不到也勿勉强。欣媚自有其他的法子。"

"让小姐费心,我弟兄实在惭愧。"二壮挠头道。

欣媚淡然一笑,正欲离开,大壮叫住她,道:"欣媚小姐,你这一去又不知何时能见。我弟兄若是打探到了消息,要如何递予你呢?"

小真子笑道:"这个容易。在下每月初五都会去中央街市的一家'郑记'典当行干些抵押或赎买的勾当,你们去那里找我便是。"

大壮有些迟疑,道:"小姐,此人可靠吗?"

小真子哑然失笑:"在下与你家小姐可是……"

欣媚忙阻拦道:"此人还算可靠,你们有消息便请他带入宫里来罢。"

说罢,四人道了别,欣媚与小真子踏上了回宫的路途。

才行至凤鸣山前的桦树林,天边忽然阴云密布,狂风大作,不消片刻便落下细密的雨珠。小真子忙将身上一件如意云纹缎锦褂子脱下,披到欣媚的头上,又拉她到一处枝叶茂密的地方避雨。

欣媚推辞道:"真公公快穿上这褂子,春雨霏霏,带着寒气,切莫着了凉。"

小真子眼眸一瞬不瞬地盯着她,柔声道:"姐姐身子弱,万不可淋了雨。若是把你冻着了，穆太医那里，我可吃罪不起。"

欣媚笑道："哪里就这般娇弱了？瞧这雨势虽大，但下不长，避一避便过去了。欣媚从来最爱东坡居士的《定风波》，莫听穿林打叶声，何妨吟啸且徐行。竹杖芒鞋轻胜马，谁怕？一蓑烟雨任平生。"

"料峭春风吹酒醒，微冷，山头斜照却相迎。回首向来萧瑟处，归去，也无风雨也无晴。"小真子附和道。

"公公好才学。"欣媚定睛看着他，"你进宫之前，一定也是读过不少书的吧？"

小真子仍拿褂子罩着她的头，苦笑道："命途不济，才学又有何用？姐姐，小真子自打出生以来，便一直有一事不明。"

"何事？"欣媚扭头望着他。

"人的出身对一个人来说，究竟有多重要呢？王侯将相便能代代传袭，穷苦百姓定要世世为贱民吗？"

欣媚笑道："此言差矣。我朝沿袭了前朝的科举制度，穷苦百姓人家的孩子，亦可以靠读书博取功名。所谓朝为田舍郎，暮登天子堂，说的就是读书可以改变命运。"

小真子苦笑道："功名不过是哄骗贱民的一根胡萝卜罢了。穷苦人家连书都读不起，何来的考取功名？况且，我要说的出身，也不只是这些。"

"那是什么？"

小真子将脸慢慢凑近，露出哀伤的神情。"姐姐，若是你一出生便知道自己无法挣脱那命运，你会如何？"

欣媚望着那张英俊而忧伤的脸庞，心底涌起一丝莫名的惆怅。"欣媚不信有改变不了的命运。我只信，事在人为。"

小真子的眸中尽是凄寒。"姐姐说这些话都是哄骗人的。如小真子这般的阉人，姐姐连正眼都不愿瞧上一瞧，我再努力又有何用？"

"你……"欣媚语塞，一时不知该如何回答，心底倒又对他多了一份怜意。

"哈哈哈……"小真子突然笑起来，眼波潋滟，如一池春水荡漾，"姐姐，若我是个真正的男人，你可愿认我当个知己？"

欣媚低头，半晌无言。倏然，她抬起头，眸光沉静柔婉，定定地看着他，道："人与人之间的情谊，原不在身份上。不论你是不是个男人，只要真心相待，欣媚自然也是一片赤诚。"

小真子一愣，双目灼灼，正待说时，却听见欣媚叫道："咦？这脚印怎的比旁的要深些？"

举目望去，只见雨水将林中泥石地浇湿，反倒清晰地露出平日里被踩踏的脚印。普通的脚印都只是浅浅的轮廓，唯有一串脚印深深嵌入泥土里，一直往鸡鸣寺的方向延伸。

小真子道："脚印深多半是踩踏之人孔武有力或者负重前行的缘故。依此看来，这脚印应该是方才抬轿的太监们留下的。"

欣媚不顾淋雨，又走到附近的林子里查看，指着另一串脚印，喃喃道："若是那些轿夫的，为何只有去时的脚印深，回时却浅了许多呢？"

小真子笑道："这倒是难住我了，或许两边的土质不同？"

"不。"欣媚突然仰起头，露齿一笑，"真公公，我已知晓长公主消失的法子了。"

"当真？"小真子眼眸一亮，"还请姐姐赐教。"

欣媚道："公公莫急，且听我先回忆一遍事情的经过。咱们见到一顶青绸轿子抬至永乐宫门首，穿着宫女服饰的长公主坐入轿中。此后，这轿子便一路前行，即便中途休息，长公主也从未下轿。"

"不错。即便你我二人有未盯紧的时候，但万马龙将军派出的那五名高手还在空中监视，应该不会出错。"小真子点头。

"但是，问题就发生在进入鸡鸣寺之后。咱们是听了那五名黑衣人之言，说亲眼看见长公主下了轿，走入那寮房之中。实际情形如何，却并不清楚。"欣媚道，"当时，那五名黑衣人埋伏在寺庙东侧的围墙上，而寮房则位于寺庙的西侧。从位置关系看，那位'长公主'下轿之时，他们应该只能见到一个背影而已。"

小真子回想起黑衣人从围墙上飞身下来的情形，赞同地点了点头。"这又有何奥妙之处？即便黑衣人只是看了个背影，那轿中也只有长公主一人呀。"

"真公公，谁说轿中一定只有一人呢？"

"啊？"小真子一惊。

欣媚笑道："你瞧这脚印，去时的如此之深，而回来时却浅了许多，是不是说明去时和回来时轿夫抬着的重量并不一样？"

"哎呀，高明啊！"小真子一拍手，笑生两靥，"那顶轿子抬至永乐宫门前时，翠娥便已坐在里面，然后长公主才坐进去。二人同乘一顶小轿虽然有些狭促，但既是违旨出宫，这点委屈也只得受了。"

欣媚道："是咯！那轿子进了寺庙后，翠娥从轿中出来，低着头走入寮房，五名黑衣人看背影只道她是长公主。小太监再将那顶轿子抬至寺庙后院的空地上，真正的长公主这才下轿，从那扇红漆小门往后山去了。"

小真子凝眉道："与长公主私会之人，定是在后山的溪边等她。那里清幽雅致，景色宜人，乃是个幽会的好去处。长公主这一番筹谋，实在心思缜密。"

欣媚道："皇上下令禁足，长公主自然明白要出宫是极为困难的，因此才设下这双人乘轿的计策。若不是你碰巧在永乐宫门首瞧见了她的面容，亦不至会出现长公主凭空消失这样离奇的状况了。"

小真子扭头看着她。"姐姐，还有一事值得思量。方才，除了你我之外，那万马龙将军横空出世，实在可疑。他自称接到密报，要向皇上交代，但从头到尾却未曾提到过是何人下令。"

"难道不是皇上的旨意吗？"

小真子笑道："姐姐还是不懂宫中的套路。但凡有皇上的旨意，谁都会在刚起头便传旨，这既是规矩，又方便行事。但这万马龙并未传旨，只是胡乱称有密报，便十分古怪了。他不过是一名禁军的校尉，哪里来的权力跑到这鸡鸣寺捉长公主殿下的奸情？"

欣媚右手托腮，陷入沉思。"看来宫中有人一早知道了长公主出宫私会之事，特命万将军来个瓮中捉鳖。此虽兵行险着，一旦得逞，获益极大。但是，究竟是谁如此迫不及待想要铲除长公主呢？"

小真子默笑不语，又说道："不论此人是谁，经此一役，长公主都显然略胜一筹。她以双人乘轿之策，不但躲过了万马龙的耳目，还见到了真正想见之人。我猜，那人应该与金簪有关吧？"

"如今金簪之事合宫沸扬，长公主冒着如此大的风险来见此人，想必是性情中人。"说到此处，欣媚眉头一皱，双目圆睁，"糟了！真公公，长公主去了后山之后，并未回来。翠娥是独自乘着轿子回去的。莫非……长公主是要与此人私奔吗？"

4

圆月长空，树木郁葱，未央宫中寂静无声，偶有一两条金鱼跃出小池，漾起一轮轮细微的涟漪。欣媚跟在太监小德子身后，穿过花园围廊，亦步亦趋地走入未央宫的寝殿。当即跪下行礼道："奴婢给明妃娘娘请安，娘娘万安。"

欣媚头顶传来一个尖细的女人声音："你便是那司药房的宫女方欣媚？"

"回娘娘的话，奴婢正是欣媚。"

"抬起头来。"

欣媚答了声"是"，便微微抬头，只见寝殿中四处纱幔低垂，气氛朦胧，金砖地面上铺着绣花毛毡，温暖舒适。一张精雕细琢的镶玉牙床上，坐着一个古典美人。她穿一件娟纱金丝绣花长裙丝绸睡衣，松松挽着一个半偏的云髻，正目不转睛地盯着她。

"听闻你今日也去了鸡鸣寺？"明妃的笑中带着一丝凌厉。

"启禀娘娘，奴婢随内侍监的真公公去鸡鸣寺替太子殿下办差。"欣媚道。

明妃眯起了细长的眼睛，道："欣媚，本宫知你破解了沈婕好落胎之谜，有些小本事。你据实告诉本宫，今日长公主究竟有没有出宫？若有半句虚言，本宫绝不轻饶。"

"欣媚未见到长公主殿下出宫，在鸡鸣寺只见到了永乐宫的大宫女翠娥。"欣媚俯身道。

明妃有些不耐烦，扭动身子道："你且细细思量，其中是否有诈？"

欣媚道："回娘娘的话，禁军校尉万将军带着一众侍卫进入那寮房中细细搜查过，并未发现任何可以藏匿的地方或是暗道。"

明妃深吸一口气，说："日间，本宫随皇上去永乐宫探望长公主，但她独自在汀兰水榭抚琴，远远的，本宫看不清她的面目。皇上说，那琴音只有长公主才能弹奏出来。"

见欣媚低首不语，明妃又道："欣媚，本宫心中总是不放心。于是，命宫门口的侍卫严加查问。永乐宫的轿子抬进来时，侍卫们将轿子里里外外都查遍了，确实只有翠娥一人坐在里面。这究竟是怎么一回事？"

欣媚微微一笑。"欣媚愚钝。想来，长公主殿下在汀兰水榭抚琴，翠娥出宫去鸡鸣寺敬香，其中并无古怪之处。"

明妃一愣，嘴角扬起一道冷意。"罢了。你且退下吧。今日本宫与你问话之事，切莫说与他人知。"

"遵命。"欣媚又拜了一拜，低首退了出来。

翌日，皇帝正在太和殿中上朝，一封加急快报风风火火地送入宫中。将军庞浩然接过快报，下跪禀告道："启禀皇上，庞家军在野外训练时，见鸡鸣寺今日没有香火，一片寂静，甚是怪异。领兵的蒋铭校尉进入寺中查看，发现寺中的主持与僧侣共三十六人，一夜之间惨遭屠戮。京城之地，发生如此惨绝人寰之案，事关重大，特来禀报。"

"竟有此事？"皇帝从龙椅上站了起来，"鸡鸣寺的方丈空净法师乃是朕多年的棋友，因朝政繁忙，许久未召他入宫。想不到……竟遭人毒手。"皇帝面露悲色，眼眶骤红，又对庞浩然道："可曾查明是何人所为？"

庞浩然拱手道："听蒋校尉言，他们进入时，寺中大门从内部紧闭，乃是凿断门闩闯进去的。寺中僧人多数都被刀剑所伤，一些僧人手中还持有兵器。看起来,似乎是僧人发狂,互相残杀。但蒋校尉他们只是武将,并不懂得查案之法门,恐怕还得请皇上派大理寺前去调查。"

皇帝沉吟半晌,唤道:"丁耀祖。"

"臣在。"大理寺卿丁耀祖出列。

"朕命你带领精干力量,立即前往鸡鸣寺调查。有任何情况直接向朕报告,不得有误。"

"臣遵旨。"

傍晚时分,夕阳晚照,将太医院中的树影拉得老长,和煦的日光晒得整个院子暖洋洋的。穆宏坐在一张木机子上,面容沉静地替欣媚换手臂上的膏药。

欣媚见他长久不发一言,知他心里有气,便嬉笑道:"穆叔,告诉你一桩秘闻,保准吓你一跳。"

穆宏不作声,仍是拉长着脸,专注地包裹着纱布。

"我奉太子殿下之命,去鸡鸣寺追踪长公主的行踪,结果发现长公主使了个调包计,从鸡鸣寺脱身而逃了。"欣媚眨着眼。

"说甚疯话!"穆宏厉声道,"长公主殿下一直好端端地待在永乐宫里,要逃到哪里去?"

"这便是蹊跷之处了。"欣媚急忙道,"明妃娘娘昨夜传我到未央宫中,还问我长公主殿下是不是曾经出宫。我敢断定,长公主如今不在宫中。"

"明妃?"

"是呢。我听司药房的宫人说过,明妃娘娘与皇后一向面和心不和,此番伺机打探长公主的消息,看来亦是察觉了什么,想趁机扳倒皇后与太子一党吧？"欣媚一脸机警，故作深沉道。

穆宏的眼神变得十分可怖，狠狠瞪着她道："欣媚，你可知自己已陷入一个巨大的旋涡？随时都有掉脑袋的危险。"

"穆叔莫担心，欣媚自有分寸。昨夜我便在明妃娘娘跟前一味装傻充愣，称对长公主的去向一概不知。"欣媚笑道。

"哼。"穆宏冷笑一声，"你可知，今早太医院令孙守诚大人也去了鸡鸣寺？"

"哦？孙大人去办什么差事？"

"调查鸡鸣寺三十六名僧人昨夜被杀害之事！"穆宏语气严厉。

"啊？"欣媚当场愣住，浑身仿佛被荆棘刺了一般动弹不得。半晌才回过神来，问道："穆叔，你说的可是真的？为何会发生这种事？"

穆宏缓缓道："庞家军今早在野外训练时，察觉鸡鸣寺有异，凿断门闩进入寺中，却发现里面的僧人全部死于非命。早朝时，皇上已命大理寺前去调查。大理寺卿丁耀祖称，僧人的死状离奇，便来邀太医院令孙大人前去勘验尸首。孙大人回来对我们说，僧人们手持刀剑，有的是互相残杀，怀疑是中了某种迷药。"

"竟有此等厉害的迷药！会是何人所为？"欣媚问道。

"孙大人认为，据传前朝的皇室曾经研制出类似的迷药，此事多半是前朝的奸细所为。"穆宏板着脸道，"咳咳，这些事情都与你无干。欣媚，我同你说这些无非是要警告你，此事已演变得愈来愈凶险，你切不可再深陷其中。试想，若昨日鸡鸣寺遭屠戮时，你亦在场，那……"

说到此处，穆宏的声音有些异样，垂下眼睑，多少言语哽在喉头。

欣媚轻轻抚了下他的后背，笑道："叔又说到哪里去了？欣媚自小鬼灵精，绝不会将自己置于险地的。"

穆宏叹了口气，瞥她一眼，眸中潋滟有光："你的心性我怎会不知？一旦咬住了那案件的关窍，八头牛也拦不住你。只是下次你再要以身犯险时，务必知会我一声。"

欣媚谄媚笑道："穆叔，就知你待欣媚最好了。"

"还笑！"穆宏狠狠一搯，疼得欣媚连连龇牙，"我娘炖了一锅土豆牛腩，非让我带来给你。你若再不听话，就没这个口福了。"

欣媚噘嘴道："啊，欣媚错了。待欣媚最好的分明是穆老夫人……"

"启禀娘娘，臣妾实在不该深夜来访，但昨日见闻了一些怪异之事，心里颇不自在，特来向娘娘禀报。"淑妃罗楚楚立在坤宁宫的寝殿当中，下拜行礼。只见她五短身材，鹅蛋脸儿，穿着一身暗红缕金提花缎面交领长袄，外披一件深褐色织锦羽缎斗篷。

皇后已歪在黄花梨雕凤纹罗汉床上，轻轻摆了摆手，道："赐座。怎的了？"

淑妃脱下斗篷，在宫女搬来的红木杌子上坐下，笑道："娘娘知道，臣妾是最不爱凑热闹的。只是近来宫中流言颇多，臣妾也听了不少。自从渡月轩死了一个宫女，那些奴才们就不停地议论。昨日午后，臣妾见皇上和明妃从永乐宫出来，皇帝面色颇为不虞，娘娘可知发生了何事？"

皇后心里一惊，面上却作无恙，笑道："本宫听闻，昨日琼儿在汀兰水榭抚琴,明妃央求皇上,想向琼儿学习琴艺,被皇上驳回了。"

"哦,原来如此呀。"淑妃掩口笑道,"明妃居然也会碰钉子,臣妾真是头一回见呢。听闻长公主近来身体抱恙,连鸡鸣寺都无法亲自前去。娘娘也该劝劝,让公主好生将养,莫要再去汀兰水榭那风口的地方抚琴了。"

皇后面色一沉,道:"淑妃,本宫一直道你是个与世无争之人,昌王殿下如今亦在皇上跟前当得好差。你又何必学那起子轻薄狂浪之人,来这里挑拨是非?"

淑妃一听这话不好,连忙跪下道:"娘娘息怒,臣妾失言了。臣妾对娘娘忠心不二,绝不敢有异心。实在是外面传得厉害,这才斗胆进言……"

"皇后娘娘,皇后娘娘……皇上驾到!"

突然,坤宁宫大宫女芙蓉急匆匆跑入寝殿,刚通传毕,皇帝沉重的脚步已踏了进来。皇后慌忙从床上起身,穿着素白的睡袍跪地接驾。"臣妾给皇上请安,皇上万福金安!"淑妃亦行礼后匍匐在地,一动都不敢动。

"淑妃也在此?"皇帝冷冷道。

淑妃忙拜了拜,道:"臣妾闲来无事,特来向皇后娘娘请安,说说梯己话儿。"

"嗯。"皇帝一摆手,淑妃忙退下了。

皇帝一言不发,走到一张紫檀镶理石靠背椅上坐下,挥一挥手,屏退了伺候的宫人们。皇后跪在冰凉的金砖地面上,小心地问道:"皇上深夜驾临,不知所为何事?"

"皇后,琼儿近来还好吗?"皇帝低沉地问道。

皇后手心满是冰凉的汗水,强作镇定道:"回皇上,琼儿近来身子有些不适,臣妾命她在宫中好生休养。此外,按照皇上的旨意,为避免谣言传播,臣妾特地派了侍卫守护永乐宫,不让里面的人随意进出。"

"是吗?"皇帝语气冰冷,"琼儿的身子到底是怎么了?"

"呵,不过因流言有些气恼,并无大碍。请皇上不必太担心,臣妾会命太医悉心调理,大约过一段时间便可好了。"皇后道。

"是吗?"皇帝目光冷厉地看着皇后,"皇后,你能保证琼儿的病痊愈吗?"

皇后心中一惊,忙匍匐拜倒。"皇上,琼儿是臣妾的心头肉,是我朝的吉祥圣女。臣妾必定会精心照料,绝不会有任何差池。"

皇帝的眉头微微舒展,缓和了口气,道:"你起来吧。"说罢,招招手。

皇后起身,来至皇帝身边的椅子坐下。"皇上,臣妾见您双眉紧锁,究竟发生了何事?"

皇帝扭头看着她,说:"昨天夜里,鸡鸣寺三十六名僧人全部被杀害,一个活口都没留。大理寺的人告诉朕,是前朝奸细策划了这场阴谋。"

皇后眼眸微转,道:"皇上,此事臣妾亦有耳闻,听说僧人们乃是中了迷药后自相残杀,死状凄惨。看来,前朝余孽未清,仍是我朝的心腹大患。"

皇帝微微一笑。"太子对此事另有见解,他认为鸡鸣寺一案与宫中腊梅被害一案颇有关联,请朕允许他另派人调查。"

"太子?"皇后两眼一瞪,"他小孩子家懂些什么?不过是听信了身边人的谗言,把力气尽使在不相干的事情上。皇上,臣妾会好好教导他,将精力多多放在朝政上。"

皇帝冷笑道:"听皇后之言,太子似乎德不配位,难堪大任啊。"

皇后惊得脸色一变,旋即笑道:"请皇上恕罪。太子乃是皇上与臣妾的嫡子,皇上从来对他寄予厚望,是臣妾失言了。"

"太子欲查此案,朕亦不好驳他。"皇帝再次看向皇后,"你们母子自行商议吧。"

5

又一日,乃是正月十一。鸡鸣寺内,一片肃杀。前一日香火鼎盛的庙堂,如今只剩下血污沾染的佛龛和地面。三十六具尸首分成两行排列在大雄宝殿前的空地上,罩着一块块棉白布匹,令人感觉分外凄凉阴森。

欣媚跟在穆宏的身后,协助他记录验尸的情况。穆宏验道:"男尸,僧人服装,约二十五岁,胸口中剑而亡,利剑刺穿心脏,直透后背,当场毙命。剑刃宽约三寸。全身无其他伤口。"

小真子在一旁笑道:"穆太医真乃神助。太子殿下嘱咐我务必找一名可靠的太医重新验尸,但因是太医院令孙大人验过的,其余太医都不愿再验。好在欣媚姐姐有这个面子,能把穆太医给请来。"

穆宏正色道:"太子殿下的旨意,穆宏岂敢不来?"稍顿,又来到下一具尸首,"男尸,僧人服装,约四十岁,腹部中剑三处,分别刺穿肾脏、脾脏和肝脏,失血过多而亡。剑刃形状与方才类似,全身无其他伤口。"

"穆叔,此人下眼睑有浮肿的情况,是否可能为中毒?"欣媚问道。

穆宏翻开这具尸首的眼睑,摇头道:"并非中毒,只是因休息不足致使眼睛充血而已。"

"下一具,男尸,僧人服装,约二十岁,脖颈被利刃割断而亡,无法辨别凶器的形状。"穆宏低下头去,翻动尸首的手掌,"手部有利刃割破的伤口,可能是曾经手执利刃造成的。"

小真子忙翻看手中的一本簿子,道:"孙大人的验尸报告中,记录了尸体被发现时的状况。且待我瞧一眼。这应该是五号男尸,被发现时坐于大雄宝殿门口的廊柱下,手上并无利刃。"

欣媚道:"这便怪了,若手上未持利刃,这伤口又是如何而来?"

"是旧伤口。"穆宏答毕,继续验道,"下一具,男尸,僧人服装,约二十岁,腹部被切开,大小肠盘出,失血过多而亡。凶器或为阔面刀刃。手部亦有利刃割破的旧伤口。"

小真子附和道:"此具尸首乃是八号男尸,横尸于寺庙后院的古井边,手上并无利刃,但尸首附近有一把掉落的钢刀。"

"哦?此处亦有一口古井?"欣媚讶然,"前日咱们去后院时,怎的没有瞧见?"

小真子道:"那古井早就荒芜了,是一口枯井,位于后院的稻草堆后头,平常是看不见的。"

这时,同他们一道前来的一名老侍卫道:"启禀真大人,那口枯井叫作'屯黄井',颇有些来历。鸡鸣寺向来有个说法,先有'屯黄井',后有鸡鸣寺。也就是说,整座鸡鸣寺都是围绕着这口古井修葺的。然而,后来经历了几年大旱,井中之水渐渐干枯,慢慢便没有水了。僧人们在山门口新凿了两口井,便将这古井废置了。"

欣媚脑中闪过一道灵光,却并未抓住,心内颇有些气恼。只听穆宏继续验道:"面部嘴角有青黑之色……"

"穆叔，此人嘴角周围发青发紫，是否可能为中毒？"欣媚问道。

穆宏摇头道："此乃被人用拳头揍出的瘀青，并非中毒。"

足足一个上午，穆宏将三十六具尸首全部重新勘验一遍。之后，他面色凝重地来到主持方丈的禅房，关上房门，在书桌抽屉和书柜中四处翻找。

"穆叔，你寻何物？"

"僧人名册。"

小真子道："此事我知道。昨日大理寺来调查之时，已细细搜过整座鸡鸣寺。原本也想找到僧人名册，好一一辨认尸首的身份，但无奈掘地三尺也未找见。穆太医就不必白费功夫了。"

穆宏闻言，来到禅房中央的草簟上，席地而坐，一言不发。

欣媚在他身旁坐下，问道："穆叔，有何结论？与孙大人所验是否一致？"

穆宏看一眼坐在对面的小真子，道："真大人，太子殿下要的是什么？"

小真子一愣，笑道："穆太医说笑了，太子殿下请旨重查此案，自然是要一个真相了。"

"真相？往往并不如人意。"穆宏目露凶光。

小真子面皮一紧，道："怎的？事情有大不妥？"

"穆叔，此处就咱们三人，还请知无不言，言无不尽方好。"欣媚道。

穆宏重重叹气道："经我勘验，这三十六具尸首，无一中毒的迹象。亦即，孙大人所说前朝之迷药，乃是一套堂而皇之的说辞。"

"蒙鬼的?"小真子疑惑道,"大理寺乃是奉皇上之命前来调查,孙大人若是从中弄鬼,那可是欺君之罪!"

欣媚转动眼眸,说:"穆叔,孙大人乃是当世明医,不可能看不出其中的破绽。他与大理寺都众口一词,是不是已经得到了皇上的默许?"

穆宏点头道:"多半如此。"

小真子脸上的表情甚为瘆人。"皇上为何要默许他们编出如此弥天大谎?穆太医,你且说来,事情的真相究竟如何?"

穆宏冷笑一声:"真大人,这些话只能在此间禅房内存在,出了这个门,你们务必将其全部抛诸脑后。"

"这个自然。请穆太医指教。"小真子作揖道。

欣媚望着穆宏,目光炯炯,如太液池中一汪潺潺活水。穆宏叹息道:"据发现尸首的庞家军称,他们进入鸡鸣寺时,寺门从内部紧闭,不可能是外来之人所为。若如此,只剩一种可能,寺内众僧互相杀戮。"

欣媚道:"怪就怪在,寺内僧人为何要互相残杀?前日上午,我与真公公来鸡鸣寺时,寺内一切正常平静,与老方丈攀谈,也未听说寺中有僧众不睦之事。况且,即便个别僧人争执,也不至引发全寺的厮杀呀。"

穆宏道:"欣媚,方才你同我一道勘验,可曾发现被害僧人的特点?大致可分为两类,一类是胸部或者腹部被刺穿,另一类则是脖颈部或者是腹部被割破。"

"咦?穆叔,腹部被刺穿和被割破,难道不应归为一类吗?"欣媚打断道。

"非也。胸部或者腹部被刺穿,一般而言,必须由外力所致；而脖颈或者腹部被割破，却完全可以由本人造成。"穆宏压低了声音，"而且，脖颈或腹部被割破的僧人，其手部都有利刃所致的旧刀口，说明这些人平日里乃是惯使刀剑的习武之人……"

顿时，欣媚脑海如石破天惊，全然明白过来，神色渐渐凝固。"穆叔，你的意思是，前日夜里鸡鸣寺中来了几名外来的习武者，他们换上僧人的服装，在此大开杀戒。杀完之后，又自刎或者切腹自裁，造成了一众寺僧互相屠戮的假象。"

小真子亦恍然："难怪方才穆太医要寻那僧人名册。定是那几名凶手焚毁了名册，好掩盖三十六名死者中有外来者的事实。"

"然而，杀人便了，这几人为何要自裁呢？"欣媚道。

"那自然是为了掩饰杀光鸡鸣寺僧人的动机了。"穆宏沉痛道。

小真子剑眉斜飞，眸光清澈。"不错。若只是派杀手屠戮鸡鸣寺，世人便会问一句，鸡鸣寺得罪了何人，要惨遭此祸？但若是寺内众僧发狂互相残杀，就另当别论了。"

"得罪了何人？应是知晓了不该知晓之事吧？"穆宏冷眼道。

"是长公主！"欣媚脱口而出，"前日白天，长公主掩人耳目悄然来至鸡鸣寺，从后山逃出。此事虽然躲过了我们的视线，但鸡鸣寺中必然有知晓内情的僧人。事关重大，长公主事后便遣人来寺中杀人灭口。"

小真子狐疑道："窃以为，这桩事不会是长公主做的。宫中的老人都知道，十数年来长公主几乎每月都要到鸡鸣寺敬香，对寺内方丈和僧人亦多有恩赏。若长公主做过什么不体面的事，寺中僧人应该早已知晓。然而，那么多年长公主从未动过鸡鸣寺，显然是信任这一众僧人。"

欣媚突然想到了一事，说："真公公，你昨日曾指一僧人，说那是太子殿下安排在鸡鸣寺内的。他一定知晓长公主在寺中的行径吧？"

"自然，只是不足为外人道也。"

欣媚心下明白，问："此人亦被斩杀了？"

"嗯，是的。第二十八号男尸便是。"小真子沉痛地低下头。

欣媚的眼眸沉下来，一字一顿道："如此一来，这桩惨案的幕后主使便有些眉目了。第一，此人与长公主必然十分亲厚，为了掩盖长公主出逃的真相，枉杀鸡鸣寺三十六名僧人亦在所不惜。第二，此人与皇上必然极为亲近，皇上为保全此人，令大理寺和孙太医编出前朝杀手用迷药作案这样的谎言。第三，此人并非太子殿下，若是太子作案，至少应该保全自己的卒子。因僧人手册被焚毁，多一个少一个是看不出来的。若如此，太子殿下亦不会再派我等来调查了。"

"与长公主亲厚，又与皇上亲近……"小真子眼中露出惶惶之色，"姐姐，这样的人寻遍皇宫便只有一人而已。"

"是皇后娘娘。"穆宏低声道。

淑妃罗楚楚坐在永宁宫中，心底却无一丝安宁。正殿里装饰简朴，几件桌椅都是普通的红木大雕花，宫灯亦是与路边一般的样式。大宫女雪娥从殿外走进来，道："娘娘，昌王殿下求见。"

话音刚落，昌王便从门外昂首阔步进来，上前行了大礼，道："儿子给母妃请安。"

"快起来吧。"淑妃勉强笑道，"如何？长公主真的不在宫中了吗?"

昌王道:"永乐宫封锁得很严,父皇命禁军全都看守起来,连一只苍蝇都飞不进去。母妃,越是这样便越可疑。"

"玄昌,告诉母妃,此事你究竟涉入多少?"淑妃柳眉倒竖,厉声道。

昌王一愣,道:"母妃说的哪里话?儿子一直听从您的教导,韬光养晦、置身事外,怎么会牵扯到此事中去?"

"哼,母妃虽然不大理会外面的那些事体,但也能察知,这回的事非同小可,若不搅个天翻地覆怕是很难收场。你虽有大志,但终究不是嫡出,切莫存了那不该的心思。"淑妃道。

昌王听见这话,脸色变得铁青,声音也不似之前那般柔和:"母妃,都说父母之爱子,则为之计深远。但儿子从小到大从母妃这儿听到的,都是些要恭顺兄长、辅佐太子的话,儿子究竟哪一点不如太子?"

"凭你说出这番话来,母妃的教导便是全白费了。"淑妃面露悲戚之色。

"哼,太子不过是靠那个人联络朝臣罢了,若是剪去了他的羽翼,也不过是一只赖在地上的鸡。"昌王撇嘴道,"长公主淫乱,太子龙阳。母妃,儿子实在不明白,您为何还要倚靠着皇后?他们眼看着就……"

"住口!不许再说一个字!"淑妃伸手指着他的鼻尖,"父母之爱子,不过是希望孩子能长长久久,平安喜乐地过一辈子罢了。昌儿,你怎的这样不省事?"

昌王嘴角扬起一抹冷笑:"母妃,老黄历该换换了。儿子自然会为您赢得应有的尊荣。"

6

坤宁宫的两扇朱漆大门紧闭，上面一排排鎏金铜钉儿齐整排列，在阳光下更显刺目耀眼。太子挺身立于宫门首，朗声道："母后宣召，儿臣前来拜见。"

坤宁宫的门悄悄打开一条缝，大宫女芙蓉钻出来，低声道："皇后娘娘密召，太子殿下缘何如此喧哗？快请进来吧。"

太子跟随芙蓉穿过仪门，绕过蟠龙戏凤影壁，径直来到正殿当中。殿内的鎏金小炉中焚着一缕檀香，香韵醇而不冲，沁人心脾。太子跪下行了大礼，皇后便命赐座。

"母后殿中这檀香，越发令人身心愉悦了。"太子淡然道。

皇后一笑，道："这是印度那边上供的老山檀香，今年宫里统共只得了两盒，都送来了坤宁宫。"

"李总管办事从来利落。儿臣倒不太懂得这些香料物什。"太子言语温存，神色却木然。

"皇儿有所不知，这檀木颇有讲究，年头越是久远，味道便越醇厚。顶级的老山檀香，以沉水黑肉为佳，其次为沉水红肉。上回明妃做生辰时，未央宫中焚着一缕檀香，气味浓烈而冲，还有些檀腥味，估计是新料新材所制，未经醇化，檀香独有的甜、醇、凉的香韵一丝也无。"皇后慢悠悠地说道，"大概是你父皇知本宫素喜印度的老山檀香，便都予了本宫罢。"

太子将嘴唇抿成一条缝儿，道："父皇一向看重母后，自然将好的都送来坤宁宫。"

"你父皇看重本宫，亦不过是看在你与你皇姐的面儿上。"皇后的声音霎时间有些凄惶，"未央宫那里才是日日绫罗、夜夜明珠呢。"

"母后何必与贵妃娘娘计较？普天之下只有一位皇后娘娘。"太子道。

"皇儿，本宫日渐年老，又何须与那村姑计较？一切……只不过是为了你。虽然如今朝堂上支持你的大臣众多，尤其以诸葛丞相为首，但苏明丽母子亦在结交一些外臣，其心可诛矣。"皇后道。

太子不以为意道："玄杰尚小，不成气候。况且贵妃娘娘的母族亦无助力，母后实在无须为这些事情烦忧。"

"可是，若你皇姐出了什么差池呢？"皇后面露悲戚之色。

太子眼眸凌厉，提高音量道："母后，此事儿臣本不敢问。皇姐究竟怎的了？儿臣几次去探望她，她都闭门不见。如今，宫中又传谣言，说皇姐出宫与人私奔了。"

"快休提此事。你皇姐只是身子不适，在宫中闭门休养罢了。"皇后道，"本宫今日召你来，便是要嘱咐你，渡月轩那个宫女投井的案子，还有鸡鸣寺一众僧侣互戕的案子，都不要再过问了。本宫知你找了一个司药房的宫女在暗中调查，快停下来罢。"

"母后，此案涉及皇姐的名誉，背后有盘根错节之利益纠葛。如今宫中关于皇姐的流言不断，儿臣彻查亦是为了还皇姐一个清白。"太子拱手道。

"哼，皇室之事何须查证？你父皇说琼儿是清白，那便是清白，谁敢置喙？"皇后眯起细长的眼睛，声音渐渐放缓，"玄明，你心里明白，琼儿掌管内务采买，一直对那些朝廷官员的命妇们颇有恩赏。靠这些枕头风吹着，朝臣们才会在殿堂上对你褒奖有嘉。"

"是，儿臣知道皇姐对儿臣的助益极大。"

皇后见到了火候，便说道："既如此，玄明，那个人……你便舍了吧。"

太子浑身一颤,仿佛被兜头浇了一桶冰水。"母后,他对于儿臣,极为重要,断断不能抛舍。"

皇后惶怒道:"哼,对你而言,难道这个人比你皇姐还重要吗?"

"不,这根本不能相提并论。"

皇后道:"你方才口口声声说宫中皆是你皇姐的流言。你可知奴才们都是怎么传你与那人的?"

太子低下头,垂手侍立,半日无言。

"堂堂天朝太子,竟然跟一个阉人镇日同进同出,一处儿吃饭,一处儿睡觉,连你父皇交办的朝政,都与他一道商议。"皇后痛心疾首,"玄明,你父皇最恨龙阳之风,若传到他耳朵里,你这太子还要不要当了?"

"母后,我与他是至交,是生死的兄弟,并无那些龌龊之事。"太子红了眼圈,"他乃探花郎出身,若不是为了儿臣,亦不至于净身入宫,沦为阉人。母后,天底下的人都能误解他,唯独儿臣不能啊!"

"住口!玄明,本宫今日并非与你商榷。本宫命你立即撤回所有调查的人手。"

"母后!"太子扼腕半响,气息渐渐平静,"儿臣遵旨。可是,儿臣也想问一句话。"

"你说。"

"皇姐的病,何时能痊愈?"

皇后正坐,肃然道:"这不是你该问的事。该痊愈时自然会痊愈。"

* * *

穆宏坐在太医院的办公小厅内，查阅宫中几位嫔妃的医案。一名小太监急匆匆跑进来，送上了一封红笺："穆太医，方才宫门口的侍卫递进来，说是梨香苑的……"

穆宏看了一眼，道："你出去吧。"

小太监刚退出，却迎面撞上了一人。只听见"哎哟"一声，欣媚爽利的笑声便传了进来。"穆叔，贵客来也，快把你那上好的毛尖拿出来。"

穆宏放下医案，抬头看她。只见她穿着一身绛紫色团花长棉裙，梳着一个宫女髻，顾盼神飞，神采奕奕。不禁笑道："这是哪里来的贵客？"

欣媚往书案旁的小杌子上一坐，道："是被撤职的失落之人。穆叔，你说奇不奇？昨日咱们刚发觉鸡鸣寺僧人被害之谜，今日太子殿下便传来口谕，让我不必再调查腊梅同鸡鸣寺两桩案子了。"

穆宏仍旧拿起医案，淡淡道："预料之中。太子殿下总不能调查出不想要的结果。"

"那是小真子将鸡鸣寺的幕后主使者告知了太子？"

穆宏摇头说："那个久惯牢成之辈，怎会将自己置于险境？昨日咱们在鸡鸣寺所言之事，是绝不能宣之于口的。知道这个秘密本身，就已经是死罪了。"

"哇，穆叔，那欣媚岂不是抓住了你的把柄？"欣媚笑道。

穆宏拿书卷轻拍一下她的脑袋。"是你被人抓住了把柄。那个小真子，谁知他安的什么心？说不定是他害怕继续调查出不妥当的结果来，便假传太子的口谕，命你罢手吧。"

"叔，一直想让欣媚罢手的，好像只有你一个人哦。"欣媚的手扶在书桌上，"说来奇怪，太子虽传了口谕，却并未收走赐予欣媚的东宫腰牌。另外，太子的口谕是'不必调查'，而不是'不得调查'。欣媚以为，太子的口谕中尽是无奈之言呀！"

"穿凿附会。何苦来？"穆宏皱眉不悦。

欣媚笑道："穆叔破了鸡鸣寺僧人一案，欣媚可不甘示弱，定要破了那腊梅投井一案。这也是腊梅的哥哥许世才拜托欣媚的。"

穆宏摇头道："腊梅一案，你且回答我三个问题。"

"请问。"

"第一，腊梅若非自杀，为何雪地只有一人的脚印？"

欣媚眨巴眼道："此、此事已经有了些眉目，但还未形成周严的结论。你且给我一点时间，定能解出那不在雪地留下脚印的法子。"

穆宏笑道："若真有那样的法子，我便要问第二个问题。凶手如此大动干戈，费尽心力不在雪地上留下脚印，真正的目的又是什么？"

"那自然是为了伪装成腊梅是投井自尽的呀。"

"为何要那样伪装？"

欣媚噘起嘴道："伪装成被害人自戕，当然是为了逃脱杀人的嫌疑。穆叔，你随我爹爹勘探过那么多现场，见识了那么多离奇案宗，该不会连这都不晓得吧？"

穆宏笑道："你所说的是宫外的规则。但在这皇宫之中，若一个宫女被杀，有两种情况。第一，腊梅亦是被一个奴才所杀，这凶手为了掩人耳目，将腊梅之死伪装成自戕；第二，腊梅乃是被主子所杀，那就大大不同了，主子只需诬赖腊梅犯了宫规，直接将其处死便罢了。"

"那腊梅被害自然是第一种情况咯。"欣媚忙道。

穆宏却仍旧摇头,道:"从你先前调查的情况看,腊梅并没有与宫女太监们结怨的情形。相反,她在宫中散布有显贵人物的秽乱之事,此后你们又在古井边发现了长公主的金簪……这些迹象表明,腊梅似乎更有可能是被主子所杀。"

欣媚倒吸一口气,道:"穆叔,你说得我都有些乱了。既然腊梅是被主子所杀,为何不直接说她犯了宫规,反而要制造自戕的假象呢?"

"这便是我要问你的第二个问题。"穆宏笑道,"还有第三问,你听吗?"

"听!听叔一席话,胜过读十本案卷。"欣媚笑嘻嘻地将下巴支在书案上。

"上回你请萧湛在古井中找到了腊梅手中枯枝的源头,认为腊梅是为了熬痛而折下枯枝。"穆宏道,"但细细想来,若单纯为了熬痛,是不必一直将枯枝握在手中的。腊梅直至死时,手中都紧攥着那根枯枝,是否还有其他的含义呢?濒死时的腊梅究竟想说什么?"

欣媚道:"不错,此事我与叔所见相同,那枯枝除了熬痛之外,恐怕另有含义。它代表的或许是《长恨歌》当中的诗句'在天愿为比翼鸟,在地愿为连理枝'。而腊梅在书中画出的'惟将旧物表深情,钿合金钗寄将去'则是指她掉落在井边的那根金簪。两者相联系,长公主便是最有嫌疑的人。穆叔,你说她会不会是为了躲避罪责,才逃出宫去……"

"哈哈。"穆宏笑道,"欣媚,断此涉及皇室之案,你若总以县衙捕快的脚程,怕是永远都赶不上趟的。"

欣媚一怔,若有所思。低头时却见书案上有一封红笺,立时拆开来，见是一方美人图绢帕，上面用小楷写着：

红烛高烧奈何天，良辰美景对愁眠。

君若无意何酒阑，妾心夜夜盼婵娟。

落款处写道：梨香苑浪琴顿首百拜。

"穆叔……"欣媚大声喊道，"这莫非是……欣媚未来的婶子？"

第四章　魂断梨香苑

1

京城中央街市的尽头,有一座富丽堂皇的建筑。高墙回环,红砖黄瓦,栋宇相连,古树参天,远远望去便是一派金碧辉煌之势。行至近处端瞧,只见正红朱漆大门顶端悬着黑色金丝楠木匾额,上面用行草题着三个大字"梨香苑"。

此地白日里悄然寂静,荒无人烟。一到夜里,华灯初上,人流穿织,仿佛天上银河落入了凡间。这日正是上元灯节,按照惯例,梨香苑举办了名为"元宵夜情"的盛会。凡来院中的恩客,必得使出浑身解数讨姑娘们的欢心,若得哪位姑娘的青眼,便可免费住上一宿,不在话下。

穆宏跟随小丫头子的脚步,慢慢踱进垂花门,穿过抄手游廊,沿楼梯拾级而上,便来到了一间正房。进门处摆着一个象牙雕唐代仕女图插屏,转过插屏,里面是一间方方正正的厅,左侧有一道灵兽呈祥锦绣的珠绫帘子,将姑娘的闺房隔断在内。

小丫头子通报:"琴姑娘,穆太医到了。"

闺房内传来脚步声,一个穿着白绫对襟袄儿和红罗裙子的女子笑盈盈迎了出来。"咱们姑娘等候得好半日了,穆太医却才来到。"说罢,忙将穆宏让到厅上,在宾客的席位上坐下,唤小丫头子们上茶。

"有劳,不知琴姑娘何事约见?"

须臾,只听见环佩响动,一个女子袅娜地从珠帘后面踱步而来。穆宏抬首,只见她头戴镶宝石金累丝珠髻,两鬓贴着翠梅花钿儿,耳朵挂着金镶紫英坠子,穿着一身云霏妆花缎织彩百花飞蝶锦衣,外套着银如意云纹丝绸罩衣,宛如月中仙子翩然下凡。这便是梨香苑举国闻名的"二小"姑娘之——浪琴。

浪琴莲步上前,盈盈下拜,道:"穆太医,浪琴这厢有礼了。"

穆宏忙起身搀扶,作揖道:"不敢。琴姑娘昨日书信约见,可是身子有何不适?"

浪琴宛然一笑,道:"穆太医说得人恁心寒。莫非奴家无病无痛,您老人家就不踏临咱们这贱地了?"

穆宏一笑。二人来至厅上,分宾主落座。小丫头子奉上茶来,摆上一盒果馅顶皮酥,一盒酥油香枣儿,还有几样果品。浪琴笑道:"穆太医,尝尝这新得的茶,可品得出是哪里的物产?"

穆宏低头吹了吹,放在唇边轻轻一抿,只觉香气四溢,颇有回甘。"琴姑娘这里总有些新奇的茶酒,在下见识浅薄,哪里品尝得出?"

浪琴掩嘴笑道:"穆太医又取笑人家。这是那贵阳知府来京城交际,特地捎了两斤湄潭翠芽,托奴家替他约见当朝的大人们。"

"姑娘这里贵客临门,交往颇广。"穆宏知道这梨香苑在京城之所以出名,不仅是由于姑娘们才貌出众、歌舞动人,更在于它是京城权贵们攀交联络的一处场所。

浪琴低下头,望着自己水葱似的手指,低语道:"今日乃是'元宵夜情'的盛会,穆太医不去瞧一瞧吗?"

此刻,梨香苑的大殿里张灯结彩、灯火通明。两旁一字排开金丝楠木食案，层层堆叠着珍馐菜肴，羊羔美酒。角落处，两名小优儿弹奏着琵琶古筝，一名梨园子弟正蜿蜒着嗓子，唱着软糯的南方小曲儿。

坐在首位的是昌王殿下郑玄昌和翰林院大学士司马奎之长子司马琪。他们一人搂着一位遍身绫罗的院中姑娘，自顾饮酒取乐。司马琪道："今日'元宵夜情'盛会，不知殿下属意何人？"

昌王放下酒杯，嘻嘻笑道："庸脂俗粉，本王见得多了。唯有那位'二小'之一的沈翘翘，不得沾过身子。"

"哦？听闻沈翘翘姑娘自从被一名神秘贵客梳笼了之后，便再也没有接过其他的客人。她立下誓言，要为那人守节一世呢。"司马琪奸笑道，"这也是奇了，我倒是头一回听说，院中姑娘也有守节之说。"

"哈哈哈……"昌王爽朗笑道，"姑娘们自然也是要守节的，你的银子若是不到，那节守得是密不透风呀。但是，再清高的姑娘，亦不会跟银子过不去，若是银子不中意，还有黄金、宝石、珍珠、玛瑙呢……"

旁边陪酒的两名姑娘嗔道："殿下惯会取笑人的。若是今晚能得沈翘翘姑娘的青眼，春宵一度，俺们就拜服了殿下。"

昌王将手伸至怀中姑娘的裙下，狠狠捏了一把，附耳低语道："怪小娟妇，本王现下就要度一度春宵，你可愿意？"

那姑娘嫣然一笑，扭捏着躲至后头纱帘里，昌王嬉笑着亦跟了过去。少时，便传来淫词艳语之声，不绝于耳。司马琪起身，同另一位姑娘说道："今日院中大开盛宴，此等风流韵事必然极多。姑娘自便，在下要去四处瞅瞅，饱饱眼福。"

司马琪边走边瞧，只见宴会厅里已然不是方才齐整错落的模样。一边，几个姑娘嬉笑着飞奔，五彩的丝带裙裾在席间飞扬；

一边，一对对动情入港的鸳鸯在食案底下、屏风后头、廊柱背后，亲嘴吮舌，柳腰款摆，浪声阵阵。司马琪正看得乐处，突然一只青瓷碗碟从半空中飞来，眼瞅着便向身边的一名年轻公子的脑袋砸去。偏生没打着，落在了食案上，将一盆红烧羊肉连青瓷大碗一道打了个粉碎，油汤四溅。

一名头戴银丝鬏髻，身着弹花暗纹锦服的妇人气急败坏地冲了进来，喊道："混账东西，出门说去钱庄兑银子，原来却兑到这个淫窝里来了。方才搂着的那淫妇是谁？老娘必要狠狠踹上她两脚，方才解恨。"

那年轻公子拿手捂着头，羞臊得不行，叫道："有话回家再讲，何必在此丢人？"

那妇人听得此话，气恼又添一层。"我甄家待你这厮不薄，供你读书考取功名，日日好酒好饭管代，奴家还替你生养了二男一女。你说，为何要这般待我？"说罢，只听哗啷啷一声，一张食案顷刻被推翻，菜肴碗盘撒了一地。那妇人疾步走至夫君身边，把那个公子哥儿扑倒在地，竟抡起拳头胖揍起来。

"好贱妇，这都动起手来了。"那公子嘴上一味逞强，身子却挣不脱妇人的拳头。

周围人看得好笑，有大声喝彩帮腔的，有立在椅子上拍手玩笑的，还有趁势帮着打冷拳的，登时大殿里沸腾起来。

事情惊动了老鸨郦娘，她走过来一齐喝住道："大娘子，休得如此。你家汉子的脸面，难道不也是你的脸面吗？快罢手，趁早撕罗开了吧。回家还得一个被窝儿里睡觉哩。"

"谁要跟他撕罗？老娘今日便要休夫！趁早离了这不长进、只知逛窑子的臭贼人，老娘下半生还能活得长久些。"

有人认出那公子乃是翰林院的一名侍诏，叫作孟三官，从九品的官职,便打趣道:"孟大人,还是给娘子赔个不是,快些回家去吧。有诗云,宿尽闲花万万千,不如归去伴妻眠,虽然枕上无情趣,睡到天明不要钱。"

还有人恶作剧,对那妇人道:"孟家大娘子,我等敬佩娘子的为人,若今天离了这无用的侍诏,明日我便给你说门翰林院大学士的亲事。"

甄娘子知人家存心拿她取乐,也不理睬,只是揪住夫君的耳朵,道:"是条汉子,便带上那小娘儿们,同我一道去衙门。今日,老娘定要论个理。"

郦娘见事关自己的姑娘,忙上前道:"哎哟,大娘子这又是何苦来?今日乃是元宵佳节,团圆之日。大娘子快携了夫君回家过节去吧。老妇人这里给您保证,今后再不让这孟大官人踏进我梨香苑半步了。"

众人见状,都不愿扫兴,便也一径劝说。那甄娘子才慢慢回转心意,拉着夫君的手往门外去了。一时,大殿气氛变得有些冷清。几名官员模样的男子神色异样,大约也想起了家中的糟糠之妻,怕被寻上门,纷纷告辞。郦娘款留不住,着实烦恼。"哎哟,老妇人今日是得罪了哪路神仙,这盛宴还未至高潮,便去者众多……"

司马琪悄然上前,笑道:"郦娘不必烦心,待晚生搞个节目,为您助兴。"说罢,他走至大殿中央,从衣内掏出来一个小巧的布包袱,大声道:"姑娘们,今日乃'元宵夜情'之盛宴,司马不才,愿'抛金引玉',博得姑娘青眼。我手上有三十余块金币,每块二钱重,一会儿哪位姑娘拾得最多,今夜便与我春宵一度如何?"

话音刚落,他便将手中的布包袱打开,里面露出金灿灿、明晃晃的金币来。姑娘们的目光立时全部被吸引过来。只见他手托布包往空中一撒,那三十余块金币便如天女散花般落在了他的周身。姑娘们群情激昂,连滚带爬地一拥而上,将司马琪扑倒在地,滚作一团。另有一些男子亦趁势混在其中,能捡得着金币便捡,捡不着的举手往姑娘们身上乱摸,颇占了不少便宜。

少顷,金币全都被捡光了,姑娘们一个接一个起身退出来,却有一名姑娘仍然匍匐在地,一动不动。郦娘笑道:"这不争气的婢子,定是未捡到金币,伏地而哭呢。"遂遣一名小丫头子前去扶她,却死活拽不起来。

郦娘上前尽力推动其肩膀,将那姑娘翻了个身,露出一双死鱼般的眼珠。再一看,只见她口吐白沫,已经气绝身亡。

司马琪在一旁手足乱舞,慌得直叫:"昌、昌王殿下快来……这,这是长公……"

2

闻得小丫头子禀报,穆宏立即移步来至梨香苑的大殿之上。只见正中央铺着钩针曼陀罗花纹的波斯地毯,上面躺着一具女子的尸首。前来寻欢的恩客和姑娘们已被遣散,只剩昌王、司马琪与老鸨郦娘三人。

郦娘身材娇小,浓妆艳抹,徐娘半老却风韵犹存。她哭得抽抽噎噎,道:"穆太医,快来瞧瞧,这女子究竟是怎么死的?"

昌王与司马琪亦站在一旁,面色凝重。昌王低声道:"穆太医,本王眼神不好,你来瞧瞧这女子是否与长公主有几分相似?"

司马琪道:"幸得我方才在垂花门处瞧见了穆太医,他可是宫中勘验尸身的高手。郦妈妈不必再啼哭，少时便能还你们梨香苑一个清白。"

穆宏上前细看，只见这女子穿着一身碧霞云纹联珠对孔雀纹锦衣，头上戴的钗环一如院中姑娘的饰物。鸭蛋脸面，尖翘鼻梁，一双眼睛圆睁着，嘴角流下白涎。当下心内便明了，只不作声。蹲下身子，细细查看了脖颈、胸口等几处，缓缓道："女尸，约三十岁，尚有余温，死亡不超过一个时辰。"

郦娘走上近前，举起一把明晃晃的匕首，道："穆太医，您瞧这匕首掉落在此女身旁，是否为杀害她的凶器？"

穆宏瞥了一眼，道："匕首上并无血迹，不大会是凶器。"

"会不会是见到匕首，吓死过去？"司马琪也插进来道。

穆宏摇了摇头，又说道："尸身上有几处抓伤和噬咬的伤痕……"

"哦？此为致死原因吗？"昌王问道。

"不，这些伤痕似乎是……男女交欢时留下的痕迹。"穆宏的声音僵硬。

昌王与司马琪立即噤声。

穆宏又道："面色潮红，掌生红圈，掌布红筋，长强穴亦有闭圈。此乃《黄帝杂禁方》中所指之白驳病症，一般也称为'马上风'。"

"马上风？那是一种什么病症？"司马琪问道。

穆宏瞥了郦娘一眼，道："郦妈妈应该见过，妇人月事之时，行鱼水之欢，最易得此病。男女皆可得之，而多见于男。马上风，马下风，风风夺命！"

郦娘掩面泣道："老妇人白活这许多年，着实见过一些穆太医所言之'马上风'。俺们院中人家，恩客来访不避时候，姑娘们月事未尽亦得接客。曾经有一位院中姑娘,特别惹人疼爱,因月事行房,当场死于床上。后来,一名医官大人告诉老妇人,马上风,属急性,若抢救不当,立死。自那之后,但凡梨香苑中的姑娘,老妇人绝不许她们月事中接客了。"

"如此说来,这长公主乃……纵欲而亡?"昌王惊道。

"昌王殿下慎言,如今我等未能断定此女便是长公主。"穆宏道,"妈妈,请问您是否认得这名女子?"

郦娘道:"此女虽然穿着姑娘们的衣服,但绝不是我梨香苑的姑娘。至于她是如何混进来的,老妇人亦觉得十分古怪。梨香苑虽不是什么高门大院,但平日里对进出人员的管理是相当严格的,除了院中姑娘和奴仆杂役外,所有进院的恩客都必须有梨香苑的'帖子'。这样一个姑娘家,如何能进得来?"

司马琪笑道:"妈妈休说嘴了。方才那孟三官的大娘子不就闯进来了吗?"

"那是甄大娘子硬闯,门卫也拦不住。除此之外,若有未受邀请之人进入,门卫必得报于我知。尤其为避免发生如甄大娘子那般的闹事,外头的女子是万万不许进来的。"

"若此女子真乃长公主殿下的千金之躯,又如何会沦落至这烟花柳巷?"穆宏低语道,"实在令人费解。"

郦娘转动眼眸,佯装木讷道:"哎呀,老妇人无才无德、见识浅薄,几位大人说的什么,一点儿都听不懂。方才,我已清退了院中姑娘,大人们在此自行商议便了。老妇人只觉头目森森然,昏聩不已,且回房歇息去了。"说罢,便退了出去。

穆宏举目定定望着昌王,道:"还请昌王殿下示下。"

"这……本王听闻,长公主明明在宫中病着,不可能在宫外啊!"昌王佯装无辜道,"况且即便长公主出宫游玩,亦断不可能出现在这梨香苑中。依本王之见,此女恐怕只是与长公主有几分相似,不必劳师动众了。"

司马琪踌躇了半日,道:"昌王殿下,在下有些愚见。前几日听闻,宫中盛传长公主殿下的流言,称她与人私通,甚至私奔出逃。若是流言为真,那这女子是长公主殿下的可能性便很高了。"

"唉,也罢。速派人将此事禀告太子。这毕竟是他的亲姐姐,如何处置由他定夺吧。"昌王说罢,便甩袖往门外去了。

欣媚急匆匆来至皇宫门首,见小真子带着两名宫女已等在那里。走近前一看,乃是永乐宫的大宫女翠娥和长公主的乳母周嬷嬷。

欣媚问道:"太子殿下何事急召?"

小真子面色急惶,道:"昌王殿下与穆太医在宫外的梨香苑,发现了一具女尸。"

"穆太医?"欣媚心想,他果真是去了。

"不错。他们都称,那女尸初看面相与长公主殿下有些相似。太子殿下命我带着翠娥和周嬷嬷前去验认。据说,死因亦十分离奇,因此特命姐姐同我们一道去查看。"

"长公主殿下?不是一直在宫中吗?"欣媚故意问道。

翠娥恼怒地瞪她一眼,道:"司药房的小女,不该问的休要乱问。"

周嬷嬷道:"莫要在此扯闲篇了。真大人,快带俺们出去瞧瞧吧。事关长公主殿下的生死,可耽搁不起呀。"

小真子应诺一声,便同她们一道乘坐一辆朱轮华盖车,火速前往梨香苑。一路上，小真子对欣媚低语道："果然如姐姐所料，长公主那日自鸡鸣寺出逃后便再未回宫。皇后娘娘一直谎称长公主病了。若梨香苑中的女子真是长公主，那怕是要出大事了。"

这话很快便得到应验。四人来至梨香苑中，见过了穆太医与司马琪。小真子便令翠娥与周嬷嬷上前辨认。那周嬷嬷是将长公主从小抱大的老人，做事十分仔细，在皇上和皇后跟前也颇有体面。只见她走上前去一瞧女尸的面容，便露出惊异之色。蹲在旁边，卷起女尸的衣服袖子，往腋窝处细细查看。之后，又命在场的男子背过身去，撩起女尸的裙子，脱去亵裤，反复查看了几遍。

"究竟如何？"欣媚问道。

周嬷嬷沉吟半晌，缓缓道："老身不敢妄言，只得说，此女与长公主殿下有八九分的相似。"

"嬷嬷可有凭证？"司马琪问道。

老妇人躬身一礼，道："长公主殿下出生时，右臂腋窝边缘处有一枚青色胎记，这具女尸身上也有相似的。另外，殿下的大腿根内侧有一粒红痣，与这女尸身上的也几乎一般。"

众人都听明白了，这老奴并非不能确定，只是不敢将话说满，好为日后皇室的旨意留下回旋余地。

翠娥双目赤红，泪水涟涟道："长公主……不，这女子是如何死的？"

司马琪挠头道："事情颇有些蹊跷。今夜梨香苑中举办'元宵夜情'盛会，当时有许多的恩客与姑娘们在此大殿上戏耍玩闹。后来，突然闯进来一位甄大娘子，将流连在此地的夫君孟三官痛骂一顿后，便携夫离去了。在下见老鸨甚为苦恼，便想着热络一下气氛，将身上带着的三十余块金币抛撒至空中。那些院中姑娘哪有不见钱眼开的？都纷纷扑上来捡金币，甚至将在下亦扑倒在地。还有不少恩客也趁机围上来揩油。等众人捡完了金币，在下方得脱身，却见脚下趴着一个女子，已没了气息。"

"如何死的？"小真子对穆宏道。

穆宏看了欣媚一眼，清嗓子道："因无衙门的手令，微臣不好细致检验，只是观瞧了外表，似是'马上风'之症。"

"那是何种病症？"欣媚问道。

穆宏憋红了脸，有些恼她如此当面直问，面无表情道："妇人在经期与人行房，死于交欢之时，称为'马上风'症。"

翠娥与周嬷嬷听得面露惊惧之色，连连摆手。周嬷嬷道："殿下一向遵从女则、女训，绝无可能做出如此荒唐之事。况且，宫中教诲甚严，殿下虽未婚嫁，却也早就习过经期不得行房之道理。"

翠娥亦道："在这京城之中，但凡大家闺秀，有哪个不知此理的？惟有那些个烟花女子，才会为财为色而枉顾性命。奴婢断断不信长公主殿下会死于此症。"

穆宏缓缓道："方才，你们来前，我发现女尸的指甲中有些许白色粉末。拿花园里的猫儿验了一验。那猫儿吃下粉末后，立时精神百倍，尾巴直立，抓挠无度，燥热难耐，竟然跳入了花园小池中贪凉。看起来，这粉末或许就是江湖上传说的'幽乐散'。"

"哦？幽乐散乃是青楼会馆常用之物，助男子精血方刚，一战百人。女子服了，立时节妇变娼女，荒淫无度，纵欲不穷。"司马琪道："莫非是那老鸨赠予长公主殿下的？"

"司马官人倒是深谙此道。"欣媚道，"真公公，此事实在怪异。长公主殿下是如何进得这梨香苑？又如何服下那幽乐散？继而与何人交欢，死于非命？又如何突然出现在大殿里？这一桩桩一件件，皆是谜团，若不彻查，难以明了。"

小真子面色复杂，沉吟许久，道："既然周嬷嬷验过，此女是否为长公主殿下尚未有定论。我便先找人将尸首裹殓了，回宫禀明太子殿下再说。"他又瞅了欣媚一眼，道，"姐姐同我一道回宫？"

欣媚笑道："不了。欣媚还想再做些调查，一会儿随穆太医回。"

3

小真子走后，京兆府那边来了十几名衙役，将梨香苑团团围了起来。欣媚看着穆宏，哂笑道："穆叔来此地，定是为了见那位浪琴姑娘吧？"

穆宏正色道："我是来诊治病人的。"

"哦？谁病了？"欣媚笑道。

穆宏被她瞧得心底发虚，道："那浪琴姑娘半年前得了一种病，延医问药数月无效。上个月寻到我那里，诊治之后身子见好。因而今日邀我再来复诊，并作答谢。"

欣媚嘻嘻笑道："叔，人家给您写的书信，可不光是答谢的意思，还有以身相许哦！"

"休得胡言。你道我是那朝欢暮乐、爱色贪花之徒吗？"

"叔在我心里一直是风流倜傥的翩翩公子，京城名媛们竞相追逐的对象。"欣媚溜须拍马道。

穆宏狠刮她一眼，道："你方才为何不随那真公公回宫去？"

欣媚扯着他的袖子，撒痴道："还未见到我未来的婶婶，怎能空手而回？穆叔，你就带我去见一见吧。"

穆宏无法，只得携她来至内院，命小丫头子前去通报浪琴姑娘。未等他们行至正房门前，便听见环佩玎玲，一个娇滴滴的声音迎了出来，"欣媚姑娘大驾光临，小女子有失远迎了。"一个穿着华袍锦服，打扮得粉妆玉琢的女子站在门首，冲着欣媚嫣然而笑。

欣媚忙上前福了一福，道："欣媚见过浪琴姑娘。"

浪琴大惊道："奴家不过一介烟花之女，怎得生受姑娘如此大礼？该是奴家上拜姑娘才是。"说罢，便要跪下去行礼。欣媚忙扶住了，两人推让数回，彼此行了半礼方罢。

浪琴将二人让至厅上，重新摆上果酒茶品，笑道："欣媚姑娘初次到访，浪琴这里简陋，无甚可招待的，还望姑娘不要嫌弃。"

欣媚欣然拈起一枚板栗糕，道："姐姐这里的茶果做得真是极好，欣媚还从未见过如此果料实在、香味扑鼻的板栗糕呢。"

浪琴笑道："穆太医，您的这位侄女儿，真是有趣极了。难怪您嘴里总是提起她。"

穆宏道："一个顽皮的猴子，姑娘不睬她还好，若是与她多说上几句，便蹬鼻子上脸，爬到你的头上去了。"

"穆叔，少编派人。人家也是有面皮的，虽然厚了些……"欣媚说笑着，转向浪琴道，"说来，欣媚拜访姐姐，还有桩事体想问一问。"

"姑娘但问无妨。"

"方才听穆叔讲，这梨香苑的大门一向守卫森严，不是轻易能进得来的。"欣媚道，"那么，不知是什么样的人、拿着何种凭证才能进得院来呢？"

浪琴道:"一般进院需有'帖子',要么是妈妈郦娘的帖子,要么是院中姑娘的帖子。除此之外,便只有那些日常送菜、倒恭桶的杂役们可进出了。但这些人亦是面熟的,若有生面孔,门卫便会喝令退出。"说到这里,浪琴想到了什么,拿帕子掩口笑道,"梨香苑的门卫可是出了名的火眼金睛。总有些市井破落户为了一睹姑娘们的芳容,装扮成送菜工之流,妄图混进来,全都被门卫给喝退了,迄今为止还从未出过差错呢。"

"那么,若是姑娘们单独给恩客送帖,郦娘亦不会知晓吧?"欣媚问道。

"不。即便是姑娘们直接给恩客下帖,郦娘亦是要过目的。况且,送帖的小厮都是郦娘的人,有谁能绕得过去呢?"浪琴笑道,"恩客中哪位与哪位相好可以同邀,哪位与哪位有龃龉不可同席,这些须安排得十分妥当才行。郦娘在京城经营二十余载,博得如此众多达官贵人的青眼,绝非只靠幸运而已。"

"如此说来,姐姐昨日给穆太医送的帖子,亦是郦娘过目的了?"

浪琴立时羞红了脸,嗔怪地看了穆宏一眼,道:"自然。若非富贵豪门或是达官贵人,郦娘是断然不许姑娘们见的。穆太医于梨香苑有恩,任何时候来都是欢迎的。"

穆宏忙道:"姑娘客气了。"

"那么,若有人将自己的帖子送与旁人,也是有可能的吧?"欣媚道。

浪琴颇为机敏地转了转眼眸,道:"姑娘是在说今夜大殿中那位得了'马上风'猝死的女子吧?"

"你们都知晓了?"

"不错,因事情离奇,姑娘们都央求妈妈,想打听个究竟。

妈妈被俺们缠得没办法，这才多少透了几句。不过，俺们都无法理解，为何一个女子能进得院来。"浪琴道。

"这又不是深宫内院，想进来总有法儿的吧？"欣媚道。

"姑娘有所不知，奴家方才已说了，门卫火眼金睛，对于前来的恩客都认得面孔，若是长相与名帖对不上，亦是不会放进来的。若偶尔妈妈或姑娘们邀了生面孔前来，门卫必得进去通报，请下帖之人出来相认才罢。"

"相认？"欣媚转动眼珠，突然叫道，"我明白了，那女子定是假扮成男子，与院中的某位姑娘串通，混进来的。"

然而，浪琴却仍是摇头道："姑娘错了。女子是绝无可能混进来的。因从前有个官员的夫人假扮成男子进来闹事，所以门卫对这一类事尤为警觉，即便不认得来人的面孔，也会细细查看那人脖颈上是否有喉结，验明是男子才会放进来。"

"如此，那女子是如何进入梨香苑的呢？"穆宏蹙眉道。

"可不？奴家亦十分疑惑呢。"浪琴笑道。

从浪琴姑娘的房中出来，欣媚悄然问穆宏："穆叔，你几时来的？"

穆宏道："午后申时。"

"那女子死时已快戌时，穆叔在浪琴姑娘的房里待了恁久呢。"欣媚掩口笑道，"都做了些什么事？"

穆宏瞪她："你这蹄子，又有甚鬼话？我们不过谈些诗词歌赋，饮几杯茶而已。"

"噫！穆叔休要欺瞒我小孩子家。"欣媚嬉笑道，"放心，欣媚才不是迂腐之人。那浪琴姑娘虽然身陷烟花，但为人看起来清爽利落，倒是个良伴。"

"休再胡言。"穆宏气得头发都要立起来。

这时，只听得垂花门那里传来一声断喝："何人在那里？此处已封禁，外人速速离去。"

欣媚穿过抄手游廊，见到站在垂花门首的两人，笑道："原来是你两个。大壮、二壮，咱们又见面了。"

大壮和二壮欣喜地围上来，作了个揖道："竟是穆太医和欣媚小姐，二位为何在此？"

双方叙了一会儿，将前因后果说明。欣媚道："好极了，既然你俩来这梨香苑当差，便随我再去大殿上瞧瞧吧。"

说话间，三人来至大殿上，见司马琪正与几名衙役争执。"一帮奴才！你们懂些什么？我父乃是当朝翰林院大学士，皇上身边最得脸的重臣。若不速速放了小爷，明日就让你们横尸街头。"

欣媚上前笑道："司马公子莫急，您身份贵重，何必与这帮衙役们费唇舌？欣媚有几个问题，想再请教。"

司马琪知她是太子派来的人，不好驳她的面子，便道："果然还是姑娘会说话，难怪得真大人青眼。"

"欣媚脑中一直有个疑问。当时，许多姑娘涌向司马公子的身边争抢金币。若说死去的姑娘是被人踩踏致死倒也罢了，偏偏她又是纵欲而亡。莫非她当时就在大殿上与人行鱼水之欢？"欣媚道，"司马公子，此前您可曾在宴会中，见到过这位姑娘？"

"未曾。"司马琪道，"小爷当时百无聊赖，还在大殿内踱步，观赏众人嬉笑打闹之百态，但并未在宾客之中见过这位姑娘。"

"这便怪了。这姑娘是如何突然出现在大殿正中央的呢？莫非她是从天上飞来的，还是从地底下钻出来的？"欣媚道。

"欣媚小姐说得是。我等方才已将整个大殿的每一处角落都细细查看了一遍，"大壮上前道，"并未发现任何可疑的密道。"

欣媚眸光微闪，视线在屋内缓缓移动，从天花板到梁柱，终于落在了地面铺着的毯子上。这是一张钩针曼陀罗花纹的波斯地毯，在大厅的中央区域满满当当地铺开。毯子之下是用大理石铺就的砖地。"大壮，麻烦请郦娘再出来问话。"

那半老徐娘百般不情愿地走了出来，与众人福了一福，道："老妇人身子不适，照顾不周，对不住各位大人。不知召老妇人来，有甚事吩咐？"

欣媚问道："郦妈妈，这波斯地毯是何时铺上的？"

郦娘笑道："哦，说起这毯子倒是颇有些来历。去岁立秋时分，波斯国遣使者与我朝上贡，皇上十分欢喜，便命鸿胪寺将其安置在京城的喜来登客栈中。谁知，那使者偏偏是个好欢笑取乐的，见梨香苑门首宾客如云，便也想闯进来，闹了好大的误会呢。后来，由鸿胪寺卿蔡坤大人引荐，方才将他请至梨香苑中。姑娘们小心殷勤服侍，使者大人十分欢欣，便从随身带的多余礼品中，挑选出十几块上等波斯地毯，赠予了院中的几位姑娘。老妇人亦得了这一块最大的，铺在了大殿中央。人们都说又气派又舒适呢。"

欣媚暗戳戳一笑，道："欣媚有个唐突的请求，不知郦妈妈可否应允？"

"姑娘说来听听。"

"能否将这波斯地毯撤去，让俺们观瞧一下地毯下是何情形？"

郦娘笑容僵硬，为难道："这波斯毯颇为宽大，用料讲究，十分沉重。要撤去毯子可是大动干戈呢。"

欣媚皮笑肉不笑，道："郦妈妈，比起一条人命来，动一动这毯子，也不算什么了吧？"

郦娘没办法，只能答应。大壮、二壮和几名衙役立时动起手来。原来，这波斯毯铺在大理石之上，十分滑溜。为防止毯子随意滑动，匠人们用十六枚铆钉将毯子死死地钉在了大理石砖上。

穆宏在欣媚耳畔低语道："如此看来，这毯子下面应无异状。"

"凡事都要亲眼一见，方可采信。"欣媚道。

郦娘在一旁冷眼旁观，目光中浮动出阴森之色。约摸半个时辰，衙役们才将那铆钉一一起开，把那张巨大的毯子卷了起来，露出了下面光滑平整的地面。欣媚上前四处触摸、敲击，听声辨音，却终于还是未发现任何暗道。

郦娘轻轻拭了一下眼角并不存在的眼泪，悻悻地干嚎道："哎呀，我这大理石地砖都碎了。今夜要如何再开门迎客呢？"

4

子夜，文德殿中依然灯火通明。太子带来的消息震动了帝后。皇帝坐在龙书案后，双目圆睁，久久说不出话来。

皇后孤零零立于殿中，痛哭流涕，不时拿帕子拭去泪水。"玄明，你说的可是真的？翠娥和周嬷嬷都确认了那就是琼儿吗？"

"是，母后。"太子声音哽咽，"虽然儿臣亦不愿相信，但周嬷嬷仔细查看了身上的几处胎记，确实与皇姐身上的一模一样。"

"呜呜，这可如何是好？皇上，求您快快下令将长公主迎回，不能让她流落在外呀！"皇后痛心疾首，几乎要哭晕过去。

皇帝沉吟许久,厉声道:"皇后,你不是说琼儿病了吗?她一直在永乐宫中休养,从未出过宫门。何来这些流言?"

"皇上……"皇后被堵得说不出话来,双膝一软,下跪哭道,"都是臣妾的错,是臣妾欺瞒了皇上。求皇上降罪臣妾。但琼儿乃是天降圣女,皇上的掌上明珠,如今身死,皇上怎么忍心令她流落民间?万一再传出皇家丑闻,那恐怕会动摇朝纲,后果不堪设想啊。"

皇上把两眼一瞪,冰冷地说道:"皇后如今才知后果吗?琼儿的那些荒唐事,朕早已有耳闻,多次嘱咐你要好生管教。你却偏偏一味袒护,帮着琼儿蒙骗朕。如今这恶果,全该由你一人吞下!"

"皇上,皇上息怒啊……"皇后匍匐在地,哀声痛哭不已。

太子不忍,也跪下拜倒。"父皇息怒。皇姐贪图玩乐,儿臣亦未尽到劝说之责,还望父皇降罪。只是,诚如母后所言,一来,皇家绝不能使皇姐的尸身流落在外,还得尽快收敛了大葬。二来,皇姐被害之事谜团重重,务必要派人暗中调查,切不可令那谋害皇室之人逍遥法外。"

皇帝顿了顿,道:"依太子之见,此事当如何处置?"

太子再拜道:"父皇,儿臣有一提议,不知是否妥当。眼下,先不宜将皇姐被害一事张扬,只说那是一名官家女子,命京兆府收敛之后,悄悄送入宫中宝华殿安放。同时,寻一可靠之人,暗中秘密查访,断明事件原委。待风头过去,再昭告天下,称皇姐染了重病不治薨逝。如此,既可保全皇家颜面,又可告慰父皇母后痛失爱女之心。求父皇示下!"

皇后闻言,急忙道:"此计甚妥。我儿果然堪当大用。求皇上开恩,速将琼儿迎回宫中,让臣妾见她最后一面。呜呜……"

皇帝默然片刻，目光中流露出深以为然之色，命下跪的二人平身，道："罢了，现今只得如此行事。玄明，关于调查之人，你可有推荐的人选？"

太子垂手侍立，道："回父皇，儿臣确有一得力人选。"

"哦？是何人？"

"父皇可还记得，沈婕妤落胎一案乃是被一名司药房的小宫女勘破。儿臣命人暗中调查得知，这名宫女叫作方欣媚，其父乃是江南第一名捕方木令。此女自幼便跟随父亲出入凶案现场，习得了无数探案断案之技巧。儿臣曾命她暗中调查渡月轩宫女投井自裁一案，也是她从雪地中发现了那根金簪。但后来因为涉及一些内务，儿臣命她停止了调查。"太子说罢，瞥了皇后一眼。

皇后柳眉微蹙，淡淡道："启禀皇上，臣妾以为派一名宫女前去查案，颇为不妥。即便她是什么捕快的女儿，但自古以来从未听闻女子能够办案的。将来，她得出的调查结论，要如何取信于朝臣，取信于民呢？"

太子忙道："母后莫忘了，皇姐一直在宫中，将来亦只是病重薨逝而已。此案永远不能公之于众，调查的结论亦不过是供父皇参考定夺。"

"哼，"皇帝冷笑，"玄明，朕只想知道，此女断案的能力究竟如何？"

"方欣媚如今就候在殿外，父皇何不召她入殿一试？"

"传！"

一阵通传后，欣媚躬身迈着小碎步走入了文德殿，当堂跪下叩拜："吾皇万岁万岁万万岁！"

皇帝命她抬起头来，细细端量了一番，道："清秀之中带着几分刚毅，果然是巾帼不让须眉。欣媚，朕听说你替太子办差，先后查访了渡月轩和梨香苑两桩案子。你且说说，有何进展？"

欣媚磕了一个头，道："回皇上，两桩案子都十分离奇。渡月轩一案，茫茫雪地上只有死去宫女一人的脚印。若为谋杀，那凶手要如何不留痕迹地走过那片雪地？梨香苑一案更令人费解，众目睽睽之下，那名女子像是从地底下冒出来一般，突然死在姑娘们哄抢金币的包围圈中，死因还是纵欲而亡……"

皇后听了面色大变，喝道："住口！皇家之事，岂容你胡言乱语？"

皇帝眉目阴沉，语气隐有严厉。"太子举荐你时，称你女承父业，有断案的奇能。但方才听来，你对这两个案子亦毫无头绪，徒有虚名罢了。"

欣媚出来时，穆宏曾千万叮咛，切莫在皇帝面前显露自己，以免蹚入这局浑水不得脱身。穆宏道："涉及皇室的案子，都不能以常理观之。更何况如今涉及长公主在宫外枉死，死因又说不得，一旦深陷其中，必受其害也。欣媚，此事你无论如何都要听我一言。"

然而，皇帝的几句嘲讽，瞬时激起了欣媚心头的怒火。曾经有好几回，父亲办的案子并无错处，上报至刑部却被一次次打回来，一句"圣心有疑"便将父亲和捕快们几个月的心血一笔勾销。皇室的傲慢与猜忌一贯如此。这一回，她偏偏要试图打破那琉璃金樽背后的仓惶与促狭。顷刻之间，穆宏的叮嘱已浑然抛诸九霄云外。她的唇畔扬起一抹冷笑，缓缓道："回皇上，奴婢虽还未勘破渡月轩与梨香苑两桩案子，却查清楚了鸡鸣寺一案。"

皇帝脸色一变，隐隐有些怒意。皇后亦是十分警觉，喝道："鸡鸣寺不过是一众僧人发狂，有甚可调查的？"

欣媚心想，今日即便豁出去，亦要把话讲明。"启禀皇上、皇后娘娘,太子殿下曾命穆太医与奴婢前往鸡鸣寺重新勘验尸首。我们发现,那些死去的僧人虽然看来像自相残杀,但绝大多数人只是被杀而已,只有极少数几名僧人曾手持利刃,杀人无数,最后又以自刎或是切腹的方式死亡,令外人以为他们是互相残杀。"

皇帝神色晦暗,道:"说下去。"

"因此,奴婢推测,是有人派了杀手,伪装成僧人的模样,将鸡鸣寺的所有僧人屠戮殆尽。"欣媚顿了顿,"目的自然是杀人灭口。因为那日寺中或有僧人见过长公主殿下,甚至协助了殿下出逃,为隐瞒此事务必封住每一张口。"

"放肆!不知死活的贱婢,长公主的事岂容你如此妄议?"皇后怒发冲冠,头面上的珠翠激烈乱摇。

皇帝道:"且让她说下去。"

欣媚又拜了一拜,道:"说回到长公主殿下的出逃,奴婢亦搞清楚了。那日,奴婢曾随内侍监的一位公公同去鸡鸣寺。我俩亲眼见到长公主殿下在永乐宫门口上了轿子,可到了鸡鸣寺,下轿的却是宫女翠娥。此事颇费思量,直至我们在回宫途中发现了两种不同深浅的脚印。"

"脚印?"皇帝不禁问道。

于是,欣媚便将长公主"双人乘轿"的计策细细说了一遍,又道:"长公主殿下在鸡鸣寺的后院下轿之后,便从那扇红漆小门逃出,去了后山。此后,她又是如何进入梨香苑的,目前尚未调查出眉目。"

皇后暗自垂泪,道:"唉,琼儿的聪敏都用在这些事情上了。"

"皇后慎言。"皇帝正色道,"长公主一直在永乐宫中养病,朕与明妃都去探望过她，亲眼见到她弹奏一曲《渔樵问答》，琴技超凡绝伦，非常人所能及。方才，这位欣媚姑娘见到的女子，应只是与长公主容貌相似。她以所谓'双人乘轿'之策逃出宫去，又死在梨香苑里，这便是朕要命欣媚去调查之事。"

"皇上？"欣媚思忖半日，方才回过神来，"那么，这位逃出去的女子究竟姓甚名谁？是何身份？"

皇帝注视着她，视线中带着极强的压迫感。"那名女子叫作京娘，乃是一位自幼养在永乐宫中的贵族女子，其家族已凋零，就不必再细究出身了。方欣媚听旨。"

欣媚忙磕头，眉目肃然。"奴婢在。"

"朕赐你'宫廷捕快'封号，负责调查梨香苑中这名京娘死亡的因由。调查时，你可享受二品官员礼遇，便宜行事。"

"奴婢接旨，定当不辱使命，彻查那京娘被害一案。"欣媚跪拜道，"皇上，奴婢斗胆，还有一事请求。"

"你讲。"

"鸡鸣寺一众三十六名僧人，死而未得其所，冤魂不散，于国运无益。求皇上下旨，为他们做七七四十九天水陆道场，超度亡魂，早登极乐。"

"准奏！"

"吾皇万岁万岁万万岁！"欣媚再次匍匐跪拜。

5

欣媚才步出文德殿的宫门，便见穆宏孤零零地倚在墙边的路灯下，满脸忧虑地望着她。欣媚笑嘻嘻地跳过去，掏出一块腰牌给他看，只见上面写着"御制"二字。欣媚道："穆叔，皇上封为我'宫廷捕快',命我彻查渡月轩与梨香苑两桩案子呢。"

穆宏脸色陡然一变,原本阴云密布的脸上,顿时变成电闪雷鸣。"你这蹄子疯了吗?我是怎么叮嘱你的?"

欣媚知他要大发雷霆,忙拍拍他的后背,顺顺他的毛,道:"穆叔莫急,气坏了身子,欣媚怎生向浪琴姐姐交代?嘻嘻,穆叔,这可是皇上亲命的宫廷捕快哦。天底下有哪一个女子能担得起这样的重任?我想,爹爹若在世,定会为我骄傲的。"

穆宏怔怔地望着她,眸中饱含着难以道明的思绪,犹如春日的湖水快涨满了。终于,他"嗳"地长叹了一声,道:"事已至此,说你还有何用?"

"穆叔,你好人嘛。你该相信欣媚定能胜任此事。"欣媚笑着挽住他的胳膊,"另外,还要助我一臂之力。"

"如今头绪全无,你要如何调查此事?"穆宏道。

欣媚笑道:"谁说毫无头绪?如今最要紧的是查明一个人的身份和下落。"

"何人?"

"与长公主私通之人。"欣媚道,"长公主出宫便是为了与此人私奔,那么定是此人将长公主带至梨香苑的。而且,长公主乃是……"

欣媚面皮一红,穆宏接过话茬儿道:"纵欲而亡。长公主云雨的对象多半亦是此人,是吗?"

"嗯。知我者穆叔也。"欣媚刚说完这句,只见前面来了十几个小太监,将他俩团团围住。其中为首的是司药房的掌事太监黄铭,见到欣媚便高声喝道:"方欣媚,你多次无故旷工,且私自偷盗主子的东西,王尚宫命我等前来拿你。"

"误会吧?欣媚旷工乃是奉太子殿下之命办差。更何况,我何时偷盗过东西？黄公公，这其中定有误会。"欣媚连连解释道。

然而，黄公公并未理睬，命手下的小太监一拥而上，将欣媚五花大绑起来。穆宏道："黄公公，有话好说，何必如此？"

"穆太医，我司药房之事，太医院管不着吧？"黄铭狠狠甩下话头，便带上欣媚，转身去了。

一路上，欣媚发觉除黄铭之外，其余小太监都十分面生，并不是司药房的人。七弯八绕，她被带至司药房后头的一间药材仓库中。一进门，两名小太监便拿粗麻绳绑住她的胳膊，将她捆在了一根大红漆圆柱上。

"喂，这是何意？为何动用私刑？"欣媚大喊。

黄铭阴恻恻一笑："贱婢，你且细细思量，究竟犯了何事！"说罢，带着一众太监，合上仓库大门，离去了。

欣媚只觉一时间从天堂坠至地狱，前一刻还得皇帝封赏、春风得意，后一刻竟沦为阶下囚。然而，这黄铭将她带至此处，并未说出是何人的命令。欣媚强迫自己冷静下来，回忆起黄铭说过的话"多次无故旷工，且私自偷盗主子的东西"。此前，她每番出去调查或者出宫，都是向司药尚宫王珍香禀明的。王尚宫一向是太子的拥趸，多次旷工的指摘绝不可能出自她之口。至于偷盗东西更是无从说起……然而，他们将她关在此处，即便是穆宏要找人救她，恐怕亦寻不着门路。尚食局内部教训奴才，那是连皇后娘娘都不会置喙的事。

不知过了多久，天光渐渐亮了起来，欣媚估摸着已至卯时初刻。被捆在柱子上挨了一夜，身体仿佛被钝刀缓缓切割，浑身上下无处不疼，额头汗水涔涔，湿透衣衫。这时，门"吱呀"一声开了,黄铭带着两名小太监走进来,身后跟着与欣媚同屋的宫女小梅。小梅一见她,便惊得脸色骤变,叫道:"欣媚姐姐,你怎的这般模样了?"

欣媚面色惨白,唇边干涸,勉力硬撑着道:"不妨事。小梅,这到底是怎么了?王尚宫为何要关押我?"

小梅摇了摇头,退却了一步,立在地下不作声。黄铭面色阴鸷,上前道:"贱婢,反思一夜,可知自己犯了哪条死罪?"

欣媚脑中酸胀难言,微微咬牙,道:"黄公公,欣媚自问对您一向恭谨,从不敢有一丝错处。不知今日为何要如此为难我?"

黄铭冷笑一声,双手击掌,一名小太监用漆盘端上来一只青色粗布包袱。小梅上前轻轻打开,里面露出一件织锦镶毛斗篷来。欣媚只看一眼,便知祸从何来。这是那一日与小真子去渡月轩搜查证物,小真子见她打寒噤便替她披上的。回屋后,她本待第二日去归还,怎知当晚被长公主的人捉了去,后来又在太医院养了几日伤。等欣媚记起此事,却到处都找不见这件斗篷了。她以为或许是被人偷了去,又或许是哪个宫女借了去。因连日来事情太多,她也未将此事放在心上。

"那晚,欣媚被永乐宫的人叫去,只剩奴婢一人睡在屋里。"小梅轻声道,"天冷夜长,奴婢有些害怕,便想将她的被子也裹在身上。谁知,竟从她被子里掉出了这物什。奴婢见这不是寻常宫人们的穿度……"

"哼,此乃主子们上用的斗篷,你一个小小的司药房宫女,哪里得来?还说不是偷盗?"黄铭喝道。

欣媚心想,小真子这厮不知从哪儿弄来的斗篷,若是把他供出来,反而牵连更多。好汉不吃眼前亏,无论如何女子是不必硬气的,先混过去再说。她嗤笑一声,道:"我道是什么好货。黄公公,这斗篷乃是欣媚那一日在御花园拾得的,正打算交给王尚宫处置。光凭一件东西便冤枉人偷盗,未免轻率吧?"

黄铭勃然断喝道:"牙尖嘴利的小媚妇,若不是偷盗,你为何要藏于被褥之下?我司药房断容不得你这等手脚不干净之人。王尚宫已禀明尚食尚宫,将你手脚断筋,赶出宫去。来呀,动刑!"

欣媚一惊,心想这处置得好没道理,即便疑心她偷盗,亦要有凭有据,让人心服口服。转念之间,她便明白了其中的关碍,忙笑道:"黄公公并非铁面无情之人,奴婢在司药房尽心尽力多年,总有些瞻情顾意之法儿,求公公指教则个?"

黄铭瘆笑一声,道:"你倒乖觉,还未动刑便告饶了。"

"奴婢怕疼。"欣媚嬉笑道,"黄公公,欣媚那里有一罐上好的信阳毛尖,还有一壶琼花露。自然,若您要银子,尽管开价。"

黄铭面皮一紧,道:"混账,咱家岂是那贪图银钱之辈?念在你平日里对王尚宫还算尊敬的分儿上,我给你指条明路。"

"求公公赐教!"

黄铭一挥手,示意左右将她松绑了并退下。屋里只余下他们二人。黄铭招招手,道:"皇上命你调查渡月轩一事,你心中可有眉目了?"

"欣媚愚钝,尚未查到得用的线索。"欣媚揉着酸疼的胳膊,眼帘低垂。

黄铭换了一副和善的面孔,将她让到一张圆木杌子上,笑道:"你这小婢子进宫才几年,怎知深宫之暗流汹涌?其实,宫里的老人们早已推测出害死腊梅的真凶是谁了。"

欣媚两眼一瞪,拱手道:"还望公公明言。"

"我且问你，鸡鸣寺的一众僧侣真的是互相残杀而亡吗？"黄铭低声道。

欣媚见他问得颇有把握，便只得照实告知："非也。据奴婢调查，是有人派了几名高手伪装成僧人模样，将寺内众僧屠戮之后，再自裁而亡。"

"正是。那么，依你之见，是何人出于什么原因，要屠杀鸡鸣寺的全部僧人？"黄铭又问道。

欣媚暗暗心惊，此事极为敏感，若是答错一句，恐有性命之忧，只得装作糊涂道："奴婢不得而知。"

"欣媚呀，你有所不知，在这皇宫之中一直流传着关于长公主的风言风语。"黄铭苦口婆心道，"人们都说，长公主自十五岁起便每月必往鸡鸣寺敬香，风雨无阻，名义上称为国祈福，实际上却是去行那苟且之事。鸡鸣寺的一众僧人，皆为长公主的'面首'，亦即百姓们口中所言之'男宠''男妾'。"

"竟有此事？那鸡鸣寺……"欣媚震惊。

黄铭一脸诡笑道："长公主正因早早便领略了那等肆意云雨之趣味，才会二十九岁高龄还尚未婚嫁呢。京城的王公贵族多少对此都有所耳闻，因而无人敢接这烫手的山芋。"

"那么，鸡鸣寺的僧人被杀皆因与长公主偷情？"

"不错。据闻，近日匈奴的新王东昌君意欲求娶我朝一位嫡公主，修永世之好。长公主为了出嫁，这才忍痛屠戮鸡鸣寺众僧，以绝谣言。"黄铭道。

欣媚装作懵懂，道："然则，此事与腊梅被杀一案，又有何关联呢？"

黄铭提手轻拍一记她的脑门儿，道："蠢货！你不是在古井边拾得了长公主的金簪吗？那分明是长公主与人寻欢之时，赠与情郎的信物。腊梅被杀，自然是因知晓了长公主偷情之事，被灭了口。"

欣媚不疾不徐道："黄公公，如此欣媚便要请教了。那雪地里除了腊梅的脚印，再无凶手的痕迹，试问凶手是如何杀害腊梅的呢？"

黄铭一脸成竹在胸的样子，道："你们去鸡鸣寺时，可曾见到那后院之中有一口古井？"

欣媚点头道："确有一口古井，听闻叫作'屯黄井'。已经荒置了，埋在后院的稻草堆后头。"

黄铭笑道："你或许也听过'先有屯黄井，后有鸡鸣寺'之说。曾经有一则传闻，在前朝时，那屯黄井与宫中渡月轩的古井是连通的，乃是预备着一旦皇宫沦陷，皇帝和嫔妃们就可以从井底的密道逃出宫外。都说太祖皇帝攻入皇城时，见到一众宫女太监们围着古井痛哭，是因前朝皇帝投井而亡。但民间亦有野史传闻，前朝皇帝并未殒命，乃是从古井的密道逃脱了。"

欣媚听得心惊肉跳，道："黄公公，这些话可不能乱讲，是要杀头的。"

"姑娘，你还未听明白吗？"黄铭凑近低语道，"杀害腊梅的凶手并不是在外面，而是来自那口古井里面。鸡鸣寺的僧人从屯黄井的密道来至渡月轩的古井，将腊梅拖入井中淹死了，如此雪地上才未留下凶手的脚印。"

欣媚眼眸中的光亮渐渐熄灭下去。原来今日这一出，乃是为了让她"牛不喝水强按头"。她抿着嘴，久久不语。

黄铭轻轻扯了一下她的衣襟，笑道："欣媚，咱家也是为了帮你。你若是将这个真相禀告皇上，不仅可以免了偷盗之罪，还能博得皇上的恩赏，一举两得也。"

第五章　公子露真身

1

小真子紧紧攥着欣媚的手,狼奔豕突般地逃出了司药房仓库,绕过旁边的抄手游廊,穿过长长的甬道,来至御花园里的山石坞洞底下。二人喘匀了气,静静听外面的动静,发觉无人追赶后才放下心来。

欣媚回过神,意识到自己的右手仍被紧紧攥着。他的手掌温暖有力,仿佛能触到掌心细密的纹路。好在坞洞里光线昏暗,瞧不见她面色泛红。她讪讪地撤了手,屈膝施礼道:"多谢真公公搭救之恩。"

小真子目不转睛地盯着她,眸光在黑暗中更显清亮透彻。"姐姐何必跟我来这套虚礼?一听见穆太医说你被司药房的黄铭掳去,我便急得要不得。跑去司药王尚宫那里打听,却说并未派黄铭出去寻你。我知事情不好,黄铭这厮多半是私自行动,面上绝不会露出半分痕迹。"

"那你又是如何寻到仓库去的呢?"欣媚好奇道。

小真子羞赧一笑,道:"我去了姐姐屋里,见到小梅丫头,三两下便套出了话来,得知是我赠予姐姐的那件斗篷坏了事。"

"正是。因他手里有这件把柄,所以也不怕我告到皇上那里去。说起那个斗篷,真公公是哪里得来的?是主子的赏赐吗?"欣媚迟疑道,"但是,这上用的东西即便赏了奴才,也是用不得的。"

小真子面色一沉,拱手道:"是小真子思虑不周,给姐姐召来了祸事。从小梅那里打听到了姐姐的下落,我便悄然踱步至仓库门口,听见了黄铭同你说的那番话。"

欣媚凝眉道:"想必真公公也听出来了,这黄铭捉我原本也不为着那件斗篷,分明是要我将全部的罪责都赖到长公主头上。"

"可是哩。实在阴险。"小真子道,"不过,他说起鸡鸣寺的那口古井,我倒想起那天验尸时,姐姐也特地问过屯黄井的事。"

欣媚道:"是,欣媚曾经也做过类似的猜想。因长公主的金簪掉落在古井旁,她本人又去了鸡鸣寺,那里亦有一口古井。两口古井牵连到一起,难免不引人猜测。"

"但姐姐分明不赞同黄铭之推测。"

欣媚笑道:"三岁小儿都知道,若是两口井相连,要么都有井水,要么都干枯。而腊梅乃是淹死在古井中,鸡鸣寺的那口井又早已干枯,怎么可能相连呢?"

小真子高深莫测地摇头道:"姐姐错了。宫中的那口井,以前似乎也是干枯的。"

"哦,此话怎讲?"欣媚眼皮一跳。

小真子两眉微微弯起,笑道:"小真子也不甚清楚,只是自幼在宫中行走,便有那样一个印象——渡月轩中有一口枯井。不知道为何近来这井中蓄了水。"

欣媚凝眸,突然不做声了。

"不过,姐姐无须担心,虽然渡月轩那口井从前是枯的,但先皇曾派禁军下去勘探过,并无通往宫外的暗道。"小真子见她发闷,忙拿话打岔道。

"咦,禁军下去过?"

"是啊,据说前朝皇帝是投入那口古井中身亡的。太祖皇帝登基后,一直疑心那口井是通往宫外的暗道,便命禁军想方设法下去勘查，务必要将前朝皇帝的尸身找到。"

"那么，找到了吗？"欣媚问道。

"找到了一男四女。有前朝投降的官兵指认，那具男尸便是前朝的皇帝。"小真子言及此处，目光渺然，"帝王之家是何等凶险，成王败寇，在哪个朝代都一样。"

欣媚冷笑一声，道："如此说来，那个黄铭并非想让欣媚去诬赖长公主，而是要置欣媚于死地啊！当今皇上自然知晓渡月轩的井不与宫外连通，若欣媚上前做出那样一番推论，皇上不但笑掉大牙，还会将我乱棍打死。"

"哈哈……"小真子大笑道，"倒不至于打死，不过定会认为姐姐乃一介草包，免了'宫廷捕快'的封号，不许再插手此案。而且，还会牵连此前信任姐姐的太子殿下。"

"果然是个一石二鸟之计。"欣媚深以为然道，"真公公以为，黄铭背后的那个人会是谁呢？"

"自然是杀害腊梅的真凶了。"小真子道。

欣媚道："这皇宫之中，能指使动黄铭的，一定是尚宫以上的人物。"

"姐姐但请放心，小真子已命人去暗中调查黄铭的背景。"小真子突然凑近道，"今后，小真子会时时刻刻守在姐姐的身边，定不会再让那黄铭之辈有可乘之机。"

淡淡的茉莉幽香再次侵入欣媚所有的感官，连同他身上的温度一道覆盖在她的后背。欣媚浑身一抖，挣扎着便要跑开。小真子一手搂过她的腰，低低道："姐姐，小真子方才心里真是慌作一团。宫里面的私刑手段既残忍又隐秘，真怕还未找到你，便……"

欣媚羞得满脸通红，道："公公，快罢手！男女授受不亲……"

"姐姐，小真子又不是个男人，你且将就我些又何妨？"小真子腻歪在她身上，柔声道，"冲进那间仓库时，我亦不知会遭遇何种局面。从前，老公公教我，宫里人行事必讲求慎之又慎、切莫以身犯险，但那一刻我一心只想救姐姐，竟将旁的事全不顾了。"

欣媚自幼被父亲当成男孩养大，五六岁便在案发现场胡打海摔，一起嬉闹的亦都是些衙役，对于情感之事向来懵懂不知。此时，听到这英俊小生嘴里讲出的柔言蜜语，不免情愫萌动，心慌意乱，忙挣脱出来，面色红得如天边一片云霞，柔声道："公公多番救我，欣媚心底自然是感激的。只是，我进宫来另有苦衷，眼下又有皇命在身……"

小真子面露失望，不过很快掩饰过去，后退了一步，拱手道："是小真子唐突了。小真子自知身份卑微，不敢对姐姐有非分之想。只求能跟在姐姐身边，守护着姐姐，便心满意足了。"

听他如此哀怨的语气，欣媚喉头泛起酸涩之意，不禁伸手想去触他耳畔的那缕鬓发。指尖凝滞半响，却还是罢了手。此情此景，她终究不知该如何说，只得干笑道："既如此，真公公，咱们去一趟永乐宫吧。"

"都听好了，这位欣媚姑娘乃是皇上亲封的宫廷捕快，享二等官员礼遇。今日来永乐宫调查，各人都务必尽心配合。"小真子站在永乐宫门首，对着一众太监宫女喝道。

"真大人，皇后娘娘已命长公主殿下挪去坤宁宫养病，这里只有奴才们，请吩咐便是。"大宫女翠娥低眉顺目道。

欣媚随小真子一道来至长公主的寝殿。只见外间暖阁里摆着一张紫檀木花雕琴桌，上面搁一把老杉木古琴。背后墙上挂着四条名家的行书屏条,龙飞凤舞,灵动有神。琴桌的对面是一张黄花梨镶贝壳小圆桌,配两把椅子。欣媚凑近那琴桌细细观瞧,只见上面被擦拭得一尘不染,连古琴与桌面的缝隙处都不见一点儿尘粒。旁边还有一个红木五峰毛笔架,上面悬着一支玉笔。

欣媚不由得笑道:"这倒是奇了。古琴周身如此干净整洁,这毛笔架上却积着一层薄薄的灰呢。"

翠娥道:"姑娘莫怪,是奴才们做事不用心。古琴是长公主殿下常常练习弹奏用的,因而日日擦拭,不敢落一丝灰。那毛笔架不过是个摆设,奴才们便懒怠了。"

欣媚不言语,转身往里走。一面玉刻湖光山色屏风后面便是卧房。绿窗半掩,窗外芭蕉低映。靠墙摆着一张紫檀铁皮雕瑞兽花卉床,床尾有一张带镜妆台,看起来十分简朴。

"想不到,长公主殿下喜爱如此素雅的装饰。"欣媚叹道。

小真子凑近她耳边,低语道:"内心与外界环境相生相伴,有时亦相反相成。内在清心寡欲者,不在意外界究竟是何种面貌;但欲念迷杂者,却偏偏会营造宁心静气之境,以压制内心过于旺盛的欲火。"

欣媚抬眉,小声嗔道:"就你大胆,敢如此戏谑长公主。"

"姐姐有所不知,永乐宫里可绝不止这点家当。长公主掌管宫廷采买,地方各路大小官员都巴结着她。各地的奇珍异物要上贡皇室,必得先送来永乐宫鉴赏一番。一旦某地物产入选皇宫御用,对于当地产业可是极有益处的。"

欣媚点头道:"欣媚知公公之意。"

两人转看一周,又回到暖阁。欣媚的目光仍旧在那张古琴上逡巡,她对翠娥道:"听闻这永乐宫中有一处汀兰水榭,长公主殿下常常在那里抚琴。"

"是。"翠娥应道。

"那么,长公主殿下赴汀兰水榭之时,会将这张琴搬过去吗?"

翠娥摇头,道:"自然不会。汀兰水榭那里另有一张梧桐木制成的焦尾古琴,是皇上御赐之物。"

"可否引去一见?"小真子道。

翠娥答应了"是",便引领二人来至镜湖边,乘着小舟,登上汀兰水榭。欣媚一看,这里果真是一处如人间仙境般的所在,花团锦簇,枝繁叶茂,溪流瀑布,样样俱全。在水榭的正中央摆着一张海青石砌成的琴桌,上面放着一张精致的名贵古琴,琴身外面还拿水晶盒罩着。欣媚虽不甚了解古琴的行道,也知这张琴的价值远在寝殿那张琴之上。

走至近前,欣媚俯身用手指轻轻在琴桌上一划。虽露天摆着,但一尘不染。倒是古琴脚边的桌面上,有一些焦黄色的痕迹。

未待询问,那翠娥便笑道:"这张琴平日里露天摆放,虽然拿水晶盒罩着,但天长日久、风吹日晒的,琴木与底下的石桌便有些颜色的沾染,可不是奴才们懒怠呢。"

听完此话,欣媚微微一笑,道:"欣媚明白了。"

2

司马琪跟随小厮绕过昌王府的回廊,循朱阑转过一曲荼蘼架,见旁边有一间亭子,匾额上都是名家手迹。亭后是一牡丹台,台上有数十种奇异牡丹。书房外寂静无声,昔日的歌舞宴乐全然不见。

小厮在门首通报:"殿下,司马公子求见。"

"哼,他还敢来?撵出去!"屋内传来昌王气急败坏的吼声。

司马琪心里一惊，忙高声道："昌王殿下息怒，小人乃是来向殿下请罪的。"

书房内静默半晌，之后走出来一名锦衣华服的侍女，款款施礼道："司马公子，殿下有请。"

司马琪步入书房内，只见当中放着一张嵌螺钿花梨木大案，案上摆着一套珍稀的笔墨砚台。西墙当中挂着一大幅当代书画名家唐庚的《塞外风光图》。图下摆着一套象牙镂雕的小巧桌椅。东墙是一架铺满整面墙的紫檀木制多宝阁，青铜、金银、蜜蜡、玛瑙、珍珠、贝壳、瓷器……各种珍宝尽收其中。

"小人给殿下请安。"司马琪下跪行礼道。

昌王坐在书案后的一张嵌螺钿花梨木太师椅上，半合着眼睛，道："你还来做甚？本王可是被你摆了一道。昨日父皇还把我传去，审问了半日。"

司马琪连连磕头，赔笑道："殿下，此事小人亦有怨无处诉。如今看来，那封寄予小人的书信乃是一个圈套，那信上说梨香苑中有名门贵女落入风尘，种种情状都与长公主相符。都怪小人不察，贸然引殿下前去凑热闹，才惹了这一身嫌。"

"蠢材王八！"昌王吊起双眼，拍案道，"如今父皇疑心是本王在其中搞了鬼。本王只得装糊涂，推说那女子虽有几分郑琼儿的样貌，但绝非长公主本人。看起来，父皇和母后是打算待风平浪静，便报皇姐薨逝了。"

"如此是眼下最稳妥的做法。"司马琪道。

昌王瞅着他："只是，本王亦觉得古怪，长公主为何会沦落至青楼？又如何会与人交媾至死？寄那封信予你的人又会是谁呢？"

司马琪道："小人听说，长公主向来荒淫无度，从前曾被皇上亲自逮到她在永乐宫中留宿御前侍卫。近两年，又有了新欢。但知情人士都说这位情郎十分隐匿，二人常常在宫外鸡鸣寺中幽会。此次，长公主亦是从鸡鸣寺失去了踪影。"

"看来，有人比本王更急迫地想要除掉长公主。"昌王露出狰狞之笑，"找到这位情郎，恐怕是勘破此案的关键。听说，父皇任命了司药房的一名三等宫女作为'宫廷捕快'，真是前所未闻之事。"

"想必皇上亦认为此案牵连甚广，又不想伤筋动骨，表面上做个调查的样子也便罢了。"司马琪道。

"不，你可知那个小宫女是什么来历？"

司马琪仍旧跪在地上，轻轻摇头。

"那宫女便是破解了沈婕妤滑胎之谜的人，听说其父是赫赫有名的江南第一名捕方木令。"

"方木令？"司马琪面露讶异，"他不是死了吗？"

"他的女儿来到了宫中。"昌王向司马琪投去晦暗的一瞥。

司马琪幽幽笑道："一名女子，又能翻出什么风浪？皇上不过是拿她走个过场罢了。"

昌王扭头望向窗外，叹息道："父皇圣意，深不可测。但愿此举只为息事宁人。"

司马琪趁机从袖中掏出一张银票，进言道："殿下，长公主受辱而亡，皇后和太子的气势大衰。这是我父联络有关志士仁人为殿下凑的一点微薄之力，还望殿下能够一鼓作气，早日入主东宫。"

"嗯？"昌王抬了抬眉头，命侍女呈上，只瞟了一眼银票上的数字，便立时满脸笑容，"司马公子，本王不才，受之有愧啊！但承蒙司马大人如此看得起，本王定然不能辜负了你等美意。"

说罢,便命侍女将银票送至后院昌王妃处收管。这边,摆上一桌席面,二人喝酒对谈不提。

欣媚从汀兰水榭下来,回到永乐宫的正殿。殿中摆着四把红木高脚椅,欣媚与小真子相对而坐,向翠娥问道:"你是自幼便跟着长公主殿下的。听闻殿下琴艺超凡绝伦,不知是几岁开始学琴的?"

翠娥道:"殿下自五岁便开始学琴。"

"哦,是哪里请的师傅?"

"殿下的第一任师傅乃是宫中的琴师,古琴圣手张伯约大人,大约学了五年,便已十分精进。"翠娥道,"张大人过世后,殿下又跟随宫中的另一名琴师王昌琪大人学了五年,那时皇上已夸赞殿下的琴艺乃天下第一了。"

"如此说来,天底下便再无人能教得了长公主殿下了。"

翠娥摇头道:"非也。殿下曾言,琴艺有不同的流派和技法,只有不断学习新的技法,融入新的曲子里,方可不断精进。此后,殿下便广邀普天下的古琴圣手来永乐宫切磋琴艺,有时亦会拜一曲之师。"

"一曲之师?"

"不错。一些名家演奏的某支曲子别有新意,殿下便会专门请来,拜学那一曲的弹奏之法。"翠娥道。

"那么,最近殿下在同何人学习呢?"欣媚问道。

翠娥道:"最近两年,皇上从江南带回来一位琴师,叫作江城阔。江琴师乃是伶人出身,不便待在宫中。皇上将他安置在宫外的别苑,可时时依诏入宫,教授殿下和宫中娘娘们琴艺。"

小真子点头道:"不错,江琴师的琴艺的确超凡脱俗。记得去岁中秋宴席,长公主殿下与江琴师合奏一曲《高山流水》,震惊四座。"

欣媚眸光闪烁,浅浅笑道:"这位江琴师多久进一次宫呢?"

"奴婢不知。江琴师进宫并不总来俺们这里,大多数时候是去教授嫔妃们。"翠娥道。

"多久来永乐宫一次呢?"

"江琴师来永乐宫的时间亦不定,有时隔日便来,有时两三个月亦不来一次。"翠娥敛起神情,肃然道,"欣媚姑娘,您问这些有何深意?"

欣媚看了小真子一眼,道:"真公公,欣媚想做个查验。"

"但凭姐姐吩咐。"

"翠娥,你去召集永乐宫所有宫女,命她们在殿前一字排开,伸出双手,我要查验她们的纤纤玉指。"

不到一炷香的时间,永乐宫大大小小的宫女们便齐刷刷站立在正殿之外,远远望去,云蒸霞蔚,绚丽夺目。欣媚命她们伸出双手,手心朝上,逐一细细查看。小真子陪在她身边,饶有兴致地看她翻弄宫女们的双手,见她总是盯着宫女左手的大拇指和无名指,反复查看。终于,在看了一个宫女的手后,她抬起头,后退两步,又上下打量了几遍这宫女的容貌和身量,问道:"这位姐姐平日里是做什么的?"

"她是做杂役的宫女秀菊。怎的了?"翠娥忙过来道。

"在何处做杂役?"

那宫女面色土黄,声音颤颤巍巍道:"奴婢身体孱弱,长公主殿下体恤,未分派粗重活计,只让奴婢在后面的藏宝阁里看管大门。"

欣媚微微含笑道:"姐姐不做粗重活,手上怎么弄了恁多的茧子?"

那宫女越发惊恐,道:"奴婢是苦出身,自幼在家做农活,便长了这一手的茧子。姑娘究竟要问什么?"

欣媚不语,继续往前查看,直至将所有宫女的手都细看了一遍。她再次走回来,轻轻摆了摆手,示意其余宫人都退下,只留了翠娥和秀菊。

小真子好奇道:"姐姐,这位秀菊有甚古怪?"

欣媚淡淡一笑,眼眸透着自信的光泽。"翠娥姐姐,方才我查看了永乐宫所有宫女的手,包括你的,惟有这位秀菊姐姐的手与众不同。"

"有何不同?俺们当奴才的手,自然是什么活计都干得。"翠娥愤然道,"若说起茧子,我这手上亦长满了茧子,那都是为长公主殿下搓洗汗巾时磨的。这能有何不同?"

"是的,不少宫女手上都长了茧子,但惟有这位秀菊姐姐,她的茧子长在左手拇指外侧、中指指节、无名指左侧这三个部位,拇指的指甲还有磨损。"欣媚笑道,"翠娥姐姐别看欣媚这样,幼时爹爹也曾请师傅教授过一段时间的古琴,只是欣媚贪玩荒废了。但我知古琴弹奏要按弦滑动,左手的拇指、中指和无名指都会经受反复摩擦。初学者必得过左手这三处指部疼痛的关,直到磨出琴茧,才不会再受痛。秀菊姐姐的手有那么厚的茧子,必然是长期练琴所致。"

"练琴?"小真子双眉一挑,满目疑惑。

"不错,这位秀菊姐姐便是永乐宫中的另一位琴艺大师。平日里宫中传出的那些天籁之音,想必有一半是出自她之手。"欣媚笃定地笑道。

3

坤宁宫戒备森严,正殿外围着一群禁军,个个手持护刀,屏气凝神。皇帝已经下旨,如无传召,任何人不得入内。

帝后端坐在正殿的宝榻上,太子坐在下首,李秀英、小真子、芙蓉等几名心腹侍立两旁。欣媚行了大礼,便跪在殿中央的地砖上,禀告道:"启禀皇上、皇后娘娘、太子殿下,奴婢奉皇上之命,追查永乐宫京娘之死的真相,如今已经有了些眉目。恳请皇上下旨,全城通缉琴师江城阔。"

皇帝紧锁双眉,道:"江城阔乃是朕亲自从江南带回来的绝世琴师,一向在宫中行走,教授嫔妃们琴艺,他与那京娘之死有何干系?"

欣媚磕了个头,道:"回皇上,找到江城阔这条线索,乃是源于明妃娘娘曾对奴婢谈起的一桩奇事。"

"明妃?"

"是,皇上。就在京娘出走鸡鸣寺的那日夜里,明妃娘娘将奴婢传唤至未央宫,谈及那日午后她随皇上一道去永乐宫探望长公主殿下,见到殿下独自在汀兰水榭抚琴。皇上还说,那琴音只有长公主才能弹奏出来。"欣媚道。

皇帝面色晦暗道:"那又如何?"

"明妃娘娘言,汀兰水榭离岸甚远,她并未看清弹琴之人的面目。唯独那琴音确实与平日里永乐宫传出的琴音并无二致。她甚为疑惑,那日分明有传言称长公主……不,京娘去了鸡鸣寺,却为何又有一位京娘同时出现在汀兰水榭?"

皇后目露惊恐,道:"果,果真?这到底……是怎么一回事?"

欣媚道:"回皇后娘娘,如今咱们已知京娘当日确实去了鸡鸣寺,并从寺后山逃脱。那么,明妃娘娘在宫中见到的那位京娘,恐怕是一位替身。"

"替身?这不可能。"太子道,"琼儿……不,那京娘自幼学琴,当今琴技天下无人可及,哪里有人能顶替得了她?"

欣媚见皇帝一直紧抿着双唇,便再拜道:"若是临时凑数,自然找不到琴技如此高超的替身。但若是自京娘幼年学琴之时起,便同学同练,长年模仿,那么这个替身便几可乱真了。奴婢在永乐宫中进行了全面排查,终于找到了一位叫作秀菊的宫女,她左手的拇指外侧、中指指节、无名指左侧都长了厚厚的茧子——这分明是长年练琴的证据。经过细细盘问,这秀菊终于承认,她自幼便跟京娘一同学习琴艺,自五年前开始,每逢京娘有其他事情要忙时,便由她代替弹奏古琴。"

皇帝双肩一松,整个人往后靠去。皇后忙扶住他,痛心道:"这琼儿真是……"

"但是,此事为何又牵扯上那琴师江城阔?"太子问道。

皇帝抬了抬手,道:"平身吧,起来回话。"

欣媚又拜了一拜,缓缓起身道:"奴婢对江琴师的怀疑来自永乐宫中的两张古琴,一张摆在京娘的寝殿中,另一张摆在汀兰水榭的海青石案上。"

皇后头上宝髻巍峨,插满了凤钗珠翠,居高临下地问道:"汀兰水榭的那张焦尾古琴乃是皇上御赐之物,而寝殿中的那张老杉木琴亦是京娘五岁学琴时,本宫亲手所赠。究竟有何不妥?"

欣媚道:"回皇后娘娘,两张名琴本身都没有问题,只是它们摆放留下的痕迹却不相同。在汀兰水榭,那张焦尾古琴置于海青石桌案上,琴脚摆放的桌面上有一些焦黄色的痕迹。那是长年经受风吹日晒,琴木的颜色沾染到了桌面上的缘故。而在寝殿中的那张老杉木琴,摆放在一张紫檀木花雕琴桌上,琴身底下却是一尘不染,也未见任何木头沾染的痕迹。"

"那又如何?老杉木琴置于室内,奴才们日日擦拭,琴案干净些也是自然。"皇后道。

"不,那桌案上惟有表面擦拭得十分干净,摆在桌上的红木五峰毛笔架却积着一层薄薄的灰。"欣媚道,"奴婢在司药房当差时曾负责打扫尚宫大人的书房。那时便发现,器物的底座、角落等处,往往是最难擦拭到的地方。惟有将那器物抬起来,才会发现积聚了灰尘或者长年木质相触侵染了颜色,需要用浣衣局的一种特别洗剂擦拭,方能如新。"

此时,帝后与太子都安静聆听,未置一词。小真子眼眉轻笑,示意她继续说下去。

欣媚道:"于是,奴婢便判断,京娘寝殿中的这张老杉木琴或许曾经被人抬走,因而才连琴脚处和琴身下都擦拭得十分干净。"

"琴被抬走……做何用途?"太子问道。

欣媚迟疑片刻,道:"奴婢推测,或许是为了不妨碍寝殿中所行之事吧。宫中有传言,说那京娘曾在寝殿中留置御前侍卫。那么,这一次京娘要留置何人,才需要将这张古琴搬离寝殿呢?"

帝后的面上都有些过不去。太子却一味思忖道:"寝殿中的人不需要这张古琴,或者是寝殿外的人需要这张琴?"

欣媚点头道:"欣媚思来想去,只得一种可能,那便是当琴师来教授琴艺之时,永乐宫需要传出琴声以示正在教学,但寝殿中京娘又希望跟琴师独处……因而,才将那古琴搬离寝殿,由秀菊去另一间房弹奏。"

"所以,与京娘私通之人便是琴师江城阔!"太子道。

皇后低下头,双手掩面。皇帝面色铁青,一股隐隐的怒火在血管中叫嚣。"来人,传朕旨意,全城通缉琴师江城阔。"

"皇上,奴婢有个请求。"

"讲。"

"请下旨务必活捉江城阔。此人干系重大,或许与京娘之死直接相关。"

这时,禁军校尉万马龙已经领诏入殿,跪在地上听命。

"万将军,听到了吧?朕命你立即全城搜捕江城阔,务必捉活的。"

"是,臣遵旨。"万马龙一拱手,便退下了。

从坤宁宫退出来,小真子拍一拍欣媚的肩,笑道:"姐姐如此轻巧便找出了京娘的情郎,令案情出现重大突破。皇上御赐的'宫廷捕快'真非虚名也。"

欣媚嗔道:"贫嘴!方才面圣时,我心里可发慌得紧哩!好在皇上是通情达理之人。"

小真子嗤的一声,道:"姐姐,小真子尚有一事不明。"

"何事?"

"方才你说,那京娘常在宫中寝殿与琴师偷情,而此前又说京娘每月都要去鸡鸣寺与情郎幽会?那么,这两位情郎是同一个人,还是不同的人?"小真子笑问道。

欣媚双眉一弯,笑道:"问得好!欣媚以为,这两处的情郎乃是同一人。京娘虽则性情豪放,但毕竟养在深宫,平日里能接触的男子甚少。能令京娘远赴鸡鸣寺幽会者,必然是深得其信任的男子。再加上渡月轩雪地里找到的那支金簪,乃是京娘祖传的宝物。能将此簪赠予情郎,说明他们情深爱笃,已私订终身。"

小真子眼眸一转,道:"既然情郎只有江城阔一人,为何还要偷偷去鸡鸣寺幽会呢?在永乐宫中岂不是更加安全便宜吗?"

欣媚直摇头,道:"真公公是否读过秦少游的那阕词,其中有句云'两情若是久长时,又岂在朝朝暮暮'。欣媚虽不知事,却可以想见,情人之间总恨不能日日夜夜厮守,片刻都不愿分离的,因而才会有这样的诗句抚慰人心。"

"姐姐所见极是。张九龄亦写过'情人怨遥夜,竟夕起相思'。都是有情人感叹日光之长,不得时时相聚之语。"小真子望着她,笑容暧昧。

"那琴师江城阔负责教授宫中嫔妃们琴艺,若时常只往永乐宫中去,必然招人怀疑。况且,永乐宫虽宁谧,也难保皇上和嫔妃们偶尔去探望,并非一个能畅快相会之地。"欣媚道,"不若那鸡鸣寺,山高皇帝远,二人做一对逍遥的野鸳鸯,岂不快哉?"

小真子把拳头凑到嘴边咳了一声,狡黠道:"姐姐真乃奇女子也。一个姑娘家,张口闭口便是野鸳鸯这些话,也不害臊。"

欣媚一愣,面色旋即通红,故作镇定道:"同你讲这些有什么关系?"

小真子把脸一沉,道:"姐姐,这是欺负我不是个真男人吗?"说罢,便伸手搂过脖子,要亲她的脸颊。

欣媚慌得一把将他推开。"休得无礼。欣、欣媚只是将公公当作知心人,便口无遮拦了。"

小真子浅笑凑近道:"若我是个真男人,姐姐可愿同我也做一对野鸳鸯?"

"汗邪了你!又浑说。"欣媚越发连耳根都熬得通红。

"姐姐心里可曾喜欢过什么人吗?"

欣媚想了想,道:"欣媚不知如何才算喜欢。"

"如同京娘与江城阔这般?"

"那京娘惨死,江城阔不知所终。欣媚竟不知,这到底算是情还是孽了?"

二人正说话间,从假山石后头传来嘈切的脚步声,一个穿着青色蟒袍的身影跃了出来。穆太医站在那里,面容沉静道:"欣媚!"

"穆叔,你怎的在此?"欣媚轻快地一跳,便来到他面前。

穆宏斜睨了身后的小真子一眼,沉声道:"我与梨香苑的郦娘说好了,可允你审问那些姑娘们。"

4

梨香苑门前已经恢复了往日的热闹,街市繁华、人烟阜盛。两名门卫穿着藏青色弹花暗纹棉服,精神抖擞地立在门首,两旁各有一只模样伶俐的石狮子镇守。

欣媚瞥了穆宏一眼,诡笑道:"穆叔,听说进梨香苑都需要姑娘们的请帖。浪琴姑娘给你下帖了吗?"

小真子亦取乐道:"人都说,浪琴姑娘给了穆太医一张常年有效的请帖,不知传言可真?"

穆宏掸了掸袍子上的灰,恼道:"你俩休编派我。欣媚,你不是有皇上御赐的腰牌吗？"

"腰牌哪有姑娘的请帖好使呢？"欣媚抿着嘴笑。

正说着，只见梨香苑门口起了争执。一个穿着青衣长衫的男子正与门卫理论："这是白玫姑娘的请帖，白纸黑字在这里，为何不让我进？"

一名长脸的门卫转身进去通报，另一名短脸的门卫道："这位官人，您是生面孔，小的们不敢贸然放您进去。且等一等，待白玫姑娘前来相认便得。"

"这等啰唆，你们还算是开门迎客的青楼吗？"

"抱歉，这是咱梨香苑的规矩。俺妈妈说了，谁受不了规矩，就别进这个门。"门卫笑嘻嘻地回答，语气却严厉。

说话间，长脸门卫走了出来，身后跟着一个穿蝶戏水仙纱裙的姑娘。只见她轻移莲步，款摆柳腰，拿一把黄罗团扇遮着面容，缓缓来至石狮子旁。门卫一见便笑道："哟，白玫姑娘来了。"

白玫姑娘始终掩着面，偷眼看了看那名男子，便道："这是太原知府的公子李衙内，前儿个在王皇亲府中弹唱时相识的，快请进吧。"

那男子立时把身板一挺，趾高气扬地跟随白玫姑娘走入院中。

欣媚心念一动，上前对那两名门卫施了个礼，掏出御赐的腰牌讲明来意，便问道："二位爷，上元节那日，可有似方才那样的生面孔进入梨香苑中？"

两人思索了片刻，异口同声道："不曾。"

短脸门卫道："那日乃是'元宵夜情'的盛会，来的都是熟客。俺妈妈叮嘱过，那日有身份特别贵重的宾客，须比平时多长几个心眼儿。"

长脸门卫亦道:"那日宾客虽多,但都是有头有脸的人物,平日里常见的。"

小真子在一旁道:"即便有生面孔,院中的姑娘出来一相认,不也会露馅儿吗?"

欣媚微微一笑:"是欣媚多虑了。真公公,咱们进去吧。"

"那么,姐姐要先提审谁?"

"厨子。"

梨香苑的厨房十分讲究,云集了川菜、湘菜、鲁菜、京菜等各大菜系的厨子,一共有八人。总负责人是从宫里御膳厨房出来的一名公公,叫作康德兴。遵照郦娘的吩咐,他招待三人在厨房外的小厅坐下,奉茶完毕。

欣媚恭恭敬敬地施了礼,笑道:"康师傅,欣媚知这会儿正是厨房繁忙之时,十分打搅。"

康德兴冷笑道:"欣媚姑娘乃是二品大员的待遇,吾辈岂敢怠慢?只不过,老夫颇有些疑惑,查案子为何会查到我这厨房里来?"

欣媚低眉道:"康师傅不必介怀,欣媚只想打听一件事。"

"何事?"

"近半个月以来,梨香苑中有没有哪位姑娘的饭量大增?"

"嗯?"康德兴一愣,没想到对方问出这等无头之事,仔细忖度了半日,"说起来,似乎确有一桩事。白玫姑娘房中的一个丫鬟,名唤小翠,突然得了瘿病,食量大增,每日要吃下去两个人那么多的饭量,却仍是那么消瘦。郦娘还骂过,说再这样吃下去就要把那贱婢赶出去。"

"哦？如何确认这小翠得的就是瘿病呢？"

康德兴道："听说，白玫姑娘请胡太医前来诊治过，说是肝郁气滞、痰气瘀结、壅于颈前，开了几剂方子，但吃下去似乎也不甚见效。白玫姑娘房里要的吃食还是比往日有增无减。"

"是哪里的胡太医？"穆宏问道。

"便是那东街头开生药铺的胡永权，据说他祖上也曾在宫里面当过御医，只是传到他这一辈有些败落了。医术上也不甚明白，专给贱民或下人们看病，糊弄卖些药材。那些高门大户人家是从不请他的。"

"哦，我知道此人。"穆宏道。

康德兴笑道："穆太医别介意。因是院中的丫鬟，又不是甚大病，白玫姑娘便请了此人。"

"无妨。"穆宏仍是淡淡的。

欣媚问道："如今那小翠的病可好些了？"

"哦，前几日小翠打碎了白玫姑娘的一只七彩琉璃樽，被撵出去了。"康德兴道。

"是何时的事？"

"就在上元节后的第二日。因院中突然出现女尸，郦娘大发雷霆，说是下人们伺候得不仔细，才会出那么大的乱子，一下子打发了五六个人呢。"

郦娘站在廊下，对着他们三人笑道："白玫姑娘正在接客。三位不如随老妇人去厅堂喝杯茶，等一等再问？"

"要等多久?"欣媚问道。

"难讲。"郦娘面露尬色,"若是客人留下来过夜的话……"

小真子忙道:"郦妈妈,要么这样,先将无事的姑娘们都喊过来问话。"

"妈妈,请穆太医他们去我房里吧。"浪琴姑娘突然从转角走来,笑道,"这会儿,不少姑娘都在我屋里说话呢。"

说罢,她冲穆宏嫣然一笑,迤迤然将他们引至内院。她的房里果然已经坐满了人,莺莺燕燕,软语呢喃,好一派花红柳绿的春景。原来,听闻朝廷再次派人调查那名女子惨死之事,院中姑娘都十分好奇,因闻得是穆太医带人过来,又知浪琴素来与穆宏交好,便都聚在她这里打探消息。

欣媚举目望去,在这些容貌姣好、粉妆玉琢的姑娘中却有一人与众不同。只见她穿着一件古烟纹碧霞罗衣,头上挽着一个松松的发髻,只斜插着一根灵芝竹节纹玉簪,鹅蛋脸上淡扫铅华,一双似笑非笑的含情目盯着这边。

还未及问,郦娘已然开口道:"那位是我们梨香苑的头牌姑娘沈翘翘,与浪琴姑娘合称京城'二小'。哎呀,翘翘,你们咋恁不懂事?还不快来向三位大人行礼。"

沈翘翘梨涡浅浅一笑,轻移莲步,款款来至近前,领着一众姑娘们下拜道:"给三位大人请安。"

穆宏道:"快请起。"

欣媚心下疑惑,这沈翘翘为何一双眼直盯着他们看,莫非穆宏跟她也有一段情?她偷眼瞥了下浪琴姑娘,见对方脸上并无异样,方才略定了定神。

"高情逸韵心如诗,京城颜色为卿无。"小真子笑道,"这是京城才子们对沈姑娘的赞誉,今日一见,果然名不虚传。"

沈翘翘抿嘴看着他们,道:"三位大人,不知案子查得如何了?"

欣媚忙请众人落座,道明来意后,问道:"今日还要请姑娘们多多协力。不知可有人认识一名琴师,叫作江城阔?"

"江琴师,这梨香苑中谁人不识呀?"一位穿着黄衫的姑娘笑道,"他可是沈翘翘姑娘的师傅呢。"

欣媚一愣,不由得看向沈翘翘。只见她面色沉静,仿佛任何事都与她不相干,低眉道:"江琴师是翘翘的一曲之师,亦指导过院中不少姑娘的琴艺。曾经来院里走动得勤,近来倒是不常登门了。"

郦娘亦忙说道:"不错。江琴师是皇室御用的琴师,京城中的名门闺秀也有不少请他去指导琴艺的。承蒙礼部的汪名焕大人推荐,他才肯来俺们这个地方教琴呢。"

"那么,江琴师最后一次登门,是在何时?"

沈翘翘眉目轻动,笑道:"大概是一个多月前了吧。"

"依我看,快两个月了。"浪琴也笑道。

"姐妹们,你们都记错了。江琴师自去岁重阳之后,便再没来过了。"另一名穿着红衫的姑娘道。

姑娘们你一言我一语,整个厅堂吵得乱哄哄。欣媚有些心烦,抬头胡乱扫视着,却见沈翘翘背后挂着一块钩针曼陀罗花纹的波斯毯。她冲口问道:"郦妈妈,这挂毯与梨香苑大殿中的那张地毯,是一样的图案哪。"

"是呀。老妇人不是曾讲过吗?那是波斯国的使者赠予院中姑娘的,老妇人得的那一块最大,便铺在了大殿中当地毯,其余几块都如这般大小,姑娘们有的挂在墙上当装饰,有的铺在床上当垫子,都十分得用。"郦娘笑道。

"这毯子能取下来与我瞧瞧吗？"欣媚问道。

浪琴笑道："这有何难？来人，快快取下来。"

两名小厮应声进来，拿一张圆凳垫脚，十分轻省地将毯子从挂钩上取了下来。欣媚拿在手里观瞧，只见这种小毯子比那张地毯更加轻薄些，拿在手里柔软舒适。浪琴见她爱不释手，便笑道："欣媚姑娘若喜欢，便将我房里的这张毯子拿去吧。"

"不不，欣媚并非要夺姐姐所爱。"欣媚嘴里说着，手上却仍旧不住地摩挲着那条毯子。

浪琴听闻此言，微微一笑，不语。

这时，从门外跌跌撞撞跑进来一名丫鬟，吓得脸色焦黄，一骨碌跪在地上，大叫道："不好了，白玫姑娘自缢了。"

5

梨香苑中慌作一团。郦娘一面遣人去京兆府报案，一面命小厮将那尸首从梁上放下来，在地上摆了一张席子，供验尸之用。

"确实是自缢，无误。"穆宏勘验了尸首后，对欣媚说道。

"有人给她通风报信了。"欣媚面色肃然。

屋内除了他们三人，惟有郦娘陪侍左右，不由得面色一怔。"姑娘这是何意？"

小真子亦疑惑道："姐姐，白玫姑娘究竟有何牵连？自打进了这梨香苑，小真子便满头雾水，还望姐姐明示。"

欣媚眉头忔皱着，喃喃道："那京娘潜入梨香苑的法子，已然解了。玄机就藏在方才白玫姑娘拿扇掩面，出来与恩客相认之时。"

"哦，到底怎么讲？"郦娘不禁问道，"姑娘们也日日议论此事，倒像是老妇人看守门户不严似的。"

欣媚看着她，道："郦妈妈，梨香苑的门户处处严密，惟有一处尚存纰漏——那便是对于门卫不认识之生面孔，须由院中姑娘出门前去相认。"

"这又有何不妥？"

"本身并无不妥，但院中姑娘个个娇贵，其容貌肌肤都是妈妈您手中的价码，自然不能像外面的风尘流莺一般抛头露面。于是，她们出去时要拿着团扇掩面，以防被街上的游子浪徒窥觑了去。"

郦娘道："此事亦在情理之中呀。"

"妈妈的情理虽不错，却给了那京娘一条潜入院中的缝隙。"欣媚微微一笑，"欣媚方才瞧见，姑娘认人时要一直行至门槛外的石狮子旁边方罢。于是，有了一个古怪的想法。那一日，某位生客到访，一名门卫便到内院去通传，而另一名门卫则在门首与这名生客攀谈。这时，若有一名外面的女子预先立于石狮子后，以团扇掩面，装作是从门首台阶上走下来的样子，恐怕门卫会将她当作院中前来认人的姑娘吧？"

郦娘一愣："这……那门卫虽瞧不见姑娘的面容，但身材和服饰总是认得的。"

"郦妈妈，您总是防着外面的人进来，却很少防范里面的姑娘有假。那些门卫虽能大体识得院中姑娘的服饰和身段，但若有人有意模仿，短时间恐怕也是分辨不出来的。"欣媚道，"况且，依欣媚之见，京娘在院中必定有内应。一来，那生面孔男子必须由院中姑娘下帖邀请；二来，那京娘须穿戴上院中姑娘的衣服钗环，提前熟稔其举止形态，才能确保万无一失。"

"怎，怎会如此……"郦娘翻着白眼，呆立当场。

穆宏道："但是，那个生面孔的恩客，难道不会看出破绽吗？"

欣媚笑道："京娘将那恩客引入院中后，寻个合适的遮挡处，与里面接应的姑娘再次互换身份，恩客哪里能看出其中的门道？"

小真子道："此法果然妙。但还有一事，姐姐方才询问门卫，他们都说上元节那日并无生面孔进入院中呀。"

"不错，因而京娘并非案发当日进入院中，而是在上元节前几日便已潜在了某位姑娘的房内。"欣媚双目炯炯。

穆宏唇畔一勾，笑道："难怪你去询问厨房总管康德兴……"

"是呢。康师傅对欣媚讲，白玫姑娘房中的小翠得了瘿病，食量大增。当时，欣媚心中便怀疑，这白玫姑娘正是收留京娘之人。推说小翠食量大增，不过是为了掩饰她房中多了一口人而已。"欣媚把目光转向郦娘，"案发后，这小翠便被郦妈妈打发走了，否则她未患瘿病的事恐怕会败露。"

郦娘两眼一瞪，大哭道："老妇人冤枉啊！那小翠打碎了白玫的琉璃盏，老妇人正在气头上，便将她并一帮老妈子们一同打发了。谁承想，这是白玫给俺做下的局呢。"

"如此说来，那丫鬟小翠必然知晓内情。"小真子道。

"嗯，速速通报太子殿下，命京兆府全城搜捕这个丫鬟小翠。"欣媚道。

坤宁宫里焚着浓浓的檀香，塌边的紫檀木小桌案上摆着一盏莲心茶。皇后手里捻着一串南海佛楠珠，目光虚滞地望着前方。从大殿的门首射进来一缕日光，铺洒在门槛边的金砖地面上，却再也不能照进这大殿的深处。冷……皇后只觉得周身传来阵阵寒意,这森冷仿佛已渗入血管,侵入骨髓,成为她身体的一部分。

"启禀皇后娘娘,太子殿下求见。"门首传来通报。

"让他进来吧。"

"母后……"太子的脚步中带着兴奋和急切,来至殿中跪拜行礼,"京娘之案大有进展。那欣媚来报,已破解京娘进入梨香苑的办法,乃是里应外合,早早便由院中姑娘接入房中住着。那接应的姑娘已然自缢,如今,正在全城搜寻那房中的丫鬟,相信很快会有消息。"

皇后冷哼一声,面露怒容,道:"玄明,这便是你的好消息吗?"

太子惶恐,忙匍匐拜倒:"母后息怒,若是能找到那丫鬟,或许就能知晓京娘的死因!"

"糊涂东西!"皇后将手中佛珠往小桌案上一掼,勃然大怒,"如今查出那京娘曾在梨香苑中住了数日,你可知这意味着什么?若是传到老百姓的耳朵里,会成什么样儿?"

"母后……"

"人人会说,你皇姐生性淫荡,为满足私欲,竟去院中当娼妓!"皇后声嘶力竭。

"不,不……"太子吓得手脚乱抖,"母后,儿臣绝无此意。儿臣绝不许人诋毁皇室!皇姐只是躲在那院中,绝无可能接客啊!况且,出入梨香苑的皆是达官贵人,若是她抛头露面,恐怕早已被人认出来了呀!"

"哼,事理本宫自然明白,但你要如何堵住那悠悠众口?"皇后斥责道。

"儿,儿臣糊涂……"

皇后又道:"玄明,你可别忘了,那穆宏断出你皇姐的死因,乃是纵欲而亡。你让人全城搜捕那个小丫鬟，若是找到了人，真问出个什么来，皇族的颜面何存？你将来还如何登基坐殿、治理这个王朝？"

太子身体一颤，往后歪倒在地上："儿臣……未及深思。但调查京娘被害一事，乃是父皇的旨意啊！"

"父皇的圣意，你真的揣摩透了吗？"皇后目光深邃。

"母后……"

"皇室的丑闻，从来不需要真相，只需要一个结果。"皇后眉目肃然，脸色阴森可怖，"你父皇任命一名司药房的宫女为'宫廷捕快'，本就是权宜之举。那个宫女查出来的事，越少越好。若是什么都查不出来，自然也会有妥当的结论。可如今这宫女倒是真把自己当盘儿菜了。玄明，你应知该如何做。"

太子晦着脸色，连连磕了几个头道："儿臣明白。"

小真子回宫通报情况，留下欣媚和穆宏二人仍旧在梨香苑中调查。郦娘着意献殷勤，在大殿放了一张八仙桌，非要摆酒款待他们两位，命沈翘翘和浪琴作陪。一时间，席面如流水般传了上来，一大盘烧猪头、两只烧鸭、红烧大鲥鱼并许多肴馔，羊羔美酒，珍馐果品，满满铺陈了一桌。两个小优儿上来合定腔调，细细唱了一套《山坡羊》，唱得声音嘹亮，响遏行云。

欣媚见推不过，只得坐下吃两杯酒，席间又问及案发那一日的情景。郦娘道："哟，二位大人是不曾见，那场景唬得老妇人要不得。一群姑娘们热喇喇地抢完金币，竟在里面冒出一具死尸来，实在让人心突突乱跳。"

"听闻，郦妈妈当时在地毯上捡到了一把匕首？"欣媚问道。

"是呀。小小的一把匕首,明晃晃、尖利利的,好不吓人呢。"郦娘一面说,一面殷勤地斟酒。

欣媚道:"是在哪里捡到的?嗯……那把匕首当时掉落在尸体的哪个方位?"

郦娘想了想,眼睛一眨,笑道:"应该是在那具女尸的腰侧。"

"腰侧?"欣媚激动地立起身来,走至大殿中央,径直躺了下来,"穆叔,当时这具女尸是这样躺着的吗?"

沈翘翘与浪琴都看得呆了。她们一贯锦衣玉食、养尊处优,哪里见过如此豪迈而不知礼数的女子。浪琴掩口笑道:"欣媚姑娘,快些起来吧。这成何体统?"

穆宏叹了口气,道:"这猴儿一向如此,不必理她。"

郦娘忍着笑走过来,道:"姑娘果然非一般人物。容老妇人仔细回想一下,当时那具尸身是匍匐在地上,那柄匕首应该是在右腰部的外侧。"

闻言,欣媚翻过身又趴在地上,道:"郦妈妈,您能拿一把汤匙指一下匕首所在的位置吗?"

"使得。"郦娘抓起一把汤匙,对着欣媚仔细观瞧了片刻,便在她的右腰外侧、右手内侧的位置放了下去。

欣媚立时从地上坐了起来,扭头看着那把汤匙,低声道:"这匕首就落在右手的内侧呀。"

还没待理出头绪,外面便传来齐整整的脚步声。须臾,大理寺正萧湛手持佩刀站立在了大殿门首:"来呀,将人犯拿下!"

衙役们立时一拥而上,将方欣媚五花大绑捆了起来。

6

大理寺的牢房比起县衙的牢房来，自然是要气派一些。欣媚从小在县衙的牢房中自由出入，却从未想过有朝一日自己也会身陷囹圄。这间牢房四面无窗，单独关押一名犯人，牢门以铁皮包裹而成，上留一个小窄窗送饭菜。父亲曾说起过，这样的牢房都是关押死刑女犯的。正如方才进来时，狱卒曾对她说："方欣媚诋毁皇室，身犯死罪。奉太子殿下旨意，押后处决。"

欣媚还记得被逮捕时，穆宏那双惶恐血红的眼睛。她知他必然会拼尽全力去救她，但关在这死囚牢房里，要想脱罪难于上青天。圣意难测，前一刻还对她委以重任，后一刻便弃之如敝屣。穆宏从来都是对的，自她第一日蹚进这浑水起，便已注定她没有逃脱的机会。如今，她只愿穆宏不要设法营救自己，那样做除了牵连上他，毫无意义。因为，这桩事体从头到尾就没有正义，只有输赢。

其实，欣媚从来不怕死，但怕死得不值，就像父亲那样。她还记得同父亲吃的最后一顿晚饭。那年她十四岁，随父亲一道住在江州县衙的班房里。父亲虽然名声大噪，却依然是县衙的一名捕头。那天傍晚，她把从地里挖来的野菜拿醋汁凉拌一下，搁上几粒花生米，又开了一坛金华酒，父女俩便坐着对酌。

父亲道："今日有人来报，朝中派来负责监督盐务的二品官员江尚易，在家中饮鸩自裁。为父去看了现场，那绝非自裁。"

"爹爹，这回是如何看出破绽的？"欣媚一向喜欢与父亲探究案情中的蹊跷之处。

父亲饮了一杯，道："正好为父考考你。现场是这样的，江尚易独自一人饮酒，酒桌上摆着三盘菜品，一把玉瓷酒壶。江尚易毒发后趴在桌子上,那酒壶是这样摆放的。"

说着,父亲将桌上的酒壶依样摆放好,壶嘴对着欣媚,壶把对着自己。

"这么说来,欣媚是那江尚易?"欣媚笑问道。

"不错。"

"哈哈……如此简单。"欣媚道,"独自一人自斟自饮,那酒壶把手必然是对着自己,怎么可能拿壶嘴对着自己呢?"

父亲慈爱地点点头。"正是那样简单,才越发显得复杂。"

"哦?爹爹,这是何意?"欣媚问道。

"但凡有一些办案经验者,都会判定江尚易绝非自裁。然而,知县大人却一口咬定江尚易是自裁,并且将那酒壶等证物交还了家属。"

"莫非,知县大人与那江尚易有恩怨?"

"江尚易乃是二品大员,一个七品知县怎敢如此草率。"父亲道,"他敢如此断案,还连夜将结果呈报知府,显然是有上面人的授意。"

"这……"欣媚听得呆住。

"欣媚,案件好断,人心难测啊!"父亲说道,"你要记住,每个案件的背后都是人,你只有理解了人心,才能真正勘破案情。"

欣媚心有所悟,点头道:"爹爹,欣媚记住了。那这案子,爹爹预备怎么办?"

父亲道:"江尚易初来江州,我便仔细查访过。他与宫中之人来往甚密,可能与宫中的盐务贪没案有关。欣媚,爹爹要去一趟京城,与大理寺卿丁大人商议此事。"

"爹爹可曾找到些许证据?"欣媚心底泛起一丝隐隐的担忧。

父亲微微一笑："欣媚，爹爹从不打无把握之仗。你且在此乖乖等候，我速去速回。"

然而，父亲一去便再也没有回来。三日后，穆宏快马加鞭赶来江州向她报丧。方木令在前往京城的途中，路过一个叫作黑煞岭的地方，马儿突然受惊发狂，连人带马掉下悬崖，当场暴毙。

欣媚自然不信父亲之死是意外，但当地官员却草草将案子了结。穆宏见她孤苦无依，将她接来京中安置。可父亲的死始终萦绕在她心头。没过多久，她便有了自己的打算，参加三年一度的选秀，进宫当了宫女。自那时起，她心里只有一个目标，她要当上尚宫，在觐见皇上时，求告重审父亲被害一案。

欣媚眨了眨眼，两滴清澈的泪珠从脸颊干涩地滑落，一直滴到铺满干草的地面上。

现如今，她就要死了。只恨再没有机会替父亲伸冤。

坤宁宫殿外，穆宏跪在青石板上，连连磕头。额头上的皮早已磕破，鲜血淋漓，但他依然每磕一下便大声喊道："求皇后娘娘开恩。"

更漏三声，万籁俱寂，殿前那凄惶的哀求声越发刺耳。大宫女芙蓉蹑手蹑脚走出来，道："穆太医，你可知殿前这样无礼，犯的是死罪！"

穆宏双眼通红，木然地望着她，道："穆宏只求见娘娘一面。"

"皇后娘娘说了，看在小蝶姑娘的分儿上，饶过你今日的无礼。快快回去吧。"芙蓉压低声音道。

"不，娘娘不见微臣，我死也不会走。"穆宏说罢，又磕下头去。

"你!"芙蓉正待骂出来,只听殿内传来一个幽幽的声音。

"让他进来。"

穆宏勉强支撑着起身,趔趔趄趄跟随芙蓉走进殿内。只见皇后站立在大殿中央,头戴凤冠,身披凤袍,一副俨然要接受朝拜的打扮。

"微臣参见皇后娘娘,娘娘千岁千岁千千岁。"穆宏下跪行了大礼。

"穆太医,你认为本宫这千岁,还能当多久?"皇后的面色在烛火下忽明忽暗,语气冷冽瘆人。

穆宏咽了一下口水,道:"皇后娘娘母仪天下,自然永远陪伴皇上,同享天下的朝贡。"

"呵,你们都道皇上是万岁,本宫是千岁。那待本宫满了一千岁之后,皇上还有九千岁的日子,该是谁来陪伴他呢?"皇后的瞳孔中流露出凄苦。

穆宏慌得连忙叩首:"皇后娘娘怎的说这样的话?微臣万死亦不敢答言。"

"哼,你还不敢?你违拗本宫的意思,在坤宁宫前苦苦哀求了一天,真当本宫不敢罚你吗?"皇后怒目圆睁,"早知道,当初便把你绞了,随小蝶一同入土,倒也干净。"

穆宏簌簌落下泪来,道:"皇后娘娘要处决了微臣,微臣十分甘愿追随小蝶于地下。只是,方欣媚乃是微臣挚友之女,微臣在灵前允诺过要照顾好她,若是她有个三长两短,微臣到了地下有何面目见她父亲?"

"你!混账东西!"皇后一甩袍袖,怒道,"既如此,你为何不早早将此女带离皇宫,远离这是非之地,便不会有此祸端。"

穆宏又磕了一个头，额头上的血污将金砖地面都染红。"皇后娘娘，方欣媚调查京娘之死，对于娘娘和太子殿下，绝对是有益而无害也。"

"胡扯犊子！如今那起子人都在看本宫和太子的笑话，哪来的益处？"皇后道。

穆宏正色道："所谓置之死地而后生。皇后娘娘，您和太子殿下如今虽被逼到绝境，但对方手中的牌也打完了。若是能过了这关，从今往后，太子殿下便再无弱点可被攻击了。"

皇后一怔，沉吟半晌道："你怎能保证，方欣媚调查出来的结果，一定于本宫和太子有益呢？"

永乐宫的汀兰水榭中，海青石琴桌旁摆了一张黄花梨镂雕小桌案，上面沏了一壶湄潭翠芽，摆两只白瓷茶盅儿。皇帝坐在上首，目眺远处，幽幽道："太子那么做，必有其深意。朕想，便由得他去吧。"

下首坐着一名年轻公子，身穿绛紫色绛金如意云纹蟒袍，头上戴一顶八宝攒珠冠，风姿清逸，卓尔不群。他提起茶壶，轻轻倒了一杯，笑道："父皇，这湄潭翠芽乃是贵州知府新进上贡，茶头碧绿，清香扑鼻，请品尝。"

皇帝端起白瓷盅儿，放在鼻尖闻了闻，道："嗯，果然不错。听闻昨日，穆太医在皇后那边哀求了一日。"说罢，悄悄拿眼觑他，却见他仍旧不动声色，便举起茶盅一饮而尽。

"老七，你邀朕来此，莫不只是为了饮茶罢？"

七皇子微微一笑，道："父皇早知儿臣的心事。儿臣一向胸无大志，惟在儿女私情上留意些。如今到这地步，儿臣实不忍见她死。"

"哼，太妃们倒是替朕养出个痴情种儿来。"皇帝冷笑一声，"玄真，你应知道，皇家最不需要的便是一个'情'字。"

郑玄真立时跪倒在地，惶恐道："父皇恕罪，儿臣自知不堪大用，只是协助太子殿下做些分内之事。即便不论儿女之情，儿臣亦觉得方欣媚此人值得一留。"

"这话还像样些。"

"儿臣相信，她能查出京娘被害的真相，更能拔除那些在宫中兴风作浪、狼子野心之小人。"玄真道。

皇帝道："你便如此信任她？"

"是，因为她是方木令的女儿。"玄真眉目端凝。

闻得此言，皇帝兀自沉思。突然，太监李秀英跑进来，道："启禀皇上，诸葛丞相求见。"

"传。"

举目望去，只见诸葛乾立在船头，不一会儿便来到了汀兰水榭岸边。他躬着身子，迈着方步，缓缓走至亭上，下拜行了大礼。

"爱卿来得正好。"皇帝道，"朕有一事不决，想听听爱卿的见解。"

诸葛乾拱手拜道："皇上，老臣以为，京娘在梨香苑被害一案，必须彻查到底。"

"哦？呵呵，这老东西果然是朕肚子里的蛔虫。"皇帝笑道，"你且说来。"

诸葛乾道："老臣今日只想给皇上讲一桩奇事。"

"什么奇事？"

"昨日，宁远知州来报，十日前的夜间，宁远地区发生了一次地震，震感强烈，无数屋舍倒塌，伤亡惨重。"

"哦？朕还未看到奏章。"皇帝双眉一抬，十分吃惊。

"是，奏章刚到，已经送去文德殿了。"诸葛乾拱手道，"请皇上放心，老臣已请户部派员前去赈灾。"

"做得好。"皇帝眉头稍松。

诸葛乾道："那宁远的奏章中还说了一桩奇事。地震翌日，官府率领吏役到瓦砾中清理尸首，发现男女合抱者竟达三千多具。然而，最终确认属于真正夫妇的只有八百多具。民间便有传闻，说是因为宁远此地淫风盛行，激恼天怒，所以老天才降临灾祸。"

"竟有此事！"

"皇上！"诸葛乾再拜道，"风月之事看似无关朝政，但历史上又有多少帝国亡于贪恋女色？如今，皇室传出风月丑闻，在百姓中众说纷纭，甚至有人说此乃天降大祸之兆。若不能及早厘清正统，必将动摇朝政根基啊！"

"可是，丞相，朕担心调查的结果……"皇帝蹙眉道。

玄真见势也下跪道："父皇，儿臣以为，最坏的真相亦好过无穷的流言和猜忌。只要有一个能说服众人的事理，一切便尘埃落定，再也翻不出风浪。"

诸葛乾看了玄真一眼，道："七皇子所言极是。"

7

一辆马车来至大理寺门首，车夫扶着诸葛乾下车。寺卿丁耀祖忙迎了出来："丞相大人莅临，有失远迎，恕罪恕罪！"

诸葛乾摆一摆手，道："丁大人何必客套？皇上有密诏，速去密室会谈。"

两人进仪门,走过穿堂,进入后院的一间密室之中。丁耀祖掩了门,来至屋中跪下道:"微臣接旨,吾皇万岁万岁万万岁。"

诸葛乾一抬头,道:"传皇上口谕,此诏为密诏,只得口耳相传,不可留下任何痕迹。命大理寺卿丁耀祖调查梨香苑京娘被害一案。这京娘乃是养在宫中的贵族之女,身份尊贵,调查时务必严格保密,不可有丝毫泄露。若因调查致京娘乃至皇族声名受损,必将对大理寺一干人等严惩不贷。"

丁耀祖听得冷汗涔涔,叩首道:"微臣遵旨。"

诸葛乾忙将丁耀祖搀扶起来,眉头一拧,道:"丁大人,此案关系着前朝和后宫,牵连颇广。您调查时务必事事谨慎哪。"

"下官不才,对此案着实毫无头绪。听闻此前皇上曾命宫中一宫女前去调查,昨日太子殿下又命我大理寺将此女逮捕投入大牢。圣心难测啊!"丁耀祖举袖抹了抹额间的冷汗。

"丁大人不必担心。皇上自会有公断。"诸葛乾说。

"下官想要请教诸葛丞相,此案是否与宫中渡月轩的案子有所关联?"

诸葛乾捋了捋下巴上的胡子,道:"老夫以为,先有那渡月轩宫女之死,才有京娘出逃皇宫,最后那京娘才会落入梨香苑中被人谋害。此乃有人处心积虑设下的一盘大棋!如此奸佞若不能拔除,必将为患我朝千秋大业。"

"丞相所言极是。下官亦有此猜测,只是皇上此前已命我大理寺不得调查渡月轩一案,只怕……"丁耀祖忧虑道。

诸葛乾一摆手,道:"丁大人怎的如此迂腐?查案讲究的是以事实为依据,查到什么便是什么。你只管据实向皇上禀报,老夫自会为你进言。"

丁耀祖面无表情地作揖道:"下官明白了,在此先谢过丞相。"

诸葛乾告辞后,丁耀祖便将萧湛叫了进来。传达皇上的旨意后,叮嘱道:"萧湛,你速挑几名精干且口风严的衙役,去梨香苑做一番调查。"

萧湛拱手道:"是,大人。"

领命后刚转身要走,却被丁耀祖再次叫住。"等一等,你可知要调查何事?"

萧湛转身,疑惑道:"大人,皇上不是命大理寺调查那京娘之死吗?"

"糊涂!"丁耀祖一拍桌子,"听着,老夫命你进入梨香苑,主要调查那里是否存在伤风败俗之举,其余的不要多听多问,懂了吗?"

萧湛脸色一变,道:"卑职愚钝,不知大人究竟何意?"

"蠢材!京娘之死岂是你我之辈能够调查出结果的?不论京娘是如何死的,被何人所谋害,最终的结论都在皇上的心里。你此番去不过是做个样子,堵堵那些朝臣的嘴罢了。"丁耀祖冷笑道。

"这……大人,若是皇上知道大理寺出工不出力,恐怕会降罪。"萧湛踌躇道。

"降罪?这案子不论调查出什么结果,皇上都是要降罪的。与其调查出皇上不想要的结果,不如自认无能,当个明哲保身的庸臣罢了。"

"卑职明白了。还是大人善揣度圣意。"萧湛道。

丁耀祖背过手去,似自言自语:"伴君如伴虎啊!再聪明的人也不可能永远不犯错。凡事留三分,临死有转圜。"

"方欣媚,出来!"

欣媚跟随一名女狱卒步出牢房,登上了一辆马车。行了大约一刻钟,便有两名丫鬟扶着她下了轿,在一个老嬷嬷的指引下从一扇黑漆小门进去,走过两个穿堂,前面放着一个紫檀架子大理石的插屏。转过插屏,来到了一间正房里。老嬷嬷笑道:"姑娘在此稍歇歇,奴才们去备水。"

欣媚环顾四周,这里分明是一间男子的卧房,靠西墙摆着一张六尺宽的沉香木阔床,床头悬着鲛绡宝罗帐,旁边立着两个九彩镂金烛台。南面是四扇窗子,上面挂着雨过天青的蝉翼纱。北面有一个紫檀木镂雕的书架,堆堆叠叠摆满了各色书籍,多是些《中庸》《大学》之类的科考之书,其间亦夹杂着几本唐宋的诗文。

床头的木隔板上摆着一面银镜,欣媚不假思索地端起来照了照。这才发现,虽然在天牢里未受刑,但她已是蓬头垢面,浑身腌臜。

正在惆怅,只见两个小丫头子抬着一只硕大的木盆进来,放在房间正中央。三个小厮拎着木桶轮流往盆里倾倒热水。方才那个老嬷嬷带着另一个嬷嬷进来,关好窗户,拉上帘子,笑道:"请姑娘更衣,奴婢们伺候姑娘沐浴。"

"啊?为何要沐浴?"欣媚仓惶道。

老嬷嬷不答言,只是上来剥了她的衣服,不容分说将她推进了木盆中。小丫头子往盆里撒着玫瑰花瓣,嬷嬷们用一种盐巴在她身上细细搓洗。

"嬷嬷,这儿到底是什么地方?为何要带我来此地?"欣媚问道。

老嬷嬷笑道:"奴婢们只是奉命行事,其余一概不知。"

半个时辰后,梳洗已毕。嬷嬷们又取来一套簇新的苏绣月华锦棉服和棉纱内衣给她穿上，替她梳了一个宝石窜珠的云髻，戴上嵌水钻兰花蕾形耳坠。对镜一照，欣媚都快认不出来自己了。自打出娘胎以来，她可从未打扮得这般漂亮过。

少顷，嬷嬷和丫头们都退下了。欣媚独自坐在床边，心里如揣了小兔，忐忑不安。只听门外有丫头议论："为何要带一名死囚到咱们这里来？"

"就是啊，咱们主子好歹也是七皇子，何必去惹上这种事体？"

欣媚心里一惊，满腹的狐疑几乎快撑破肚皮。这时，又听得丫头们道："奴婢见过大人。"

一个熟悉的声音答道："嗯，退下吧。"

门一推便开了。一名年轻公子翩翩走入房内，身上穿的是一件绛紫色缂金如意云纹蟒袍，头上戴着一顶八宝攒珠冠，眼如星眸，唇似涂朱，好一个英俊风流的公子哥儿。

"真……小真子？"欣媚一出口，便知自己错了。"你，你究竟是何人？"

玄真轻轻抿嘴，目光中满是关切："姐姐受苦了。在狱中他们没有为难你吧？"

"我，我好端端地在此。"欣媚鼓着腮帮子，一脸受骗的神情，"我方才听见他们说你……是七皇子？"

玄真惨然一笑，道："什么七皇子，不过是虚名罢了。我还是姐姐所认得的那个小真子。"

欣媚上前，又细细把他看了一遍，道："别骗我了。你到底是什么身份？"

玄真拉着她的手，来至床边坐下，笑道："姐姐进宫晚，大概没听说过我的事。我娘是沧州城外一户乡下人家的普通民女。

那年皇上出游，路遇暴雨，在我姥爷家中借宿。游龙戏凤一夜后，有了我这个孽种。六岁时，我娘患病去世，托人捎信给皇上，这才将我接至宫中，交由太妃们抚养。因我身份不明，血统不正，宫中没有人真正看得起我。长到十四岁时，皇上见我整日无事，游手好闲，便给我安了个差事，协助管理宫廷内务。因而，我有时穿着太监的衣服，跟随总管太监李秀英学习管理一些内务。宫中的老人都知道我这号人物，见面便称我一声'真大人'，只有像你这样新来的宫女太监，不知底细，喊我'真公公'。"

欣媚越听越惶恐，想起那件织锦镶毛斗篷——难怪黄铭说那是主子们上用的东西。她不由得满头冒汗，道："殿下为何不早说明？害得欣媚屡屡造次！"

玄真面露凄凉，低低道："不要叫我殿下。虽然排行老七，可其他皇子都封了王，唯独我不过是个宫内管事的。人人都知皇上素来疑心我的血统，称我一声'真大人'已算是抬举了。"

欣媚心中不禁感到难过，原来他平日嬉皮笑脸的背后，竟有着这样复杂悲凉的身世，不由得放柔了声音："真大人，身世又有什么要紧的。欣媚从来只信，真心换真心。你是公公也好，皇子也罢，只要拿欣媚当朋友，我自然也是诚心相待。"

玄真摩挲着她的手，满眼柔情地望着她。"姐姐，许久以来，人们对我阿谀奉承之时，不过是虚与委蛇、阳奉阴违罢了。惟有你把我当个正常人看待，还请姐姐不要怪我隐瞒之过。"

"我……欣媚岂敢？"欣媚羞涩地垂下眼帘，想要缩回手却又不敢。他的手指细长滑腻，抚摸在她的手背上，令她心底痒酥酥的。恍惚间想起这七皇子平日里的言行，两眼一瞪，问道："真大人，欣媚……有个唐突的问题。"

"请问。"

"你……"欣媚的目光从他的上半身移到了下半身,"到底是不是真的……"

玄真大笑起来,道:"姐姐放心,我是个货真价实的男人。你若不信,尽管试试。"

"不不……"欣媚慌得连忙抽回手,又羞又窘,"那你之前对我……太失礼了。"

玄真凑到她的耳畔,低低的笑意不绝:"小真子对姐姐一见倾心,实在情难自禁。"

"贫嘴!"欣媚羞得满脸通红,往后躲了躲,又想起他的身份,正色道:"真大人,虽然你这般捉弄人,但欣媚知你的心是实实在在的好。这次欣媚能从死囚牢里放出来,定是你出手相救。在此拜谢!"

玄真摆手道:"这些小事,不足挂齿。"

"不,你已经救了欣媚多次。救命之恩,没齿难忘。"欣媚说罢,起身下拜。

玄真忙搀住她,满眼笑意道:"好,那便算姐姐欠我的。到时候,我自然连本带利地讨回来。"

欣媚见他说得暧昧,不禁又红了脸,忙岔开话题道:"真大人,欣媚这次被捕,是否与上次黄铭之事有关?"

玄真摇了摇头,面色肃然道:"应该不是。黄铭自那次之后,便突然消失了踪迹。司药房说他犯了事,被赶出宫去。我至今还未查到他的下落。"

"竟有此事?"欣媚的眉心微蹙,"那么,太子殿下又为何要处决欣媚?"

"大概是听信了谗言吧。"玄真含混其词,"好在皇上知道了此事,特地赦免了你。"

"哦。那么,京娘的案子呢?"

玄真道:"皇上已命大理寺暗中进行调查。"

"那我呢?"欣媚失落地问道。

玄真轻轻摸了摸她的发髻,笑道:"皇上并未命你停止调查呀!姐姐想去哪里?小真子陪着你。"

东街市上有一家"鹤年堂"生药铺,修建得颇为高大,琉璃砖瓦镶嵌,好生雄伟。欣媚与玄真坐着马车来到时,穆宏已等在门首。一见面,欣媚便三步两蹦地迎上去,拉着穆宏的袖子,笑道:"穆叔,我以为这辈子都见不着你了,在狱里好不哭哩。咦?你这额头怎的破了那么大一块皮?"

"一点小伤不打紧。"穆宏仔细打量着她的穿着,与往日大为不同,心下便明白了。他抬手向玄真作了个揖,道:"多谢真大人相救。"

"穆太医说的哪里话。玄真便是豁出命去,也不能看着欣媚姐姐受冤而死。"玄真一面说,一面与欣媚相视而笑。

穆宏板起脸,对欣媚道:"你这猴儿今后切莫再莽撞了。"

欣媚嘻嘻一笑,道:"欣媚晓得了,在狱中痛定思痛,方知'不听老人言吃亏在眼前',真非虚言也。"

穆宏知她又戏弄自己,狠狠刮了她一眼,指着"鹤年堂"的匾额,道:"方才我已打听过,胡永权就在这里坐堂。咱们快进去吧。"

进门通报来意后,小门子便将他们引至后面的内堂。一个穿着褐色祥云暗纹罗衫的大夫起身迎出来,赔笑道:"三位大人驾到，鹤年堂蓬荜生辉啊！"

三人走入内堂，分宾主落座。胡太医端出一盘文房四宝，指着八仙桌上展开的宣纸，笑道："穆太医，您可是当今我朝第一国手。胡某不才，在此求赐墨宝，不知肯赏脸否？"

穆宏闻言哭笑不得，又因有事殃及，只得胡乱在宣纸上题了四个字"宁静致远"。那胡太医奉若珍宝，仔细收了起来，道："我明日便请人裱起来，挂在前面大堂的中央，想必定能门庭若市哪。"

欣媚一向嘴不饶人，讥讽道："医者父母心。胡太医，您应该盼着门前一个病人都没有才好呢。"

胡太医被她说得讪讪的，不知如何答言。

穆宏便切入正题道："胡太医，听闻你前些日子曾去梨香苑替一位丫鬟诊治，可有此事？"

胡太医闻之，嘻嘻一笑，面有得色："说起此事，胡某印象可颇为深刻呢。那梨香苑一向眼高过顶，姑娘们的病都是请宫中的御医或者京城名医诊治，哪里会瞧得上胡某？但偏生那丫鬟的病情十分急迫，各路名医都未得空，只能胡乱请了我前去。"

"哦？究竟是何种病症？"欣媚问道。

"呃……"胡太医踌躇了片刻，面露尴尬道，"是瘿病。一个丫鬟食量突然大增，颇为古怪。穆太医，您别看胡某不才，但家祖曾为太医院御医，祖传三辈，习学医术。我替那位丫鬟诊脉之后，发觉乃是情志内伤，使气机郁滞，肝气失于条达，便开了一剂海藻玉壶汤，适量加了些黄药子、莪术、丹参等，以增强活血软坚，消瘿散结的作用。"

穆宏听了冷笑一声，道："胡太医方才说那丫鬟的病情十分急迫，但瘿病并非急症哪。"

"这……"胡太医见说漏了嘴,只得不语。

玄真道:"胡太医,你若不能对我等讲出实情,便只有请你去大理寺走一趟了。"

"不不。"胡太医慌得忙摆手道,"三位大人,胡某不敢隐瞒。其实,那日去梨香苑乃是因为一个丫鬟滑胎了。"

"什么?滑胎!"欣媚惊叫道。

"嘘!"胡太医拿手指挡在唇边,"姑娘小点声,这堂外可都能听见。"

"胡太医,你且细细说来,究竟是什么样的丫鬟,怎么滑胎的?"穆宏问道。

胡太医左右看了看,为难道:"穆太医,您知道胡某这种人平日里是进不了梨香苑的,更不认识院里的那些姑娘。我一进去,一个叫作白玫的姑娘便同我说,床上躺着的是她的丫鬟小翠,她被一个恩客用强落了种,如今已有三个月大了。今日不知怎的,下身出了血,央求我瞧瞧。"

欣媚与玄真对视一眼,心下都对那个小翠的身份生疑。

"胡某上去一搭脉,便知那丫鬟是自行服了落胎药。只是剂量不对,那胎要落未落,十分凶险哪!"胡太医感慨道,"胡某忙施展平生医术,给那丫鬟补了一剂落胎药,这才将一个未成形的男胎打落下来。"

"啊!"欣媚听得毛骨悚然,身子都蜷了起来。

"那白玫姑娘拿出一锭金子谢我,还嘱咐我千万不要说出去,对外只说是丫头得了瘿病。"胡太医道。

"胡太医,您可还记得那丫鬟的模样?身上有什么特征?"欣媚问道。

胡太医两只小眼睛一转,道:"老实说,我还真没见过这么标志的丫鬟,生得气度优雅、富贵风流,看起来比那白玫姑娘更像个千金小姐呢。我不慎瞧见了她那一双手,左手的拇指上有厚厚的琴茧,大约是个琴艺的高手。"

欣媚一跌足,低头思忖,忧心忡忡。

"这是哪一日的事?"穆宏问道。

胡太医笑道:"一锭金子呢,有记账,待我瞧瞧。嗯,是正月初十,那一日西街王奶奶的媳妇还生了个大闺女呢。"

穆宏低语道:"如此说来,那'马上风'还不是行经所致,乃是落胎之恶露未尽。"

"啊?什么'马上风'?"胡太医慌道。

三人未予答言,起身告辞。穆宏道:"胡太医,今日之事切勿与他人言说,否则将有杀身之祸。"

"穆太医,您可不能坑害胡某呀。"胡太医一直将他们送至门外,垂头丧气地道了别。不在话下。

第六章　归结风流债

1

"司马公子,怎的有闲心来我这未央宫坐坐?"明妃坐在一张广寒木七屏围榻椅上,榻上叠着青玉抱香枕和玉带叠罗衾。大宫女牡丹侍立在一旁。

司马琪立在大殿中央,拱手笑道:"明妃娘娘这里雕梁画栋、兰麝芬芳、美轮美奂,哪个不爱来呢?"

明妃低头拨弄着青葱一般的玉指,冷声道:"少油嘴。司马公子心里向着谁,本宫是很清楚的。"

"娘娘可别冤枉了小人。我们司马一族都是唯娘娘和八皇子马首是瞻,若有虚言,不得好死。"司马琪露出谄媚的笑。

明妃眼睫微微一抬,笑道:"那你今日做什么来了?"

司马琪将手一拱,道:"启禀娘娘,小人在东郊外的太平庵里发现了一名可疑男子,查问之下得知乃是宫廷琴师江城阁。这厮竟躲在尼姑庵里,实在是个掩人耳目的好去处。"

"江城阁?"明妃不动声色道,"那不是大理寺正在全城通缉的要犯吗?听说同那梨香苑的京娘之死有关。你既发现了,送去大理寺便了。"

司马琪微微一笑:"呵,小人原本亦是这样想。可谁知,审问了那厮几句,他竟道与明妃娘娘颇为相识,让我好生为难也。"

"哼,这贼人,好大胆。"明妃蛾眉倒竖,拍案怒道,"他在宫中行走,教授过许多嫔妃琴艺,为何单单提到本宫?这分明是想构陷本宫。"

司马琪抬了抬眉，道："娘娘莫动气。小人猜测，大约娘娘是这厮认识的最有权势之人，因此才将您抬了出来。小人怕他到处乱讲，故而先来请娘娘示下。"

"怎样？"

"这厮已经承认是他将京娘哄骗出皇宫，只是关于京娘如何被害他却一直未吐口。"司马琪道，"娘娘与他相熟，不知能否劝劝他？若是他能认下杀害京娘一事，早日了结此案，亦是为皇上分忧啊。"

"哼，司马公子未免自作聪明了。"明妃咬着后槽牙道，"当日，那江城阔根本就不在梨香苑中，如何能杀害京娘？"

司马琪幽幽一笑，道："回娘娘，小人听闻那京娘乃是纵欲而亡。也就是说，并非即死。那穆太医验尸时曾道，京娘的死亡时间在一个时辰之内。小人倒是有个假设，这京娘并非死在梨香苑中，而是死后被人送至院里。"

"此话怎讲？"

"回娘娘，那江城阔与京娘私奔，为何要投奔到一个青楼妓馆中？这从情理上是说不通的。"司马琪道，"小人以为，他俩自鸡鸣寺出逃后，便悄悄躲在某处，终日厮守，淫欲无度。那江城阔为了讨京娘欢心，更是让她服下幽乐散，以助淫性。但偏巧那一日，二人不顾京娘身上来事，仍旧寻欢作乐，导致京娘'马上风'发作，一命呜呼。江城阔害怕事情败露，便找人偷偷将尸首运入梨香苑中，扔到了那大殿之上，以此摆脱嫌疑。"

大宫女牡丹在一旁忍不住冷笑道："司马公子果然天资聪颖，惯会信口开河。奴婢倒是好奇，江城阔是如何将那京娘的尸首运入梨香苑中的呢？"

"这个姐姐不必担心，小人已经去勘查过了。"司马琪笑道，

"那梨香苑的大门虽然看守严谨,但每日都有一趟送蔬菜的车进出。只要将尸首混在蔬菜里面,便可万无一失。"

"如此说来,送蔬菜的老农亦是共犯?"明妃扯起嘴角,嘲讽道。

"多半是……"

牡丹道:"司马公子且回答奴婢一个问题,送蔬菜的时间是每日固定的,还是不确定的?"

"是每日固定的。"

"那是几时?"

"每日上午辰时。"

明妃也忍不住掩口笑道:"送蔬菜的是每日上午,而京娘被害是上元节那日的夜间。恕本宫盘算不过来,江城阔是如何通过早晨的蔬菜车将一具死亡时间不超过一个时辰的尸首送入夜间的梨香苑的?"

司马琪一愣,整个人瘫软下去,几乎站立不住。

"司马公子,这套瞎话莫说本宫不信,连江城阔都不会甘心的。"明妃眼梢带着狠意,"在这风云诡谲的后宫里,行差踏错一步就是个死。如公子这般信口雌黄,本宫都不知死了几回了。"

"娘娘教训得是。"

"记住。要么别出手,出手必得全胜。"明妃一甩袖,喝令司马琪退下。

欣媚他们三人乘坐马车行至东郊外的白桦村。一进村口,只见大约十来户人家,屋舍破败,道路泥泞,一看便是过穷苦日子的村落。玄真道:"好不容易打听到了。那白玫姑娘的丫鬟小翠自打院中出来后,便回这白桦村的老子娘家住了。"

车夫找了个樵夫问路,一顿饭的工夫,终于寻到了小翠家。一扇暗红色的木质小门虚掩着,粗糙的泥墙已有些歪斜,顶上连一片瓦都没有,只盖了一层薄薄的稻草以御冬寒。欣媚敲门许久,里面都无人应答。直至玄真自称是梨香苑送银子来的,那小门才"嘎吱"一声开了。一个头发花白、满面褶皱的老婆子走了出来,声音如风中撕扯的破棉絮:"是梨香苑的?"

玄真微笑道:"不错,婆婆,这里是小翠的家吗?"

婆子眯缝着眼细细打量,道:"是哩。银子呢?"

玄真忙从身上掏出一些散碎银子,约莫有五六两,道:"小翠在哪里?妈妈嘱咐我们亲手交予她。"

"不必了。她已经不晓人事,也用不着这银子了。"婆子夺过银子纳入衣内,面露哀戚道。

"她怎的了?"欣媚忙问道。

婆子叹了口气,道:"你们愿见,便亲去见吧。我这姑娘……已经不中用了。"婆子将门敞开,引三人进屋。穿过一个小厅,来至一间丈二见方的卧室。靠墙边搭着一个土炕,上面胡乱铺着草席子,有一名衣衫破烂的女子躺在上面。只见那女子目光涣散地瞪着窗外,四肢乱舞,口角流涎。

"小翠?"玄真轻声唤道。

那女子毫无反应,顾自咬着指甲玩耍,眼睛鬼魅似的斜斜看了他们一眼,露出瘆人的笑。那婆子道:"也不知造了什么孽。回来时还好好的,第二日起来便成了这般模样。痴痴傻傻,连老婆子都不认得了。后来官府里派一些衙役来寻,见她如此不省人事,便也罢了。"

"可曾吃过什么东西?"穆宏问道。

"穷苦人家有甚吃食,不过是米糠腌菜罢了。"老婆子悄悄抹了抹眼泪,"不过我听她讲,从院里被打发出来时,白玫姑娘请她吃了一顿上好的酒席,还赠了她二十两银子。唉,这孩子怎的恁没造化?"

欣媚问道:"可曾请大夫医治?"

"哪里有钱请大夫?俺们这穷山恶水,大夫来一趟便得二两银子,再加上那许多的药钱,实在是消磨不起呀!"老婆子哭道,"老婆子去山里的娘娘庙卜了一课,说是冲撞了恶煞,凶险万分,能保住小命已是万幸了。"

穆宏道:"在下乃是一名大夫,自请为小翠姑娘诊治一番,望妈妈允准。"

老婆子欣喜道:"那再好不过。就死马当活马医吧。"

穆宏上前欲搭脉,小翠却突然吵将起来。但口里出来的都是些胡话,仿佛舌头已僵直了一般。

欣媚与玄真上前将她按住,方才勉强诊了一回。穆宏摇头道:"似有中毒之症,毒已侵害肌理,损伤了心智,怕是再也不能好了。"

"下手真是又快又狠。"欣媚咬牙道。

回程行至中央街市,前头有一辆奢华的翠盖珠缨八宝车迎面停了下来。一个小丫头子走过来,下拜道:"几位公子小姐们,我家姑娘有请。"

"你家姑娘是何人?"欣媚问道。

穆宏看了看那辆车,道:"是浪琴姑娘。"

欣媚冲他顽皮地一笑,穆宏不睬她。三人下了马车,来至那辆翠盖马车内，只见里面十分宽敞，能容下五六个人，装饰精致华美，温馨舒适。浪琴姑娘穿着一身桃红盘金彩绣绵裙，外面套着青缎灰鼠褂，端端正正地坐在那里，冲他们微笑。

欣媚笑道："浪琴姐姐，这是专门在此候我们？不，是候穆太医吧？"

浪琴的目光一直盯着穆宏额头上的伤疤，忧心道："几日不见，穆太医怎的把自己弄得如此狼狈？"

穆宏面露尴尬，道："无妨。浪琴姑娘，找我们有何事？"

浪琴目光无限柔情，道："怕你们白跑一趟，奴家特地在此地候着，不巧还是错过了。你们是刚从小翠的老子娘家回来吧？"

穆宏点头道："不错。"

浪琴轻轻摇了摇头，道："昨日，小翠她老子娘来院中哭闹，说小翠回去后得了失心疯，让妈妈出些钱医治她。"

"哦？那婆子倒未提起此事。"欣媚道。

浪琴低眉道："妈妈起先怕有诈，特地派了两个小厮前去查看，见那小翠确实已痴傻不识人了，连话都说不清楚。妈妈见小翠可怜，给了老婆子五两银子替她医治，另外还花八两银子买了她家一个十岁大的小丫头子。"

"这么说来，这婆子几日来进账不少啊。"玄真冷笑道。

"听说，小翠她爹是个不长进的，整日在酒馆赌场混日子。近来不知从哪里得了一大笔钱，竟抛下他们母女几个，带着村里一个寡妇跑了。她娘一头跑了丈夫，一头又形同没了闺女，苦得要不得，这才跑来妈妈那里讨钱。如今，小翠还有一个兄弟，母子俩守着过日子吧。"说罢，浪琴拿帕子抹了几滴眼泪。

玄真叹道："自古女子多薄命。家里面但凡有男丁的，日子过不下去便先发卖了女儿。殊不知这世上，女儿比男子强得多了去了。"

听闻此言，欣媚不觉多看了他一眼，心想这七皇子果真与人不同，心思做派处处都能体贴人的心意，实在是个难得的。浪琴亦抿嘴含笑，突然起身敛衽下拜道："欣媚姑娘，奴家才刚得知您对我姊妹的大恩，请受奴家一拜。"

欣媚慌得忙搀扶住她，道："欣媚无功无德，岂能受此大礼？浪琴姐姐，有话且说来，咱们将来都是自家人，实在不必来这些虚礼。"

听闻这话，穆宏使劲地咳了一声，道："浪琴姑娘，不必跟这猴儿客套，有什么要吩咐的，尽管开口。"

浪琴满眼柔情地望着他，含笑道："穆太医有所不知，欣媚姑娘对奴家的亲妹子有救命之恩。奴家自幼父母双亡，姊妹两个流离失所，一个被卖进了青楼，一个被送进了宫里。那沈婕妤娘娘宫里的三等宫女浪花，便是奴家的亲妹子。"

"浪花姑娘！"欣媚惊喜道，"原来她是你的妹妹。这仔细一瞧，你二人的眉目间还真是颇为相像呢。"

穆宏亦吃惊道："从未曾听浪琴姑娘说过，您还有个妹妹。"

浪琴垂下眼帘，羞赧道："像奴家这样卑贱的身份，何苦白扯上自己的妹妹？她在宫里当得好差，将来放出来寻个好人家，尚能过些体面的日子。奴家叮嘱过浪花，千万不要记挂姐姐，更不要同人提起姐姐是做什么的……"

"您这是多虑了。只要是亲姐妹，不论对方是何处境，哪有不关心、不记挂的？"欣媚温言道。

浪琴笑道："姑娘说得是。虽然奴家不大理妹妹，但她逢年过节总是从宫里捎些信件和小玩意儿给我。奴家这边也为她备了一份厚厚的嫁妆,将来定要风风光光地送妹妹出嫁。"说罢,又红了眼眶。"瞧我,光说这些没用的。前阵子,妹妹从宫里捎信出来,告诉奴家她如何被沈婕妤坑害,差点儿没了性命之事。还说,多亏了司药房一个叫作欣媚的宫女出手相救,要我好好准备一份谢礼呢。"

欣媚忙摆手道:"姐姐可折煞我了。欣媚不过是贪玩,一见有不平事,便要掺和上一脚。喏,穆叔为这都训了我好几回了。"

"姊妹同心,妹妹受难,做姐姐的也难独善其身。欣媚姑娘,您的大恩大德,我们姊妹一定会报答的。"浪琴又款款施了个礼。

这时,却见欣媚呆愣在那里,两只眼睛只顾盯着浪琴看,口里喃喃道:"原来如此。恁简单的道理,欣媚居然才想明白。爹爹,您看,这案子已全部解开了。"

2

正月廿一,贵妃娘娘邀了皇帝和皇后来未央宫中饮茶。大殿上首摆了一对黄花梨木雕缠枝花交椅,下首左右依次排开四张嵌螺钿紫檀条凳,面前搁着紫檀平角食案。明妃笑吟吟坐在第一张食案旁,道:"多谢皇上和皇后娘娘赏脸。未央宫新来了一个南方的厨子,会做蒸酥果馅儿,臣妾尝了委实地道,斗胆请皇上和娘娘品鉴。"

皇帝笑道:"就你这妮子面儿大,做个蒸酥果馅儿便巴巴地把朕和皇后请来,倒像是我俩有多馋嘴儿似的。"

皇后脸上亦淡淡笑道:"明妃这里的东西自然都是极好的。臣妾听闻,她新近得的一匹蓝缎子绸,乃是江南织造花费半年时间用金线、银线和桑蚕丝密密织成,盈蓝中透着金银的光泽,衬得人肌肤都熠熠生辉呢。不知道明妃何时把做好的袍子穿出来与我们瞧瞧？"

明妃掩口笑道："皇后娘娘惯会笑话臣妾。那不过是臣妾思想起幼时在乡间的时光，那些村妇们都爱穿蓝缎子的罗裙，臣妾便依样效仿做出来穿着玩儿罢了。届时，还望皇上和娘娘莫笑臣妾是个村妇呢。"

"哈哈！"皇帝笑得十分开怀，"朕最爱你这村妇的形容，想当年初见你时……"说到这里，似乎察觉到了不妥，忙端起青莲茶盏啜了一口，道："这茶是哪里的？品起来有缕缕桂花香味儿，十分清新怡然。"

皇后亦抿了一口，道："果然有桂花香，难怪贵妃要拿出来献宝呢。"

明妃忙道："臣妾这里哪有什么好物？尚食局把上等的茶叶都紧着供奉皇上和娘娘。臣妾只是素来喜爱那桂花高洁清香，闲来无事便命人在制绿茶时，将那新鲜桂花炒制在一起，茶叶中便带了那缕似有若无的香味儿了。"

说话间，两名小宫女奉上一道茶点，白色酥皮圆饼，中央有一点嫣红，十分娇小可爱。皇后看着这糕点，捻起一块咬了一小口，眼眶便红了。"这是……"

皇帝也尝了一口，道："是玫瑰花馅儿酥酪。"

皇后声音哽咽道："这是琼儿生前最爱的糕点，年前她还亲手做给本宫吃过。呜呜……"

皇帝的脸上阴云层叠，登时仿佛要落下雨来。

明妃见势立即跪倒在地，匍匐拜道："皇上和娘娘恕罪，臣妾无意勾起那些让人伤心的事，只是昨日司马奎大人的公子求见臣妾，说是找到了一个可能与京娘之死有关的人物。"

"谁?"皇帝声音浑厚地问道。

"是……宫廷的琴师江城阔。"明妃低眉顺目地说道。

"带上来。"皇帝咬住了后槽牙。

一阵通传之后,司马琪昂首阔步地走入大殿,身后两名禁军押解着一名穿着青色长衫的年轻男人。只见这男子留着长长的鬈发,面如冠玉,目若朗星,即便是沦为阶下囚亦遮不住他浑身散发的魅力。

皇后从宝座上站了起来,指着男子怒斥道:"你!混账的狗才,当初就不该让你这厮踏足皇宫半步。"

皇帝阴沉着面目,语气中透着隐隐杀意:"江城阔,你……办的好差事!还不将朕的女儿还来!"

明妃见这话不好听,便知皇帝是真了动怒,忙圆场道:"江城阔,你从长公主殿下的永乐宫中拐走了一名叫作京娘的贵族女子。如今那京娘在梨香苑中身死,你还不快将事情原委从实招来。"

江城阔面容镇定,一对深蓝色的眸子果敢而坚毅:"启禀皇上,奴才奉皇上之命入宫教授公主和娘娘们琴艺,一直兢兢业业,不敢懈怠。但是,万物皆有灵,草木亦有心。奴才与永乐宫的京娘便如那伯牙子期一般,高山流水,知音难遇,琴瑟和鸣,心心相印,早就许下了厮守一生的誓言。"

"没廉耻的下贱奴才,你也配跟长公主厮守一生?你连她的名字都不配提!"皇后娘娘额间青筋暴起,怒不可遏。

"江城阔,你且说来,为何要带着那京娘离开皇宫?"明妃问道。

江城阔仍是不卑不亢,道:"启禀娘娘,为表爱意,京娘曾赠予奴才一根金簪。但奴才某次进宫时不慎遗失,不知何故又掉落在渡月轩的雪地之中。宫里流言纷纷,令京娘不胜困扰。她便萌生了逃离这皇宫的念头。她对奴才道,早已厌倦了这宫中的尔虞我诈,此生别无他求,只想与奴才同去山林间,逍遥自在度日。"

"既要去山林间归隐,又为何会流落至梨香苑中?"皇帝隐忍着怒气道。

"回皇上,奴才乃一介穷寒之辈,如何供养得起京娘那样养尊处优的贵族千金?京娘说,她在梨香苑有一朋友,可以去借一些盘资路费。"江城阔的声音低了下去,微微带了点颤抖,"谁知道,她进了那梨香苑便再没有出来……奴才亦不知里面究竟发生了何事。待到这位司马公子找到奴才说明一切时,奴才方知京娘已香消玉殒啊!"说罢,他匍匐在地,号啕痛哭起来。

"这么说来,自京娘进入梨香苑后,你便未再见过她?"皇帝眉毛一挑。

江城阔磕了一个头,道:"回皇上,京娘嘱咐奴才,让奴才千万在太平庵中等她。这些日子,奴才日日与太平庵的住持妙风师太为伴,一步都未跨出过太平庵的院门。如若不信,大可以去询问那妙风师太。"

这时,司马琪踱上前一步,拱手道:"启禀皇上,小人找到这江城阔时,也曾向庵中的姑子和附近的农户打听,这江城阔果然日日待在太平庵中抄经,未曾出过庵门。"

皇后冷笑道:"哼,那便奇了。依尔等之言,这江城阔一直在尼姑庵里,根本没有杀害京娘的时间。那么,京娘又是被谁害死的?"

司马琪"噗通"双膝跪倒在地,上拜道:"启禀娘娘,那京娘之死,说来离奇,实乃一桩意外啊!"

皇帝眉心微皱，道："你且说来。"

司马琪眼中星芒乍现，声音铿锵道："启禀皇上，太医穆宏在验尸时，曾发现女尸的指甲缝中有些许白色粉末，乃是青楼会馆常用的春药'幽乐散'。此药性子极烈，能使节妇变娼、老妪逢春，服用之后荒淫无度，纵欲不穷。小人怀疑，京娘恐怕是交友不慎，被梨香苑中的那位娼妓朋友哄骗，服下此药，从此堕入与院中姑娘一般的生活。"

"啪——"皇后愤怒地一拍桌案，站起来指着他的鼻子骂道："休得胡言，看本宫不剐了你！"

司马琪慌得忙俯身下拜，战战兢兢道："皇后娘娘息怒，小人也只是作一假设，以探求京娘的真正死因。"

"说下去。"皇帝道。

司马琪微微抬头，道："启禀皇上，上元节那日，小人乃是陪昌王殿下去梨香苑玩耍。遇此惨事后，回家亦觉得惊恐莫名，脑海中总是反复回想，蓦然间记起了一桩小事。此事本不值一提，但与后来的惨案一联系，方觉如梦初醒。

"那日小人进门时，忽觉腹中翻腾，便往内院花园寻个方便的去处。小人在一棵迎春花树下出完恭，抬头一看，却见对面二楼的廊檐下站着一个婷婷袅袅的女子，正兀自出神。小人眼神不好，只见她穿着一身碧霞云纹联珠对孔雀纹锦衣，并没有看清相貌。这女子发觉小人在看她后，便有些惊慌，掩面往屋内去了。小人只道是院中新来的姑娘在思春，未及深想，便赶回大殿去赴宴。但近日小人细细回思，发觉那二楼廊下女子所穿的衣服与京娘死时身上所穿的乃是同一件……那碧霞色的孔雀纹十分扎眼，绝无可能认错。"

"越发荒唐！照你的意思，那京娘如院中姑娘一般，在内院廊下接客吗?"皇后忍不住打断道。

"娘娘莫急,且听小人道来。"司马琪忙道,"此乃全案中最为离奇的一桩事。那时,小人为助兴在大殿中抛撒金币,姑娘们蜂拥争抢,最后却发现京娘死在了人群中。穆太医说,京娘乃是与人交欢后,得了'马上风'而亡。试问,一个正在交欢之人,为何会突然出现在宴会大殿之中呢?"

"正是。那京娘并非院中姑娘,且碍于她的身份,老鸨又岂会叫她抛头露面?"明妃揣摩道,"果然是奇怪。"

"如果与小人撞见京娘之事联系在一起,便不奇怪了。"司马琪道,"京娘与情郎逃离皇宫,躲在梨香苑中,自然是希望掩人耳目。但偏生不巧,被小人撞见了容貌。从前在宫里,京娘与小人虽不甚相熟,但小人自幼在宫中行走,彼此的样貌都是认得的。那日,小人虽未看清她的长相,但她或许清清楚楚地认出了小人。此时,她会做何感想呢?"

"她定会慌了神,以为司马公子是皇上或者娘娘派出去寻她的。"明妃道。

"不错。即便不是去寻她的,瞧见了她的样貌,便暴露了她躲在妓院之事。这对于京娘来说,关系极为重大,万一小人口风不严,到处与人乱说,不仅令她私奔之事败露,还会累及她的清誉。因而,京娘思忖再三,决定铤而走险。"司马琪的语气愈加凝重,"诸位请留心,在现场,尸首的右手边掉落了一把匕首。小人以为,这把匕首并非凶手用来杀害京娘的凶器,反而是京娘手持这把匕首,试图在大殿上杀害小人。"

皇帝的眼底积聚着哀怒之色,低低道:"京娘要杀你?"

司马琪点头道:"回皇上,这便是现场唯一合理的解释。那京娘因被小人窥见了容貌,深感惶恐,便手持匕首混入那群姑娘之中，试图趁乱杀害小人。但不巧的是，京娘此前刚与人交欢，身体亏空，在拿匕首猛刺向小人时，因情绪大悲大喜，力不从心，导致猝然身亡。"

皇后扼腕道："怎会如此……"

司马琪拱手道："从现场的情形看，这便是唯一可能的解释。皇上、皇后娘娘，京娘之死乃是一桩意外，切莫再追查那莫须有的凶手，还望尽早息事宁人为好。"

未央宫中突然陷入了寂静，仿佛时间将这里漏失了一般。许久，皇帝那铁青色的面皮微微抬起，道："宣玄真同方欣媚进来。"

3

皇帝望着站在底下的七皇子玄真和司药房宫女欣媚，眉心微曲，肃然道："老七，你同欣媚想必都听见了。这位司马公子关于京娘之死的推论，你们可赞同否？"

玄真一拱手，道："启禀父皇，我等调查的情况与司马公子所言似有出入，还请欣媚姑娘一一道来。"

皇帝的目光望向欣媚，示意要听她说话。

欣媚躬身一拜，道："启禀皇上，奴婢方才在殿外细细听来，司马公子的推论里有三处破绽。"

明妃眯起细长的眼睛，拖长了声音道："皇上，让一个低贱的三等宫女来议论京娘的案子，似乎显得我朝中无人，不大妥当呢。"

"哼，这司马琪将京娘说成一个企图谋害人命的淫妇，明妃以为十分妥当吗？"皇后提高音量，极力压制怒火。

明妃满面委屈地望向皇帝，但皇帝未动声色，只道："欣媚，你且说来，有哪三处破绽？"

欣媚又拜了拜，道："回皇上，司马公子道，那京娘因为被他瞧见了面容，想要杀人灭口，选择行凶的地点却是那人声鼎沸的宴会大殿，此乃第一处矛盾。既然是杀人灭口，自然要选择避人耳目的场所，在众目睽睽之下，岂不是更加引人注目，难以逃脱吗？"

皇后频频点头，目光中不由得带了几分赞许。"说得不错。京娘自幼养尊处优，饱读诗书，莫说是杀个人，连杀只鸡都未曾亲自动过手，又岂会选择在那么多人的场合，冒险去行刺？欣媚，说得很好，继续讲下去。"

"谢皇后娘娘。"欣媚淡然一笑道，"第二处，司马公子说，那现场掉落的匕首乃是京娘拿在手中前去刺杀所用。欣媚亲去现场查看过，也命人摆出了那匕首掉落的位置，发现是在尸身右手的内侧，这是很难发生的情形。"

"哈哈哈……"司马琪笑道，"那京娘以右手持匕首，行刺未果，将匕首掉落在右手旁边，乃是最合情合理。这位欣媚姑娘为何颠倒黑白，反言不可能发生呢？"

欣媚轻笑道："这话欣媚反倒要问司马公子了。那京娘究竟是站着欲行刺时掉落了匕首，还是倒在地上之后才掉落了匕首？"

"这……多半是站着行刺之时，突发疾病，手中失了力道，匕首便顺势脱落。"司马琪眉宇间有些憷然。

"据欣媚自幼随父亲勘察现场的经验，若是站立时匕首脱落，多半会掉在持刀人的脚边……"

"哦，那便是京娘倒地之后，才掉落了匕首。"司马琪忙道。

欣媚冷笑:"若是那样,京娘倒地之前,手中便一直紧握着匕首;等到她倒地之后,右手一松,那匕首应是堪堪落在她松脱的手掌内,而不会自行掉落到手的内侧去呀。"

"那,那兴许是事有凑巧,在京娘将倒未倒之时,匕首脱落,正好落在了那个位置。"司马琪忍不住举袖擦了擦额间的汗珠。

"呵呵。"皇帝连连冷笑道,"事虽有凑巧,但此事却显刻意。依朕之见,那匕首能恰好落在右手的内侧,乃是有人故意放在那里的。"

"皇上圣明!"欣媚拱手道,"司马公子的推论,还有最后一处破绽,不知当讲不当讲。"

"既然已经到了这个地步,你便都说了吧。"皇帝道。

于是,欣媚便将京娘如何进入梨香苑的手法细细讲述了一遍,又道:"那梨香苑的白玫姑娘乃是京娘的内应,她故意邀请一名生人面孔的恩客前来,让京娘穿戴自己的服饰、拿团扇掩面躲在石狮子边。待到门卫与那恩客盘桓之时,京娘悄然走上台阶,装成是从院中出来认人的白玫姑娘,将恩客领进院中。然后,两人再找个时机,互换了身份,那恩客亦无从察觉前后姑娘根本不是同一人。"

"这孩子的聪敏劲儿……"皇后再次悄悄拭泪。

"但是,奴婢心中一直有个疑问,京娘与江城阔私奔,为何要躲入梨香苑中?随江城阔一同在尼姑庵中安顿,不是更加方便安全吗?"欣媚设问道,"奴婢便想,京娘偷偷住在梨香苑中,必然会多了一人份的口粮,该如何掩饰?仔细问了梨香苑的厨子,得知白玫姑娘的丫鬟小翠近来得了瘿病,食量大增,一个人能吃下两个人的饭。更加令人生疑的是,白玫姑娘还请了胡太医前去为小翠诊治……"

"莫非,是琼儿……不,是那京娘得了什么疾病?"皇后关切道。

欣媚面露难色,看了玄真一眼。见玄真双眸清澈明亮,定定地凝视着她,仿佛有无限的叮咛与鼓励。她微微舒眉,道:"皇后娘娘,京娘寻那梨香苑作为藏身之所,实有两个好处。一是梨香苑中姑娘丫鬟甚多,藏在里面不易被发觉;二是梨香苑中的姑娘常常会得一些妇科疾病,请太医前去瞧治,亦不容易引人怀疑。我们寻到了那位前去诊治的胡太医,据他讲,当时乃是去梨香苑为一名丫鬟小翠落胎。"

"啊……"只听得那一直跪在地上的江城阔尖叫了一声,痛哭道,"都是奴才的错。京娘……她为奴才受苦了!"

皇帝和皇后脸色遽变,像是青天白日突然打响了一个霹雳。皇后那秀美的脸庞变形扭曲,将眼角的鱼尾纹挤得一根根清晰分明。

欣媚仍说道:"事实上,院中姑娘通常都有避孕之法,一旦坏了事,还有落胎的药方儿。据胡太医称,当日那个丫鬟翠儿已自行服了落胎药,只是剂量不足,那胎要落未落,便成了危及性命的急症。胡太医又给那丫鬟服了一剂落胎药,才将一个未成形的男胎打落下来。"

"本宫不要听了。你们这起子奴才,究竟要糟蹋我的琼儿到什么地步……"幽静的大殿中只听得皇后凄哀的哭声。

欣媚俯身磕头道:"皇后娘娘,京娘与那江城阔两情相悦,以身相许,却不料珠胎暗结,已到了无法再掩藏的地步。于是,不得不出此下策,私逃出宫。其实,并非要远离父母,只是为了除去那孽胎,以保全皇族的颜面啊。"

司马琪鄙了一眼,冷笑道:"这通无稽之谈,实在荒唐至极。

皇上、皇后娘娘，这方欣媚信口雌黄、诋毁皇室，实乃欺君之罪也，必得将其推出午门斩立决，方可消了这口恶气。"

玄真面色微有些焦黄，语气仍淡然道："司马公子，方欣媚尚未讲完，又何必如此着急将她推出午门呢？启禀父皇，事已至此，儿臣以为不若听方欣媚将来龙去脉讲完，再做评判。"

皇帝只觉头目森然，昏聩不已，只摆了下手，示意欣媚继续说下去。

欣媚脸上倒一丝惧色也无，昂首道："启禀皇上，京娘乃是正月初九从鸡鸣寺走出，正月初十胡太医为京娘落了胎，那么至上元节时，这京娘小产尚不足五日。奴婢想问一问司马公子，一个刚落了胎的女子，恶露未尽，会贸然与人交欢吗？这便是公子推论中的第三处破绽。"

明妃轻轻扭了下手中的销金点翠手帕汗巾儿，婉声道："皇上，这方欣媚说得有理。京娘从小熟读《女则》《女训》，教养嬷嬷也早已将男女之事尽数告知。女子小产后必须坐小月子，精心调养，绝不可与人行房。这些事情，京娘早已烂熟于心，又怎会因贪图淫欲而枉顾自己的性命呢？"

"哼！京娘绝不是贪图享乐之人！"皇后怒道，"谁胆敢再出言不逊，侮蔑她的清誉，本宫决不轻饶。"

明妃慌得忙掩了口，一双美艳动人的明眸楚楚可怜地望着皇帝。这时，江城阔在地上连连磕头，道："请皇上听奴才一言。皇后娘娘所言极是，京娘虽与奴才私订终身，但绝不是那朝秦暮楚、人尽可夫之辈。我俩对彼此都是一心一意，绝无二心啊！"

皇帝的脸色似乎缓和了少许，眉梢蕴含一丝严厉，道："欣媚，你讲了半日，不过是证明司马琪的推论并非实情。但实情究竟又是如何？那京娘为何会因'马上风'死于梨香苑的大殿之中?"

欣媚莞尔一笑，道："回皇上，推翻了司马公子的论断，即能看到真实的情形了。既然那京娘并非自愿与人行房，便只剩下一种可能性——京娘的'马上风'乃是被人强暴所致。"

"啪——"皇后激愤地一拍桌案，从黄梨木雕缠枝花交椅上站起来，喝道，"是谁？竟然敢对当朝公主……"

"皇后！"皇帝的目光如一支冷箭射向皇后。皇后瘪着嘴，木愣愣地坐了下来，一副欲哭无泪之神态。

欣媚顿了顿，又道："奴婢发现，铺在梨香苑大殿地面上的波斯毯是钩针曼陀罗花纹的，而这种花纹的波斯毯在院中姑娘的房间里也有不少，只是小巧许多，有的被挂在墙上当装饰，有的被铺在床上当垫子。与那笨重的大地毯不同，这些小波斯毯的质地十分轻柔，分量就跟羊绒毛毯一般。"

"这怎么又扯上了毯子？这跟京娘之死又有何干？"明妃嗤道。

"回明妃娘娘，大有干系。"欣媚道，"那凶徒应该是在一个隐蔽处强暴了京娘，但却在中途发觉京娘猝死。他知道京娘身份贵重，若任凭尸首横放在那里，被发现后自己也难免会遭到怀疑。于是，他想出了一条可以彻底消除嫌疑的计策。"

"什么计策？"皇后急迫地问道。

"他将自己置于众目睽睽之下，让京娘的尸首被发现时，所有人都会认为他是绝无作案时间和机会的。"欣媚将目光落在了司马琪的身上，"这凶徒先从某位姑娘的房中盗取一条小波斯毯，用毯子将京娘的尸身裹住，然后趁人不注意，偷偷带至大殿。据院中姑娘们讲，宴会当时所有人都在嬉闹玩乐，无暇顾及周边其他人的情况。而且，由于小波斯毯与地毯是同一种花纹，即便毯下盖着一具尸首,乍看之下亦不易被察觉。然后,这凶徒假装活跃气氛,掏出金币来散钱,吸引所有的姑娘们挤上来争抢。在人群混乱间,他快速扯去尸身上盖着的那块小波斯毯,便形成了尸首突然出现在人群中央的假象。"

"一、一派胡言!皇上,欲加之罪何患无辞?万万不可听信这婢子的诬蔑之言啊!"司马琪面色惨白,唇角哆嗦,跪在地上连连磕头。

"这凶徒凭借自己与昌王殿下相熟的身份,自请留下来勘查案情。其间,他又趁机将小波斯毯放回某位姑娘的房中。正可谓,一切神不知鬼不觉。"欣媚冷眉横对着司马琪,"司马公子,欣媚哪一步说得不对,还望赐教。"

"司马琪!竟然是你这厮……贼喊捉贼。你方才还假惺惺说是琼儿要杀害你!"皇后又激动地站了起来。

皇帝道:"如此说来,那把匕首……"

"不错,皇上,那把匕首正是司马公子欲盖弥彰之举。为了逃脱害死京娘的罪责,他为自己设置了三道防线。第一道,便是让京娘之死人尽皆知,天下哗然。他知道,皇室对于丑闻是难以容忍的。若京娘之死只在小范围内暴露,那皇上或许还会命人暗中调查。但那日梨香苑的宴会上尽是达官贵人,被他们目睹了京娘之死,必定会传得满城风雨。如此,皇上便很可能选择息事宁人,宣布京娘病逝以了此事。"

玄真满眼笑意,道:"司马公子果然是好盘算。但他未料到,父皇母后爱女心切,又怎会让京娘死得不明不白。"

"第二道防线,乃是京娘指甲缝中的幽乐散。他大概准备了一个故事,说京娘出宫后,被江城阔哄骗,服食下幽乐散,整日淫欲无度。那日,京娘在行房时得了'马上风'身亡,江城阔为逃脱罪责,便将京娘的尸首送入梨香苑之中。"欣媚眨了眨眼道,"至于运尸的方法嘛,他或许会胡诌一个通过送菜车、泔水车之类……"

听到此处,明妃红了脸,低下头去,目光中乍然闪过一丝冷冽。

"原来那幽乐散亦是这厮的栽赃嫁祸。实在可恶至极!"皇后咬着牙,恨不得将那人碎尸万段。

"自然,这第二道防线必须要江城阔愿意认罪方可。"欣媚举目看着那个已瘫软在地上的男子,"但江城阔似乎并未应允。于是,司马公子不得不扯起了最后一道防线,那便是京娘行刺他的桥段。这个故事讲得颇为圆满,还有匕首作为证据,唯一的缺点是会牵连他自己。皇上和皇后或许会迁怒于他,治他个未及时报告京娘行踪之罪。但比起害死京娘的大罪来说,这点小事便不在话下了。"

"来呀!"皇帝声音坚硬如一把钢刀,"将司马琪拿下,打入天牢!"

欣媚见状,上前拱手道:"皇上,还有关于那渡月轩的……"

玄真拉住了欣媚的袖子,抿着嘴,轻轻摇了摇头。

皇帝双目赤红,疲态尽露,摆了摆手道:"朕倦了。都退下吧。"

4

大理寺正堂上,明镜高悬,下方摆着一张黄花梨象纹翘头公案。原本两班衙役站立的地方空空荡荡,只有大理寺正萧湛和主簿杜大海分别立于两旁。大理寺卿丁耀祖躬身让了让,道:"真大人，欣媚姑娘，您二位请上座。"

欣媚忙摆手道："岂敢岂敢？丁大人，欣媚不过是个奴婢，一旁观看即可。"

丁耀祖笑道："姑娘过谦了，皇上金口玉言，赐欣媚姑娘二品官员待遇，微臣不过是个三品，理应让座。"

玄真拱手道："丁大人客气，我等只是来旁听而已，坐于下首即可。"说罢，拉着欣媚在公案旁边的两张乌木滚凳上坐下。

丁耀祖见让不过，便来至公案后坐下，举起惊堂木一拍，断喝道："带人犯。"

一会儿，两名衙役将戴着手铐脚镣的司马琪带至堂上。只见他穿着一身污秽的囚衣，蓬头散发，两眼无光，昔日那英俊风流的模样已全然不见。衙役一踢他的小腿，他便双膝跪倒在青石板地砖上，手铐脚镣发出刺耳的叮当声。

丁耀祖一挥手，两名衙役退下。他把两眉一横，喝道："下跪者何人？"

"小人司马琪，吾父乃翰林院大学士司马奎。"他颤巍巍地说道，"还望丁大人垂怜，免了小人的杖责。"

"司马琪，你若从实招来，自可免除刑罚。"丁耀祖道，"据本寺调查，你涉嫌奸污梨香苑一名叫作京娘的女子并致其身亡，你可认罪？"

司马琪在地上深深磕了一个头，道："丁大人，小人冤枉啊！小人与那京娘自幼相识，对其倾心爱慕已久。无奈京娘身份尊贵，小人不敢高攀，一直将这份爱意埋藏在心底。那日，小人与昌王殿下在梨香苑中寻欢，蓦然间见到一名与京娘样貌相似之女子。昌王殿下对小人说，既然襄王无缘神女，何不找一相似者聊以慰藉。于是，便让小人与那女子共饮了几杯，推入房中，糊里糊涂就做了那夫妻之事。谁知，那女子在鱼水欢爱中，突然惊声尖叫，继而口吐白沫，病发身亡。

"小人惊惧万分，唯恐惹祸上身，这才拿房间中的波斯毯盖在那女子身上，将她背至大殿中。小人假装为宴会助兴，向空中抛撒金币，吸引姑娘们一拥而上，再趁机扯去尸首身上的波斯毯，伪装成那女子死于大殿之中。

"万万没想到，事后昌王殿下竟说，那女子果真是京娘无疑。小人惶恐，求丁大人明鉴，小人实在不知那女子的身份，否则绝不敢亵渎啊！"

丁耀祖微微蹙眉，道："照你的说法，乃是昌王殿下引诱你奸污那名女子吗？"

"千真万确。小人乃一介市井贪生怕死之辈，若知京娘的真实身份，怎敢行那周公之礼？"司马琪跪在地上，连连磕头。

欣媚与玄真对视一眼，都觉事情不对。这司马琪竟突然改口，将所有的罪责都推到了昌王的身上，实在出人意料。丁耀祖亦感到诧异，目露锐利地盯着司马琪，喝道："司马琪，你可知方才所言之事，乃是指控一名亲王，若有半句虚言，必将受千刀万剐之刑！"

司马琪浑身颤抖，低着头道："小人明白。小人说的句句属实。"

丁耀祖看了看欣媚和玄真，似乎在询问还有何要审之事。欣媚思忖片刻，问道："司马琪，我且问你，那日你与昌王殿下去梨香苑，是谁的提议？"

"是昌王殿下。那日上午，昌王府中的小厮送来帖子，邀小人晚上前去梨香苑参加'元宵夜情'的盛会。小人与殿下一向交好，未及多想便欣然赴约。"司马琪道，"对了，那日亦是殿下拉着小人往梨香苑的后院去逛,才遇到了京娘。"

"这些都是你的一面之词。"

"不错,确实是小人的一面之词。但是,欣媚姑娘,小人记得你说过,京娘去梨香苑乃是为了堕胎,并且有院中的白玫姑娘相助。那么,一个从小养在深宫的女子是如何认识院中的姑娘,她们又是如何联系上的呢?"司马琪仿佛占据了上风,目光中流露出些许得意。

"你有何说法?"欣媚问道。

司马琪昂首道:"小人同昌王殿下出入梨香苑多次,见殿下与那白玫姑娘交往甚密。此事,梨香苑中的老鸨和姑娘们皆可做证。"

欣媚与玄真都哑然。丁耀祖见状,一拍惊堂木,道:"来呀。将人犯带下去!"

待司马琪下去后,丁耀祖又命传唤江城阔。这名琴师仍旧是昨日在未央宫中的打扮,长鬈发散乱在肩头,深蓝色的眼眸流露出忧郁和悲戚。

通报姓名后,丁耀祖问道:"江城阔,你此前承认引诱京娘逃出皇宫。本官问你,此事可有人指使?"

江城阔摇了摇头,有气无力道:"回大人,奴才与京娘两情相悦,乃是自愿私逃出宫。"

"但是,那京娘养在深宫,如何认识梨香苑中的白玫姑娘?京娘欲行之事极为隐秘,若不是对白玫充分信任,绝不可能相托。"丁耀祖道,"你还不从实招来?"

江城阔垂着头,身体如筛糠一般颤抖不住,道:"京娘曾与奴才商量,出宫之后如何安置。怎奈奴才无门无路,又有何投奔的去处?此时,昌王府上一名小妾邀奴才上门去教授琴艺,昌王殿下见奴才闷闷不乐,便单独请奴才饮了两杯。酒入愁肠,奴才懵懵懂懂地将与京娘的打算讲了出来,殿下称他与梨香苑的姑娘相识,可以安排住到那里,必能掩人耳目。"

"哈哈,江琴师竟也是被那昌王殿下安排的?这昌王实在是运筹帷幄,神通广大呀!"欣媚忍不住冷笑道。

"昌王殿下说,他与京娘乃是同胞手足,眼看京娘落入困境,自是不能袖手旁观。因而,奴才与京娘从鸡鸣寺逃出后,昌王殿下便安排了车马,一边将奴才送至太平庵中,另一边将京娘送入梨香苑。"说罢,低垂下眼帘,眸色混沌。

丁耀祖又问道:"江城阔,宫中渡月轩的雪地上发现了京娘赠予你的金簪,此事你要如何解释?你同那宫女许腊梅之死,是否有干系?"

江城阔在地上重重磕了一个头,哭道:"大人说的哪里话?那金簪确系京娘赠予奴才的定情之物,因奴才糊涂,去岁在宫中行走时,不知遗失在了哪里。说起来,那金簪才是真正害死京娘的凶器。京娘本来与奴才计议,要奏请皇上去西山的行宫住一段时日,在那里将腹中的孽障处置了。结果,那雪地里的金簪引人怀疑,致使京娘被皇上禁足,肚子里的东西存不住,这才出此下策呀。"

"你倒是推得干净。分明是那许腊梅拾到了金簪,推断出你与京娘的私情,便想要向你讹诈一笔银钱。你与京娘商议之后,决定一不做二不休,将她送上黄泉路,岂不干净?"丁耀祖道。

江城阔满面暗沉,道:"大人,奴才不过贱命一条,您要如何处置都无怨言。但京娘乃是……身份尊贵,即便是亡故了,亦不能吃这样的冤枉。"

丁耀祖又问了几个问题,都不得要领,只得命人将江城阔押回大牢。走下堂来,他满脸通红,额头渗出冷汗,愤然道:"这,这分明是有人牵线,令两个人改口串供。萧湛,此二人的牢房可相邻?"

萧湛拱手道:"启禀大人,此二人身份不同,一个关在天字号牢房,一个关在地字号牢房,相去甚远,看守的狱卒亦不相同。卑职实在想不出,他们要如何才能够串供。"

玄真右手轻托着下巴思忖道:"司马琪犯下重罪,其父司马奎必设法营救,但是牵连了昌王殿下……这招行得相当凶险。"

是夜,文德殿中,皇帝坐在紫檀木镂空雕龙纹书案后面,捧着一本奏章,许久不动一页。明妃侍立在一旁,轻轻研着墨,温笑道:"皇上,不痴不聋不做家翁,儿女们自有他们的命数和福气,您也莫要过于忧虑了。听闻,昨日夜里皇后娘娘气得突发疾病,都下不了地了。这全天下的百姓还仰仗着皇上,您可要多多保重龙体呀!"

皇上放下奏章,伸手捏住她娇小莹白的手,轻轻揉捏着,道:"丽儿,朕时常做一个相同的梦。梦里面朕在攀登一座高山。两眼望出去,空茫茫的一片,周遭连一块石头、一根栏杆也没有。朕累了,想要停一停,靠一靠,但冥冥之中仿佛有无数的豺狼虎豹环伺,令朕只能不停地向上攀登。不知何日是个尽头……"

明妃伸手轻轻搂住皇帝的肩头,将柔软的腰肢靠上去,亲昵道:"皇上,您的身边还有臣妾呢。臣妾自幼在山林长大,登山可是一把好手。下回您在梦里,呼唤一声儿,臣妾就飞奔赶来了。"

"呵呵。"皇帝将她抱坐在腿上，右手伸入领口中揉捏着，笑道，"朕就是喜爱你这般生动活泼，毫无城府。身边尽是些想要算计朕的人，真令朕心力交瘁……"

明妃含羞带怯，低首道："皇上……这可是在大殿上。"

"爱妃，朕今日特别想要你。"

"嗯……啊……"

这时，大太监李秀英蹑步走近，轻声通传道："皇上，翰林院大学士司马奎大人求见！"

明妃慌忙从皇帝的膝头站起来，转过身低头整理衣饰。

"让他滚。"皇帝勃然吼道。

李公公搓了搓手，为难道："启禀皇上，司马大人说，皇上若是不见他，他便在文德殿前长跪不起。"

"哼，都跟朕来这一套。他着紧自己的儿子，那朕的女儿呢？难道就白死了吗？"皇帝拍案大骂道。

李公公一听这话不好，慌得忙退下了。明妃伸出纤纤玉指轻揉着皇帝的太阳穴，道："皇上莫动气。司马大人一向是皇上跟前最得用的大臣，虽说教子无方，犯下大错，但皇上亦不可太驳了老臣的脸面，以免令臣子们寒心。"

皇帝脸色稍缓，道："不过是来求情的，朕实在懒怠理他。"

明妃扭动腰肢来至阶下，笑盈盈道："皇上若是不嫌弃臣妾蠢笨，不如命臣妾出去以言语安抚一下司马大人，以示皇上的恩典。"

"嗯。"皇帝拿起了奏章，"你去吧。"

明妃袅娜地走至殿外，柔声细语地说了一会子。只听得殿外传来隐约的哭泣声，一个苍老的男人诉道："老夫的不孝子实在罪该万死！但他绝对不是成心伤害那京娘。他与京娘自幼相识，倾心已久。那日在梨香苑中偶遇,只当成是容貌相似的女子,为解相思之苦,才做下那糊涂之事。岂知竟酿成如此大祸啊!"

皇帝在殿中闷坐,一言不发。

又过了许久,未听清明妃说了什么,只闻得殿外的哭声越发响亮,那男子喊道:"老夫教子无方,自当领罪。但为保京娘之清誉,老夫在此苦求,望皇上开恩,许京娘下嫁我司马家嫡长子。老夫定当举全族之力,供养京娘,以赎犬子无礼之罪。"

皇帝的瞳孔微微一缩,眼眶又猛然撑大。这时,只见明妃轻移莲步进得大殿来,盈盈福道:"皇上,司马大人恳请您开恩,将长公主下嫁于司马公子呢。臣妾想,长公主如今病着,若是能操办个喜事,冲一冲,或许也是好的。"

皇帝沉吟道:"他家果真愿意?"

"怎的不愿意?能娶得长公主,可是他们司马家几世修来的福气呀。"明妃说着眨了眨眼,悄然走至皇帝身旁,附于耳畔道,"长公主出嫁后,终身便有了着落,名声上亦好听。而且,将来一应丧仪皆由驸马家来操办,不必惊动皇室祖先了。"

皇帝面色阴沉地与明妃对视,眸中闪过一丝了然。"李秀英。"

"奴才在。"

"传司马奎觐见。"

"是。"

5

从大理寺回来,欣媚与玄真道了别,便来至太医院寻穆宏。天色已晚,一钩残月斜斜地挂在树梢,预示着正月已经快过完了。欣媚站在院中的白梅树下，见小小的粉白花苞迎风而立，不畏严寒，精神抖擞，不由得心底畅快些许。这几日发生的事情太多，上至皇族子女的生死大事，下至心底的儿女暧昧情愫，纷繁芜杂，令人烦恼忧心。正思忖着，忽听一个声音道："大冷天的，这是要冻死自己吗？"

话音未落，一件青灰色锦缎披风便盖在了她的肩头。欣媚转过脸一笑，道："穆叔，你身上可大好了？"

"我不妨事。快进屋吧。"穆宏拉她进了太医院的大堂。

欣媚将昨日在皇上面前断明长公主死因的经过仔细讲述了一遍，又将白天去大理寺听审讯的结果也告知了穆宏。她撑在桌案边，以手托腮道："不知是谁如此神通广大，竟然能串通了司马琪和江城阔。照如今这供词，虽无明确证据能治昌王的罪，但也够他在皇上面前喝一壶的了。"

"你怕是还不知道吧？今日，司马奎大人去皇上那里求亲，表示嫡长子司马琪愿迎娶长公主殿下。皇上已经应允了，估计明后日便会将那司马琪放了。"穆宏道。

"竟有这等事。他，他要迎娶的是一个……"欣媚瞪着眼睛，鼻子都歪了。

"冥婚。但皇室自然不会当作是冥婚，只会风风光光将长公主嫁出去，然后再报她薨逝的消息。如此，长公主便算是死在了夫家的人。"穆宏道，"既保全了长公主的名声，又不必再将其灵柩葬入皇室的陵寝。司马大人替皇上设想得真是周到至极了。"

欣媚哭笑不得："司马大人为皇上分忧，勇挑重担，于是司马琪冒犯公主的罪名便也可以从轻发落了。穆叔，你说得对，皇室和官场上的事，欣媚怕是永远都弄不懂。"

穆宏静默地瞅着她，眼底泛着担忧之色。"所以，欣媚，听叔一句劝，离那七皇子远一些。你与他……是绝无可能的。"

欣媚骤然红了脸，嗔道："穆叔说的什么话！我与七皇子哪有甚瓜葛？说起来，我还要对叔兴师问罪呢。你明知道七皇子扮成太监骗我，为何不早告诉我真相？"

穆宏沉着脸道："他有心骗你，我又何必揭穿，惹人家不痛快？到头来，你自然会明白，他是一个什么样的人。"

"他……身世也是可怜。"欣媚想起玄真同她说的那些知心话，不由得脸上红晕又添一层，"穆叔，他待欣媚一片赤诚，将许多心底的话都说与我知。"

"唉。"穆宏见她娇羞作态，不禁长叹一声，"女大不中留啊。若是你父亲在，定然不会考虑这门亲事。"

"什么亲事！叔，你说到哪里去了？"

"你父亲曾同我讲过，将来要为你寻一户好人家，不必高官贵爵，但求殷实之家，男子定是要踏实稳重，能真心真意照料你一辈子的。"穆宏眼眸闪烁。

欣媚低下头，羞赧道："穆叔，何必跟人家说这些？欣媚从来不在男女之情上留意，更没有想过什么亲事……父亲的大仇未报，欣媚是不会嫁人的。"脑中念头回转间，她又想起了什么，冲穆宏诡笑道："不说欣媚了。倒是穆叔你……准备何时娶那浪琴姑娘呀？"

穆宏拍了她脑袋一记，佯装怒道："小蹄子，又浑说什么胡话！"

"那浪琴姑娘对叔可是一片痴心呢。欣媚以为，她虽是风尘女子，但品性高洁、知书达理，穆老夫人也未必会不同意吧？"欣媚一抬眉，笑道，"穆叔，这么多年来，我就见你对这一个姑娘上了心，可别错过机会，抱憾终生啊！"

"小孩子家,知道什么?我的事你少言语。"

"嘿,这是什么话?"欣媚笑道,"医者不自医。瞧瞧你的额头,如今还流着脓呢。自个儿哪有旁观者看得清呀。"

说罢,她走至黄花梨嵌玉石立柜旁,打开柜门,从里面取出碘酒、纱布和棉线等物品来,摆在了条案上。"来,欣媚替你清创。这手艺可是你教的,尽管放心。"她拿起蘸了碘酒的纱布,在穆宏的额头创面轻轻擦拭着。

"呲——"穆宏忍不住叫痛。

欣媚笑道:"穆叔,你可不如当年了。记得那时你在山涧里跌断了腿,我替你换纱布,你把牙齿咬得紧紧的,一声儿都不吭。"

穆宏望着她尖细的下巴,如同一块白玉般轻盈灵巧,不由得闭上了眼睛。

忽听外面有人通报:"欣媚姑娘在吗?太子殿下命你速往东宫,十万火急。"

欣媚随着传唤的小太监来至东宫时,见玄真亦刚刚赶来。想起方才与穆宏所谈之事,欣媚不禁脸红道:"见过真大人。不知太子殿下急急传唤,会有何事?"

玄真凑近她的脸,瞪大了眼睛道:"姐姐可是偷吃了酒,怎么脸恁红通通的?"

"你少拿我取笑。"欣媚啐道。

玄真哈哈一笑,方正色道:"我方才回内侍监,听闻大理寺通报了腊梅之死的调查结果,因江城阔不承认谋害腊梅,便当作是自戕。"欣媚脸色一变,道:"这未免过于草率了。"

引路的小太监道:"真大人,欣媚姑娘,太子殿下等着呢。请二位快进殿吧。"于是,二人一道步入东宫的正殿之中。殿内只点了一盏大红圆形羊角宫灯,昏暗中有一个人影跌坐在一张黑漆镂雕紫檀木椅旁,原铺在椅上的猩红坐垫亦掉落在一旁。

"参见太子殿下。"二人跪拜行礼道。

大殿内鸦雀无声,静得让人后背升腾起一股寒意。玄真见势不对,上前两步,又道:"太子殿下急诏,可是出了什么大事?"

"呵呵呵……"一阵瘆人的笑声在殿中回荡,随即变成了低低的哭泣,"本王算得什么太子?不过是一个受人摆布的傀儡罢了。父皇心中素不喜欢本王,如今连母后亦不能体贴本王的心意,生生要剪去我的羽翼。老七,你说本王还能怎么办?"

玄真留神细揣摩一番,似不得要领,回首冲欣媚使了个眼色。欣媚忙拜了拜,道:"太子殿下,莫非是东宫的管事太监许世才被内侍监带走了吗?"

太子蓦地抬起头来,眸中闪过一丝希冀,抬一抬手让他们二人平身。旁边的太监忙将太子搀扶回椅子上坐下。太子正色道:"不错。他们说,世才的妹妹乃自裁而亡,按照宫规需株连族人,连明妃娘娘亦受到牵连,被皇上责罚了。欣媚,本王曾经命你调查腊梅死亡的真相,难道她真的是投井自尽吗?"

"这……"欣媚眼波一转,道,"回殿下,据奴婢的调查,腊梅之死绝非自尽,乃是有人故意伪造了自戕的现场。"

"果真?!"太子急切地站起身来,搓着手道,"本王早就看穿了,此案并不复杂。那腊梅分明是捡到了京娘遗失的金簪,猜测到京娘与那名琴师之事,这才被杀人灭口。只可惜,方才本王去求母后,她却只想着保住皇姐的名声……"

玄真道:"殿下,臣弟听闻,皇后娘娘病了。"

太子点头道："是。父皇已命人下诏，将长公主许嫁于司马琪。本以为母后得知了皇姐出嫁的消息，精神会好些，怎奈她心里还是不自在，忿忿不平、忧思不已。本王向她求告，请她禀明父皇，那腊梅之死乃是皇姐指使，如此便不必再追究许氏一族的罪责。可母后说，皇姐因鸡鸣寺、梨香苑两案，声名已经十分狼狈，若是再牵连上谋杀的罪责，还不知要如何被天下人耻笑。母后她……定要我舍了世才……"说及此处，太子又呜咽起来。

玄真叹息道："世才实乃稀世罕有的人物，其才学在班马[①]之上，人品亦属孔孟[②]之流，这般人物被草草株连，着实令人扼腕。但是，皇后娘娘所虑亦在理，宫里对长公主殿下的生死多有猜测，若腊梅之案再掀风浪，恐怕那些流言便会压制不住。"

"太子殿下可否允奴婢做一推测？"欣媚忽然道。

"你讲。"太子抬起头，目色含着两分期许。

欣媚轻抿双唇，眉目透露肃然的意味："雪地中发现的那根金簪，有两种可能，一种是腊梅投井时不慎掉落在那里，另一种则是别的什么人在其他时间掉落的。太子以为，哪种可能性更大？"

"那渡月轩平日里罕有人至，即便那些侍卫宫女幽会，也多到东边的厢房，几乎不会去那口古井边。依本王之见，多半还是腊梅投井时落下的。"太子道。

欣媚微微一笑，道："那便不合情理了。那根金簪乃大理寺一众衙役扒开了所有积雪，在青石板的缝隙找到的。若腊梅是自行踩着雪来至井边，那么投井时金簪应该掉落在雪面上，而不会深埋在积雪之下呀。"

[①]班马：指班固与司马迁。
[②]孔孟：指孔子与孟子。

"哦？"太子眼中一亮。"如此说来，那金簪乃是凶手另行扔在那里的，目的就是嫁祸给皇姐？"

欣媚点头道："太子所言极是。宫女许腊梅应是被人杀害，但凶手并非长公主。如此，太子去皇后娘娘那里，也说得过了。"

6

内侍监的大院里传来错落有致的板子声以及一声声凄惨的哀叫。太子下了轿撵，踉跄地冲进院门，绕过一块石雕莲花图案影壁，来至大院中。玄真与欣媚跟在后头，只见一名男子身上只着白色圆领中衣，趴在一张黑漆杉木长条凳上，臀部以下已经血肉模糊，没有一丝儿好形。

"世才！"太子大叫一声，对举棍的太监喝道，"住手！"

两名太监连忙扔了棍子，跪在地上磕头道："奴才见过太子殿下，殿下千岁千岁千千岁。"

听到外面的动静，内侍监的孟公公忙迎了出来，行了大礼后，问道："太子殿下怎的贵足踏贱地？这血赤呼啦的场面，不瞧也罢。还请太子殿下到屋内坐一坐。"

太子冷眼道："孟公公，本王是特地来搭救你的。你们错判宫女腊梅之案，差点枉杀东宫掌事太监。"

"这……"孟公公慌得连忙跪下磕头，"殿下息怒。案子乃是大理寺所判，内侍监处置宫人都上报过皇上，奴才们绝不敢私自动刑啊！"

"哼。"太子不睬他，疾行至许世才的跟前，眼泪扑簌簌掉落，"世才，都是本王对不住你。他们安心要对付本王，却让你受此大刑。"

许世才艰难地回过脸来,脸色青紫,双唇发白,颤颤巍巍道:"殿下言重了。世才以身许国,为殿下死亦不足惜。只是殿下千金之躯,怎可来此腌臜之地,快快回去吧。"

那孟公公是个不怕死的,又上前道:"许公公是明事理的。杖杀许世才乃是皇上亲笔御批,若是误了行刑的时辰,奴才们吃罪不起,于太子殿下亦是无益啊。"

太子恨得咬牙切齿,飞起一脚便踢中那孟公公的胸口,道:"贼奴才,要你在此聒噪?本王已命人去请那大理寺卿丁耀祖,今日便要重审此案,再呈报皇上定夺。"

这时,穆宏从影壁后走了进来,太子忙命他为许世才诊视伤情。几名太监将许世才抬至屋内,欣媚亦想跟着穆宏进去,被玄真悄悄拉住了衣袖:"姐姐作甚去?那贴身的中衣与血肉都粘连在一起,必得将衣物脱了方才好医治。男人家的身子,姐姐也敢瞧?"

欣媚意态闲适地说道:"男人的身子,欣媚瞧得多了。"

玄真一惊,差点儿咬着自己的舌头。欣媚"嗤"的一声,道:"不过……看见的都是死尸罢了。"

玄真不由得伸手捏了捏她的脸蛋,道:"姐姐非要这样捉弄我吗?真恨得我……"

二人正说话间,有人进来通报:"大理寺卿丁耀祖与寺正萧湛到了。"

两位大人进来行了礼。太子双手反背立于院中,居高临下道:"丁大人,听说大理寺已断定,宫女腊梅之死乃是自戕?"

丁耀祖见这话不好,浑身毛孔涌上来一阵冷汗,拱手道:"启禀太子殿下,大理寺审问了江城阔,他表示那金簪确系京娘所赠之物,但早已遗失,与腊梅之死并无瓜葛。由于案发现场是一片雪地,从门首至古井边惟有腊梅一人的足迹,因此本寺以自戕结案。"

"糊涂东西!丁耀祖,父皇从来对你褒赞有加,称你为当世之青天大老爷。如今看来,亦不过是个草包。"太子骂道,"那渡月轩是个极其冷僻的所在,古井边更是鲜有人去。那金簪若是被腊梅拣到,又在投井之时掉落,便应该掉在雪面之上。而你们是从积雪下面的青石板缝隙中找到的,可见是有人提前将金簪扔在那里,想借着腊梅之死,栽赃给京娘和江城阔。"

"这……太子殿下英明。老臣竟未想到这一层。"丁耀祖忙不迭地作揖。

玄真在欣媚耳畔轻声道:"哪里是他没有想到?不过是皇上命他早日结案,莫要再牵连京娘,才如此草率呢。这个老狐狸!"

欣媚抿嘴一笑,不答言。

这时,穆宏从屋内走出来,对太子躬身一拜,道:"微臣已替许公公诊视过了,那伤势虽然看相可怖,但好在都是皮肉之伤。已上过金疮药,请抬回东宫好生将养吧。"

太子眉头略松,挥一挥手,几个小太监便下去安排了。这边,他冷冷地睇了丁耀祖一眼,道:"丁大人,本王今日要重审腊梅投井一案,你可愿主理?"

"这……"丁耀祖面上闪过一丝犹豫,笑道,"太子殿下有命,老臣自然领受。"

"欣媚。"太子叫道。

"奴婢在。"欣媚忙上前跪拜行礼。

"随本王去渡月轩。下面,便看你的了。"

众人来至渡月轩中，只见太监早已搬来桌椅板凳，在院中摆开了一个审案大堂的模样。一张紫檀木龙纹平头桌案后面，摆着三张紫檀木嵌螺钿太师椅。太子径直坐于正中，命玄真与丁耀祖坐在两旁，萧湛、孟公公、穆宏与欣媚则侍立一旁。

丁耀祖谦逊地一拱手，道："太子殿下，老臣忝列大理寺卿之位，对渡月轩一案实在毫无头绪。那腊梅若是被人谋害，凶手何以未在雪地中留下脚印？"

太子冲欣媚招招手，道："丁大人，今日咱们就听一听'宫廷捕快'方欣媚之言吧。"

欣媚挪步来至院子中央，福了一福道："启禀太子殿下，奴婢遵照您的旨意，对腊梅投井一案进行了细细查访，发现一些端倪，可否容奴婢做一推测？"

"好。你讲。"太子道。

欣媚嘴角微扬，笑道："腊梅案乍看之下，雪地上只有死者的脚印，似乎为自尽无疑。但细细观察，就会发现，凶手虽然未在雪地上留下脚印，却在其他地方留下了多处痕迹。"

"哦？什么样的痕迹？"萧湛忍不住问道。

欣媚来至古井边，指着井沿道："初次勘查现场，欣媚便发觉靠近西边围墙这一侧的井沿上，积雪被压得破碎不堪，据说是最初发现尸体的太监为了查探井底的情况压碎的。但碎雪下面却有一道浅浅的印子，似乎那里曾被棍子状的东西压过，还结了冰。这是第一处痕迹。"

"棍子状的？会是什么东西？"丁耀祖问道。

"且稍等一等，待欣媚说完。"欣媚哂笑道，"那日，我与真大人离开渡月轩时，行至西边围墙外，发觉在清扫出来的积雪下面，有两道竹管筒形状的印子，而且围墙顶上的雪也有被抹落的痕迹。看起来似乎有人曾在那里架起竹梯，立在西院墙边上，往渡月轩里面探头。此乃第二处痕迹。"

玄真不禁笑道："说来可笑，我当时还以为，凶手是从围墙上将尸体扔进古井之中。后来欣媚告诉我，那种方法一般人极难做到，也便罢了。"

欣媚道："不错。但是，凶手利用梯子登上围墙，必定做过什么。且看第三处痕迹，欣媚与穆太医在渡月轩附近的翠竹林中发现了一些散落的长竹竿，里面的竹节都被掏空，两端亦被齐整地切断。穆太医说，各宫都有这样的旧竹竿，用以晾晒衣物或者做卷棚的支撑，但依欣媚之见，这中空的竹竿用作运输流质亦十分好使哩。"

"哎哟，恕老奴愚钝，欣媚姑娘说了这半日，统统都是些细枝末节，完全不得要领。"孟公公在一旁笑道，"不知姑娘可否把话讲明？"

欣媚点头道："孟公公，欣媚方才指出的这些——井沿边被压过的雪痕、围墙外竹管形状的印子、竹林里发现的中空竹竿——都是凶手留下的隐形'脚印'呀。凶手正是依靠这些痕迹，才完成了不留足迹杀死腊梅的诡计。"

太子微微蹙眉道："究竟是如何做到的……"

欣媚道："若要弄明白凶手的做法，钥匙就握在腊梅姑娘自己的手里。"

"你是说……那根枯枝？"萧湛会意道，"那果然是腊梅姑娘在暗示凶手的身份吗？但是，萧某查遍了皇宫的名册，所有姓名中带有枝叶之类名字的宫人都没有作案时间！"

欣媚轻轻摇头道："一开始，欣媚亦以为那枯枝是暗示凶手的身份，甚至误以为腊梅遗留的那本《长恨歌》中的诗句与枯枝有关。后来发现，那支金簪乃是凶手故意嫁祸给长公主的，这一层意思便没了。萧大人，多亏得您下到枯井中去，在井壁发现了与枯枝一模一样的树枝，这才让欣媚明白，腊梅手中的枯枝乃是在暗示凶手作案的手法。"

"哦，此话怎讲？"丁耀祖亦听得入了神。

欣媚从身上掏出一方锦帕，里面包裹着一根枯枝，道："这便是那日萧大人从井壁上折下的枯枝，与腊梅手掌中紧握着的一模一样，枝干碎裂斑驳，一片叶儿也无。此前，咱们都忽略了一个简单却重要的事实，井下地气温暖，如若有水滋养，井壁上不该是这种干枯的枝丫，至少也该是长着点儿叶片的新鲜枝条。这枝丫如此干枯，分明是长年缺少水分，已经濒临枯死……"

"原来如此。"穆宏低喃道，"腊梅是被水淹死在古井中的。但是井壁中的枝丫却表明，这口井长期干涸，那就是说……"

"古井中的水乃是后来才加进去的。"玄真激动得以拳击掌。

欣媚一歪头，露出几分淘气，道："便是如此简单的事实。真大人也曾提过，从前一直以为渡月轩中的乃是一口枯井，不知何时这井中竟蓄了水。"

萧湛上前拱手道："欣媚姑娘，你的意思……凶手乃是先将腊梅推入枯井中，而后再往井里灌入水？"

"不错。"欣媚眼神一凌，语调沉了沉，"真大人还记得否？御膳厨房的小太监六安曾说，发现尸首前一日傍晚的酉时，他路过渡月轩时见到院门上多了一具新锁，把门给锁住了。但第二日卯时，那偷情的侍卫杨九郎与宫女李花枝前来私会时，院门上仍旧换成了平日里的那把旧锁。试问，究竟是谁要在当中间换锁？又是为了什么呢？"

玄真点头道："确实有这一回事。"

"还请姑娘明示。"太子道。

欣媚低眸垂首道:"回太子殿下,欣媚以为,换成新锁必然是为了不让人进入渡月轩,后来又换回旧锁则是为了让人进去。换锁前,天气刚开始下雪,换锁之后,大雪已然接近尾声。这新锁和旧锁之间,凶手便完成了不留脚印杀人的全过程。依欣媚推断,凶手将腊梅推入古井乃是在换锁之前,即头天傍晚的酉时之前,此时雪地还未形成,便不会留下脚印。"

穆宏道:"但是,腊梅死亡的时辰乃是夜里子时到丑时之间。"

欣媚指了指那口古井,道:"不错,因腊梅落井之后并未即死,仍旧在井下大声呼救。此时,天上开始飘落雪花,凶手心念急转,突然想出了一条绝妙的一石二鸟之计,要利用腊梅之死达到更加不可告人的目的。于是,他急匆匆锁上院门,离开了渡月轩。这样即便有人经过,亦不会发现掉入井底的腊梅。

"待到夜晚子时末丑时初,夜深人静,大雪在地上已经积得厚厚的,凶手便带着家伙什出发了。他来至这渡月轩的西侧围墙边,利用一个装置,将清水注入这口古井中。足足注入了两大缸的水,这才将腊梅活活淹死在井底。"

"什么样的装置?"萧湛问出了所有人心底的疑惑。

欣媚伸手轻击两下掌,只见几个小太监忙活起来。其中有两人似乎是站在梯子上,从西侧围墙露出了半个身子。他们俩将一根竹竿伸进院中,并用猪肠衣将另一根套在后面,连接处再用铁片固定,以此类推,一共将三根竹竿连接在一起,长度正好够稳稳地搁置在古井的井沿上。

"这便是那晚凶手使用的工具。这些竹竿都被掏空了竹节,并且用猪肠衣套住,内部整个是相连通的。"欣媚道。

太子站了起来，不可思议道："这……看起来就像一根巨大的空管啊！"

欣媚又击了一下掌，只见其中一名小太监不知做了些什么，只听得"哗哗"的水流声，须臾一股子清水便从井沿边的竹管口中流了出来。

"这是有人在往竹管里舀水吗？"太子问道。

孟公公冷笑一声，道："欣媚姑娘，这法子倒是讨巧，但若是要小太监们一瓯子一瓯子地往竹管里舀水，得舀到多早晚去？"

欣媚盈然一笑，向太子拱手道："太子殿下可愿移步到外面墙边，查看这个装置的全貌？"

"那自是极好。"太子立即起身，一甩衣袍，便大步向门口走去。

众人随着太子来至西侧围墙根儿下，只见有四个小太监抬着一只陶土烧制的大水缸，有一根竹管一头连着上面那根长竹管，一头浸入水缸里面。玄真凑近前，将脑袋探入水缸中观瞧，赞叹道："噫！果然神奇哩！太子殿下快来瞧，这水竟然能自动吸进竹管里去呢。"

众人纷纷上前观看，均拍手称奇。太子笑道："欣媚姑娘，这……这是如何做到的？莫非你有神力不曾？"

欣媚掩口笑道："殿下拿欣媚取笑呢。这不过是欣媚幼时贪玩，在田间见过老农拿大竹筒套接成弯管，从井中汲水灌溉农田。老农说，只要井水面比那农田要高，水便会源源不断地汲出来。这里，只要小太监将水缸的位置抬得比那口古井高，缸里的水自然也会不断地被吸上去。不过，为了最初能让水灌满整根竹管，还需在管里面点个火儿，让里面的气变少，水自然就吸进去了。凶手利用这个装置，便能不踩踏渡月轩的雪地，而在子时将腊梅活活淹死在井里。"

丁耀祖恍悟道："老夫拜服矣。人人都以为那腊梅落井之时便是她死亡的时辰，原来落井却在大雪积厚之先。因井下的气温暖，人在井底待上两三个时辰亦是无妨的。之后，再通过这个装置将水倒灌进井里，造成了腊梅的死亡。"

然而，萧湛却在一旁泼冷水道："欣媚姑娘，在下还有疑问。当时，渡月轩的雪地上诚然没有凶手的脚印，但却有一行腊梅行至井边的脚印。若如你所说，腊梅在下大雪之前便已落井，这脚印要如何生造呢？"

欣媚"扑哧"一声笑道："萧大人，这又有何难？还是拿两根那种长长的竹竿，一头捆上一对腊梅的绣花鞋，站在门首将竹竿往里印踏，一步一步地印出足迹来，不就齐活了吗？那脚印上方井沿边的碎雪，亦是用此法伪造而成。"

太子不住赞叹道："果然是女神捕！父皇诚不走眼哉。"

突然，欣媚收敛了笑意，双手一拱道："殿下，凶手制作如此复杂的装置，就为了制造腊梅乃是投井自尽的假象。此前，欣媚一直不解，为何凶手要大费周章干这番吃力不讨好的营生？直至有一位姑娘对我说'姊妹同心，妹妹受难，做姐姐的也难独善其身'，欣媚方如梦初醒。这些所有的机关都只是为了算计太子殿下您啊！"

"哦？这是何意？"太子惊道。

"宫中规矩，宫人自戕要株连亲人。那腊梅的哥哥许世才乃是太子身边最得力的人。若是明枪暗箭地谋害，太子殿下一查便能知道是谁下的手。但若是因妹妹自戕而被株连，只怕殿下有苦说不出，只得满满喝下这一壶苦酒了。"欣媚道。

太子的眼中骤然聚满阴鸷，大声断喝道："欣媚，快告诉本王，究竟是谁设下了这条毒计？"

众人见太子发怒，都慌忙跪了一地。丁耀祖拿眼偷觑着欣媚，神色忧虑不安。穆宏则不住地给欣媚使眼色，那眼珠子都快从眼眶里飞出来了。

欣媚跪在地下，面色沉静，缓缓道："回殿下，凶手作案乃是在深夜，无目击证人，现场亦无留下任何线索。欣媚实在不知究竟是何人所为。"

7

翌日，玄真亲自去司药房邀欣媚来他的府邸做客。欣媚留心，原来他就住在皇宫西南角门外紧挨着宫墙的一处宅院内。一扇黑漆小门十分低调，走进去里面约有十来间屋子那么大，亭台楼阁、花草古木，倒是一样也不少。从黑漆小门走至皇宫的西南角门只有几十步的脚程，进宫听旨办差皆十分便宜。

一位穿着太监服饰的男子上来请安，问道："七皇子，席面已经备妥，在哪里摆饭？"

玄真忙介绍道："这是我府里的掌事太监小鹿子。"又对小鹿子道："把酒席摆在书房吧。拣几样精致的端来，那些烂俗的菜色就不必充样子了。"

"是。"小鹿子答应着去了。

玄真对欣媚笑道："姐姐上次来，未来得及好生招待。今日一切尘埃落定，咱们必要好好乐上一乐。"

欣媚口中一面答着"岂敢生受"，一面跟随他走入了书房。只见这里的书架比之前去过的卧房中还要多，整整摆满了三面墙壁，剩下一面墙旁搁着一张乌木边花梨心大案，上面堆叠着许多的奏本，散乱摆着一些砚台笔墨。

太监们已经在房中央放了一张酸枝木雕八仙桌，齐整地摆着一桌席面。有一碟子卤菜四拼、一盘炙烤鹿肉、一盘徽州肉镞子、一大汤碗炖茄鲞、一口燕窝苹果烩鸭子热锅，还有几样清炒的小菜以及时鲜果盘。

玄真携欣媚上前，分宾主落座，提起一把嵌白玉雕龙银酒壶，满满地斟了一杯，递予欣媚道："姐姐，今日咱们只是朋友相聚，不拘什么，直须尽兴方好。"

欣媚倒也爽快，接过酒杯一饮而尽，道："真大人，多谢您一路相助。感激之情都在酒里。"

"姐姐怎的叫恁生分？"玄真把脑袋凑近她耳边，轻声道，"以后，唤我玄真便好。"

欣媚又羞又慌，酒杯都掉在桌上，道："七皇子的名讳，奴婢怎敢直呼？求真大人别折煞我了。"

玄真目光迷离，情愫渐浓。"姐姐，玄真活了这么多年，从未见过一个像姐姐这般的女子。聪慧机敏、潇洒利落，胸中有丘壑，浑身皆正气。"

欣媚听得差点笑出来，道："小真子，这么夸我，究竟图谋什么？"

玄真眼底有微微失落，笑着又替她斟了一杯酒，道："姐姐又看穿我的心思。小真子想讨教一句，姐姐真的不知杀害腊梅之人是谁吗？"

欣媚眼眸闪烁，把杯子里的酒又一饮而尽，道："你心里既知道，又何必问呢？穆叔一再告诫我，此案牵连太广，只要能解了太子殿下宫里的许世才之困，便足够了。七皇子以为呢？"

玄真不禁伸手抓住了她的手臂，道："可是……姐姐，方木令大人曾经说过，真相若是不能完全揭开，必会有人遭受牵连。"

"这……"欣媚又惊又奇，"真大人怎会听过家父的话？莫非你见过家父？"

玄真脸上露出神秘的笑意，答道："我与姐姐的缘分，比姐姐想象得更加深厚呢。"

欣媚正欲深问，只听见门外传来一声通报。

"淑妃娘娘驾到！"

门口进来一名轻装简服的女子，乍一看还以为是哪个宫里有体面的宫女。那淑妃不施朱粉，不簪金钗，一进屋便跪在了地上，痛哭道："求七皇子和欣媚姑娘救本宫母子。"

玄真慌得忙起身搀扶住她，道："淑妃娘娘，我等怎能生受如此大礼？您有何事，只管吩咐便了。"

欣媚亦点头称"是"，并细细打量这位淑妃娘娘。只见她四十多岁的年纪，保养得并不如宫中其他妃子精心，眼角和额头都长了皱纹，一看便知是一位成年皇子的母亲。此时，她愁容满面，泪痕斑斑，哭道："二位一直参与京娘被害案的调查，想必已知晓，那司马琪与江城阔都一口咬定是玄昌从中导引，才阴差阳错害死了京娘。"

"欲加之罪何患无辞？淑妃娘娘，此事实在为难。"欣媚道，"但即便昌王殿下果真做了那般穿针引线之事，京娘之死亦是司马琪直接所害，想必皇上不会对殿下过多苛责。"

"是呢。本宫此前去皇上面前苦苦哀求，称不能听信人一面之词，因而皇上暂且还未发落玄昌。"淑妃止不住抹泪道，"然而，昨日姑娘在渡月轩解开了凶手杀害腊梅的作案手法，那些人便冤枉是本宫和玄昌下的手……此事有凭有证，若被诬陷了，我母子实难保全矣。"

欣媚疑惑道:"如何会疑心到娘娘身上?"

"内侍监的人道,发现腊梅尸首的宫女李花枝乃是我永宁宫的人,之前说那晚子时至丑时,她一直在本宫的寝殿中值夜,门口有两名太监把守,绝无可能外出。但若是受本宫指使,这些证言便全部无效了。"淑妃道,"他们说她作案之后,便约杨九郎前来私会,再装作发现尸首的模样……"

欣媚蹙着眉头,道:"那个机关亦不是她一个弱女子能完成的。"

"是,他们说是本宫派了永宁宫的太监一同帮忙。"

"那也颇为牵强,并无实证啊。"

"不,他们有实证。"淑妃咬着唇畔,目光中流露出愤恨,"欣媚姑娘在渡月轩附近竹林发现的那些中空竹竿都被找到了。其中一根竹竿上刻着一个'宁'字。"

"竟有此事!"欣媚震惊。

玄真凝神沉思,道:"各宫的物品平日里都是从司计司领取,如竹竿这一类的往往会束成一捆,在最外面的某根竹竿上刻上某宫的字样,便于认领。那竹竿上刻有'宁'字,必然是永宁宫的物品了。"

"不!七皇子,本宫哪来的精力去照管宫中的每一样物什啊,如竹竿之类的东西,被人偷去几根或者奴才们弄断几根都是有的,怎可作为杀人的凭证?"淑妃哭道。

"原来凶手还设了这个关节。"欣媚喃喃点头道,"此事欣媚心中一直有疑问。那凶手杀人之后,为何会将作案用的竹竿随意扔在竹林里。初时以为不过是凶手懒怠处理,如今看来,此举大有深意,乃是留了嫁祸给淑妃娘娘的后招啊。他们也不消多费心，只需偷了淑妃娘娘宫中那一根刻有'宁'字的竹竿充数即可。"

淑妃歪斜斜又欲下拜，被玄真挽住了。她凄惨的面容上露出点点期许，道："欣媚姑娘果然乃神探之后，才思敏捷非常人能比。如今，内侍监已将竹竿之事告到了皇后娘娘那里，皇上暂且还不知。望姑娘随本宫去皇后娘娘那里澄清一二，救我母子的性命。"

"这……"欣媚为难道。

"本宫给姑娘跪下了。"

"不不，娘娘怎可如此？欣媚去便是了。"

坤宁宫寝殿中，皇后斜倚在黄花梨雕凤纹罗汉床上，望着手中的一对蓝宝石嵌寿字金簪，泪痕满面。

"母后，皇姐得以嫁入一品大员府，亦不算是委屈了。您切莫太过悲戚。"太子侍立在床边，劝慰道。

"皇位啊。"

"母后，您说什么？"太子似未听清。

"那些人为了皇位，便来算计本宫的儿子，害死本宫的女儿！这皇位才是一切罪恶之根源哪！"皇后哀叹道。

太子道："母后，正因如此险要，这皇位才更不可失。那些害我皇姐的恶人，待来日本王必定诛之而后快。"

这时，宫女芙蓉进来通传："淑妃娘娘、七皇子和欣媚姑娘求见。"

"欣媚？哼，她不是咬定不知那害死腊梅之人吗？怎么又跟淑妃混到一块儿去了？"太子道。

皇后冷笑道："此女心机颇深，皇儿你要小心提防。"又对芙蓉道，"请他们到正殿。"

三人进了正殿，等候片刻，只见皇后盛装打扮走了出来，往宝椅上一坐。三人忙下跪行礼毕，分立在两旁。太子亦从帐后走出来，一言不发地侍立在皇后身边。

"淑妃求见，所为何事？"皇后语气很冷。

淑妃再次下跪，膝行上前道："还望皇后娘娘明察，渡月轩腊梅之死与永宁宫实无干系哪！这位欣媚姑娘可为本宫申诉。"

太子冷怒道："正是欣媚姑娘断出，凶手利用竹竿运水之法杀害腊梅，而那竹竿又是永宁宫的物品，环环相扣，还有何可辩？"

欣媚上前一拜，道："启禀皇后娘娘、太子殿下，欣媚此前一直疑惑，那竹竿乃是凶手犯案的关键性物证，却草草地扔于竹林中，似乎与凶手缜密的作案手法有所不符。但当欣媚知晓那竹竿中竟有一根来自永宁宫后，一切便洞若观火了。那竹竿接水之后，一定湿漉漉的，加之天寒地冻，很快便会结冰。若将这些带冰碴儿的竹竿带回宫里，必定惹人生疑。而要在天亮之前，处理掉如此多的大竹竿亦非易事。好在凶手十分机敏，选用竹竿时便从永宁宫偷偷取了一根刻有'宁'字样的，如此一旦被识破机关，便可诬陷在淑妃娘娘的头上。"

皇后听后，冷着面孔不语。太子轻哼一声，道："照姑娘此言，想必已知晓凶手是谁了。"

欣媚知此事已避不过，便坦然道："太子殿下，欣媚不知，不过有一些猜测罢了。"

"速速道来。"皇后责令道。

欣媚回头，与玄真对眸片刻，似下定了决心。"启禀皇后娘娘，竹竿运水的杀人手法有一处极大的破绽，必须事后着意弥补。"

"什么破绽？"

"便是那竹竿压在井沿边的积雪上，会压出一道深深的圆杆形状的痕迹。若是不加以掩饰，勘探现场的衙役们必定会作为头等可疑之事加以调查。只要拿各种物件进行匹配，相信要不了多久便能得出这雪痕乃是被竹竿所压导致的结论。再联系其他种种迹象，应该很容易推断出凶手使用的手法。"欣媚道，"但是，在现场，竹竿所压的雪痕被弄碎了。他们告诉欣媚，这是最先发现尸首的太监为了查看井中的情况，趴在井沿边造成的。若不是欣媚后来发现碎雪底下还有一道被压成了冰的道子，恐怕这条重要的线索就如此被混过去了。"

"哦？最先发现尸首的不正是永宁宫的那个宫女吗？"皇后瞪视淑妃，吓得对方浑身一颤。

这时，玄真淡淡一笑，上前拱手道："皇后娘娘，发现尸首的可不止那一对野鸳鸯。据玄真所知，未央宫的大太监德公公当时正在搜寻腊梅的下落，在渡月轩门首撞见那两人行色可疑，才带着人进去查看，发现了井中的尸首。"

"未央宫！"皇后震惊得说不出话来，无数事情在她脑海中盘桓，终于形成了一幅完整的图景。

欣媚点头道："还有一桩事。奴婢曾听腊梅同屋的宫女说，初三那日下午，腊梅的被窝是热的，因而大家都以为腊梅是晚饭后才失踪的。其实，那日下午腊梅便已掉落在井里。能够制造出热被窝这一假象的，想来也只有未央宫中的人了。"

太子思忖道："这话说来颇通。母后可还记得，未央宫中曾传出腊梅死前所读的白乐天《长恨歌》一书，里面用细毛笔画出

'惟将旧物表深情，钿合金钗寄将去''在天愿为比翼鸟，在地愿为连理枝'等诗句，既道明了金簪之事，又暗含着腊梅手中的枯枝之意。正是这首诗，才将腊梅之死与皇姐联系到一起，其用心何其险恶也。"

淑妃见势忙道："是呢。皇后娘娘可还记得，那日臣妾曾见到明妃陪着皇上去永乐宫看望京娘，据说明妃还请求登上汀兰水榭近观京娘弹奏，像是早已知京娘不在宫中，故意要拆穿似的。"

"皇上，您听见了吗？"皇后突然高呼，"这一切的始作俑者，都是苏明丽那个贱妇！皇上，求您为琼儿做主，为太子做主啊！"

玄真和欣媚都脸上变色，急忙扭过头去。只见通往寝殿的帐幔缓缓撩了起来，皇帝穿着一身明晃晃的缂金十二章龙纹长袍，步履沉重地踱了出来，身后跟着大太监李秀英。

皇后扑过去跪在他的脚边，声嘶力竭道："皇上，臣妾知您为国事操劳，从不敢将后宫之事劳烦于您，但苏明丽此次出手，害琼儿枉丧性命，并欲置臣妾和太子于死地，求您勿再姑息养奸，必得严惩才是啊！"

皇帝并未理睬她，径直来至欣媚的面前，慌得欣媚忙下跪行礼。皇帝目露凶光，恶狠狠道："欣媚，你方才所言，乃涉谋害皇嗣之大罪，你可知事体轻重？"

"欣媚只知据实推论，不知事情轻重，还望皇上恕罪。"欣媚面无惧色，只是跪在地上，重重地磕了一个头。

李公公在一旁道："欣媚姑娘，推论可断案，亦可坏事害人。你既自幼学习断刑决狱，便应知不可信口雌黄。"

欣媚咬着牙齿，一言不发。皇后见状，膝行至皇帝跟前，哀泣道："皇上，臣妾以为，此案布局极为宏大，若不是有天大的企图，不可能设计出如此环环相扣之计。那苏明丽为了皇位，已经丧心病狂了呀，皇上！"

这时，小太监从门外一路疾行进来通报："启禀皇上、皇后娘娘，贵妃娘娘脱簪待罪跪于坤宁宫门首，连呼冤枉。因声响颇大，惊动宫闱，特来请皇上示下。"

皇帝面色一凛，喝道："将那毒妇带上来！"说罢，一甩衣袍，来至正殿的宝椅上坐下。

须臾，两名太监带着明妃走至殿中。欣媚看去，只见那苏明丽云鬓不整，脂粉懒匀，身上只穿着一件素白色粗布长裙，却更显得娇媚可怜，楚楚动人。她身后，两名侍卫押着一名太监，正是未央宫的小德子。

"皇上，臣妾特来请罪。"说罢，明妃袅娜下拜道。

"所犯何事？"皇帝面无表情，声音冷硬如坚石。

"臣妾御下不严，未央宫中尽是不忠之人。"明妃泫然欲泣道，"昨日，臣妾听闻渡月轩之案已破，心中十分欢喜。白日里却见宫中一贯得力的小德子面色惶恐，坐立不宁。臣妾便起了疑心，严刑审问之下，方知此贼早已被人买通，那日伙同其他宫里的人一并做下了杀害腊梅的案子。"

"什么？"皇帝瞳孔猛地一缩。

"都怪臣妾平日里疏于管教，才会如此，因而特来向皇上和皇后娘娘请罪。"说罢，明妃面上落下两行清泪，又盈盈拜倒。

皇后气得浑身发颤，冷笑道："明妃好会给自个儿开脱。你的奴才，怎的去伙同他人？况且，这小德子与腊梅无冤无仇，又为何要谋害于她？"

明妃微微抬眼，露出阴森森的眼白，道："皇后娘娘，经臣妾审问，方知此案乃是一桩狗咬狗的事体。那腊梅是被人安插在臣妾身边的眼线，小德子与她各为其主，发生了龃龉。那日，两人去渡月轩私下谈判，言谈间争执起来，小德子一怒之下便将腊梅扔进了古井。之后，小德子为了他的主子，想出了利用腊梅之死削弱太子势力的计策。"

"腊梅又是何人的眼线？"皇帝问道。

明妃惶恐地看向皇后，瘪着嘴似不敢言。那小德子突然狂笑道："哼，那腊梅乃是皇后娘娘的人，因而由她之死来压制太子，再爽利不过了。"

皇后面色惨白，直瞪着双眼，气噎得说不出一句话来。太子上前呵斥道："狗贼，休得胡乱攀扯。皇后娘娘乃后宫之主，何必安插眼线在明妃身边？"

小德子冷笑道："腊梅平日里负责为明妃娘娘晨装梳洗。那日，奴才无意间瞧见她偷偷往娘娘每日早晨饮用的牛乳中添加东西，便暗中查之。发现她加入的粉末乃是附子煎煮的汤药晾晒制成，因剂量微小，饮之无事，但若长此以往，便可能伤及根本，令娘娘变成一个四肢麻木、口齿不清的废人。"

明妃像是再也受不住委屈，嚎啕大哭道："皇上，臣妾从来与人为善，宽容御下。不知为何事得罪了皇后娘娘，竟要遭此灭顶之灾啊！"

"不，不……"皇后面容扭曲狰狞，浑身战栗，对皇帝道，"皇上切莫听信这奴才的谎言。臣妾从未做过……"

小德子却道："皇后娘娘，那腊梅去尚食局领取膳食时，常常与坤宁宫的小宫女交头接耳，有一回还私相传递纸条，被奴才搜刮了出来。"说罢，从身上掏出一张小纸片，交予李公公呈上去。

皇帝拿来一看，只见上面写着"加大剂量"四个字。小德子又道："这四个字乃是坤宁宫大宫女芙蓉姐姐的字迹，皇上若是不信，尽管请人来验。"

皇后跌坐在地上，失神了半晌，突然发起狠来，道："芙蓉这死蹄子，居然背着本宫行此恶毒之事，来呀！把芙蓉绑了，拖出去乱棍打死。"

那芙蓉立刻花容失色，叫道："娘娘饶命，娘娘饶命啊……"

皇后跪在皇帝脚边，哀求道："皇上，臣妾的身子一直大病小病的，对宫人疏于管教，实在不知芙蓉竟背地里做了这等事情啊。"

皇帝紧闭双眼，似乎不堪其扰，声音沉痛道："朕究竟待你们哪里不妥？你们都要如此钩心算计？"

李公公挥了挥手，进来两名太监，将芙蓉死拽活拖地拉了出去。殿外传来板子痛打的声音，一开始那芙蓉还熬着叫屈，五六十板子下去后便渐渐没了声息。皇后瘫坐在地上，目光空洞，仿佛灵魂都抽离了。

这时，太子深恶痛绝地指着小德子，恨道："皇上，这奴才口口声声说腊梅是母后指使，可他所言所行分明是为明妃办事。"

明妃眼梢吊起，如猎鹰提防猎人一般，跳起来说道："不，皇上，这奴才乃是受人指使，潜伏在臣妾的身边。小德子，你若还念着本宫这些年来待你的情分，便将幕后的指使者说出来吧。否则，今日在皇上面前，你横竖都是个死。"

那小德子阴沉着脸，眸中冷意翻飞："明妃娘娘，您待奴才确实不薄，但奴才只知效忠自己的主子。"说罢，他抬眸深深看了淑妃一眼，仰天长啸道："娘娘，奴才先去了。"从怀里掏出一把匕首，往脖子上一割，当场血流如注，气绝身亡。

欣媚忙道："如此手法并非一人能够完成。那日随德公公一道去渡月轩查访的两名小太监，亦是帮凶。速速将此二人逮捕，或可探明内情。"

明妃在一旁胸口起伏,冷笑道:"那二人必定也是被安插在本宫身边的了。"

李秀英招了招手,安排人手去未央宫抓捕那两名小太监。这里,另唤了四名太监进来,将小德子的尸首如拖牲口般地拖了出去。之后,又进来四个拿着水桶拖布的太监,不消一盏茶的工夫,便将金砖铺成的地面擦得干净如新。

淑妃跪在地下,吓得连气都喘不过来了,颤颤巍巍地膝行到皇帝脚边,哀求道:"皇上,臣妾与那个德公公根本不相熟,实不知他死前为何要盯着臣妾……"

"哼。"皇帝一脚踢中淑妃的胸口,将她整个人踢翻在地,"没一个好的。"

说罢,站起身来将龙袍的衣摆一甩,径自去了。

尾声

半月后,一骑快马飞奔入京城,皇宫所有城门大开,任凭白马上将长驱直入,一径来至文德殿前。六皇子郑玄亮翻身下马,便有一小太监将那头名为"玉狮子"的宝马牵去喂草。李公公站在殿前石阶上,笑迎道:"毅王殿下一路辛劳,大胜归来,皇上十分欢喜,正等着见您呢。快随老奴进殿吧。"

毅王略一颔首,整了整衣襟,便阔步入殿。来至龙书案前,下拜行大礼:"吾皇万岁万岁万万岁!"

皇帝阴郁多日的脸上终于绽开一丝笑颜,命他平身,道:"玄亮,朕知你平定了西藩,十分欣慰,真乃朕之虎子也。如今,西藩王可愿归顺否?"

毅王拱手道:"回父皇,儿臣将那西藩王软禁后,日日以佳宴美女相待,许下重金厚礼,他岂有个不依的?如今,他主动提出,要上京来朝拜父皇呢。"

"哈哈哈……玄亮,你此番功绩不小啊!朕要如何为你论功行赏呢?"皇帝开怀大笑,"有什么想要的赏赐,尽管说来,朕无不应允。"

毅王垂首恭谨道:"儿臣自知出身卑微,又无甚高的才学,不过在战场上替父皇多分担些,以尽孝心。怎敢要求什么赏赐?但求父皇允准,儿臣去母亲那里小住几日,以慰母亲思子之心。"

"妥当妥当。你这孩子一贯孝顺，朕心甚慰。"皇帝想了想，又道，"你母亲在宫中也是恭谨柔顺，克尽敬慎，驭下平和。这样吧，朕已许久未封赏后宫，这次便晋你母亲为嫔位吧。你去陪她几日，待过了封嫔大礼，再回府去。"

"儿臣替母亲谢过父皇。"毅王说罢，便退下了。

从文德殿出来，他一径直奔母亲孙昭仪的朝翔宫。孙昭仪本名孙娇娥，乃是浣衣局的宫女出身。据传一日孙娇娥来皇帝的寝殿送换洗衣物时，正逢皇帝起床，身边无人伺候，便机缘凑巧地得了临幸。但皇帝也并未将她放在心上，直至孙娇娥奏报怀了身孕，这才从淑女、选侍一步步熬起来。

孙昭仪见到在外征战许久的儿子，十分欢喜，命宫人摆下茶果款待。那毅王坐下来细细观瞧朝翔宫的内室，不禁怒意暗生。只见殿中仅有一些寻常的条案立柜，连一样值钱的古玩字画都无，摆上来的果品亦是宫女太监们吃的那些成色，心中便知母亲过得十分清苦。他端起茶盏轻抿一口，不由得皱了皱眉："母亲，这茶叶是哪里来的？怎有一股土腥气？"

孙昭仪淡淡笑道："能从哪里来呢，不过是尚食局送来的罢了。你这孩子长年在外征战，还恁讲究了？"

毅王不禁拉下脸来，语中隐隐带着怒气："母亲，父皇已经答应要封您为安嫔，本王倒要看看，哪个不长眼的奴才还敢怠慢您？"

"儿啊，本宫不稀罕那些，只要你平平安安归来，本宫便欢喜了。"孙昭仪仍旧不紧不慢道，"你刚入宫，大约还未听说，你父皇近来大发雷霆，将淑妃连降三级，已经成为罗才人了。"

毅王面色稍缓，道："此事本王已知晓，是为了永乐宫的那位京娘以及未央宫的一个宫女之死吧。听说，这回连皇后娘娘和明妃都吃了挂落,将坤宁宫和未央宫的宫人们里里外外全部换了。明妃还被禁足三个月呢。"

孙昭仪点头道:"是呢。皇上派人去抓捕未央宫德公公手下的两个小太监时,发现那两人几日前便暴毙而亡。明妃有杀人灭口之嫌,皇上心里终是有了芥蒂,如今已有半个月未进后宫了。"

毅王脸上露出喜色,道:"但是,儿子听说,近来皇上召母亲去文德殿侍寝了好几回。这恩宠可是头一份的。"

孙昭仪面色绯红,道:"休得编派你父皇!可怜那昌王亦被削去了所有的差事,幽禁在昌王府中,终生不得外出。此番事情闹得颇大,你可千万要慎行哪。"

"呵,儿子一直在外征战,为父皇卖命,何事足惧?"毅王道。

这时,从门外进来一个面生的小太监,递给毅王一团小纸条,便匆匆退下了。毅王展开来一看,只见上面写道:"玫已殉职,顿首拜别,江。"他不作声,轻轻将纸团捏进手心里,道:"母亲,听闻那司马奎大人的大公子要迎娶长公主?"

孙昭仪点头道:"正是呢。办完喜事之后,皇上还要将司马琪外放至塞外。"

"那么,那名与京娘有私情的琴师,如何处置?"

"听闻,因这琴师身上有京娘的亲笔书信,求皇上无论到了何种境地,都休要伤他性命。所以,这厮也得了个流放三千里的结果。"

"原来如此。"毅王站了起来。

"儿要到哪里去?"

毅王面色肃然,道:"母亲,有一位对儿子恩深义重的朋友今日远行,儿子必得亲去相送。"

"哦,既如此,昨日你父皇赏了本宫一些苏州进贡的上等香茶饼,你可给他捎上一些。"

毅王摇头道:"不必了。只能隔岸相送,不得近前狎谈。山高水远,来日方长吧。"

文德殿中,皇帝传了玄真觐见。李公公提着一个似风铃般的玩物走到玄真近前,笑道:"七皇子,此乃皇上赏赐您的。"

玄真忙拜谢道:"谢父皇隆恩。只是儿臣无德无能,横冲乱撞,把事情闹得不可开交,心中十分懊悔,岂敢受此恩赏?"

皇帝拿眼睇他,道:"玄真,朕知你一片赤心。此事乃是一个脓包,包不捅破,永留后患。如今,太子倒是再没有了障碍。"

"是,父皇命儿臣暗中辅佐太子殿下,如何对太子好,便如何去做。"玄真道。

皇帝点头道:"皇位,才是一切的根本。只要不动摇我江山社稷,任何苟且和瑕疵都可以容得下。这个玩意儿是西洋人送来的,你且细瞧瞧。"

玄真从李公公手中接过那个玩意儿,只见上面用棉线吊着一根细细的钢丝,钢丝上又系了三条棉线,每条棉线下面挂着一个硬纸板做的鱼鸟形状的纸片。连接三块纸片的棉线长短不同,位置不同,纸片的大小重量亦不同。但神奇的是,当静止下来之时,这三块纸片竟能够令上面的钢丝稳稳地保持平衡,十分得趣儿。玄真看着那轻轻晃动的纸片,心中似有所悟:"父皇,这些纸片看似风雨缥缈,却能够保持微妙的平衡,实乃出自能工巧匠之手。"

"哈哈哈……"皇帝大笑道,"你果然能看出'平衡'二字,便算是有悟性了。朕初见此物,亦不明白有甚趣儿,直至越看越爱,终于明白人生在世不过求得'平衡'二字。前朝与后宫,乃至后宫之内,事事都讲究一个平衡。惟有平衡,方才是帝王之道。"

"父皇教诲,儿臣谨记心中。"玄真的心突突直跳,莫名感到后背寒凉。

"记住便好。退下吧。"

"是。"玄真正要起身,却又被皇帝叫住了。

"那个方欣媚……朕劝你不要太亲近了。"

玄真心里一咯噔,道:"父皇,这次案件能真相大白,实在多亏了方欣媚呀。"

"朕自然知道。"皇帝眉目肃然道,"但是,这样的人就如一把钢刀,拿在你的手里可以斩将杀敌,一旦落入敌手或她扭转立场,对你便是致命一击。"

玄真笑道:"父皇多虑了。她不过是一个小宫女,儿臣自然懂得分寸。"

"朕看你……太过迷恋了。"皇帝摇头道。

"父皇,一个宫女,您都不肯赏了儿臣吗?"

皇帝嗤笑道:"赏你不难,只是于情难为。这女子虽有几分才干,但出身实在不配,于你做个妾室亦算是抬举了。"

玄真面色一黯,苦笑道:"儿臣只是说笑,父皇切莫挂怀。"说罢,一拱手轻轻退下了。

欣媚坐在司药房的院子里,拿着铜臼子和杵在捣药。穆宏走过来,拿了一沓方子给她,道:"这是娘娘们明日的例药,拿去准备吧。"

"嗯，穆叔，你今日怎的亲自来？"欣媚接过方子，问道。

穆宏又从怀里掏出一个纸袋子，里面装着热腾腾的包子。"这是我娘刚蒸的，特地让我给你送来。"

欣媚起身笑嘻嘻地接过去，道："穆老夫人最疼我了。"说着，便张嘴咬了一大口，里面的肉油流得她满下颔都是。

穆宏又气又笑，道："都大姑娘了，还这么瞻前不顾后的。"一面拿帕子替她拭去唇边的油渍，一面道："你这回把宫里搅得天翻地覆，居然能全身而退，实在算是命大。我已与我娘商议了，寻个机会把你弄出宫去，免得皇后和明妃找你秋后算账。"

"不行，穆叔，欣媚进宫的使命未完，怎能出去？"欣媚急道，"这回是我运气不济，真相太过耸人听闻，闹得皇上亦不高兴。欣媚本想求他重审父亲一案，见他那般怒火中烧，只得罢了。但好歹皇上知道了我这号人物，来日若能凭查案立个头功，或能求得重审案件的机会。"

"宫廷险恶，经此一事，你还未看透吗？再混下去，莫说是赢得赏赐的机会，连你的小命都要难保了。"穆宏怒道。

"穆太医放心，姐姐的性命自有小真子来担保。"玄真突然从树荫后闪了出来，仍旧穿着一身二等太监的青色宫衣，微笑如翩翩公子。

穆宏低下头去，拱手道："见过真大人。"

"哈哈，穆太医也跟我拘这些礼数？六岁那年，若不是穆老太医的一帖药，小真子如今早就在阎王爷那里当差了。"玄真笑道。

穆宏冷冷看了他一眼，道："真大人言重了。医者父母心，不论患者为何人，家父都会尽全力医治的。太医院还有差事，微臣告退。"

穆宏一走，玄真便笑嘻嘻地凑到欣媚身边，看着她手里的纸袋,道:"姐姐,偷吃什么?香得人口直流涎。"

茉莉香味儿一凑近,欣媚便觉浑身酥软,轻笑道:"穆老夫人做的包子,赏你一个?"

"好呀。"玄真笑着接过来,一口咬了下去。"哇,这真是……天底下最好吃的包子。"

"那是自然。穆老夫人的手艺呀,天下一绝。"

"不,姐姐赏我的包子,才是天下一绝。"玄真谄媚道,"姐姐的心意难得,小真子感念万分。"

欣媚面色一红,坐回到方木凳上,道:"真大人又来拿我取笑。"

玄真亦搬了张小凳来至她的身边坐下,道:"今日又是月半,小真子只是想来陪陪姐姐。"

"那你好好坐着,咱们说说话儿。"欣媚道。

"明日长公主便要出嫁了。这桩事体总算告一段落。只是近来小真子心里颇为不安,总觉事情并未完全水落石出。"玄真看着她明丽的脸庞,低声说道。

欣媚道:"是呢。那金簪之事仍不明朗。究竟是何人将金簪置于渡月轩的青石板缝隙中?是未央宫的小德子吗?但他又是如何得到那根金簪的呢?"

"或许是那江城阔遗失了金簪,正好被小德子捡到。"玄真道。

"可是,长公主所赠之定情信物,怎会如此轻易遗失?况且,欣媚捡到那根金簪时,只有你、我和萧湛三人亲见亲闻,为何长公主偷情的谣言却一下子传遍了皇宫?"欣媚道,"事后想来,那帮衙役中必有内奸,那人虽未亲眼见到欣媚捡起的那根金簪,但只远远看到欣媚从雪地里找到了东西,便知金簪被找到了。这说明……"

"只有把金簪扔在那里的人，才会知道姐姐当时捡起的是什么。"玄真不住地点头。

"因而那根金簪，恰恰是将一切嫌疑转移到长公主身上之阴谋的开端。"欣媚道。

玄真蹙着眉道："小德子已死。这一切估计都将随他的尸首埋进黄土。"

欣媚点头，不无遗憾地说："还有一事颇值得玩味。腊梅死之前在宫中到处传扬，说亲眼见到了显贵人物的秽乱之事。但是，腊梅手中的枯枝并非指《长恨歌》中'连理枝'，那金簪与诗中的金钗也非一回事，所谓的秽乱之事自然与长公主的私情无关了。"

玄真面色凝重道："所以，腊梅见到的秽乱之事究竟涉及何人？"

两人视线相对，心意相通。突然，天空中响起一声"吱"，继而又是一声"砰"。欣媚仰头看去，只见如天女散花般绽开了一束巨大的烟花，将漆黑的夜空照得如同白昼。

"啊！好美。"欣媚两眼皆是欣喜，"想起来，欣媚都多年未见烟花了。十岁那年上元节，爹爹带我在杭州西湖畔看过烟花，那绚烂华美的火花好似漫天星斗落入人间。"

话音刚落，又一束巨大的烟花在空中炸裂开来，如同一张蛛网般向外伸展开曼妙的形态，浅黄，银白，洗绿，淡紫，清蓝，粉红的色彩绚丽夺目，流光溢彩，美不胜收。宫里人声沸腾，各宫的娘娘和奴才们或登上阁楼，或走至廊下，或来到永巷，一面观赏一面交口称赞。

火光中，欣媚扭过头去，望着玄真俊美潇洒的脸庞，轻声道："这烟花是怎么一回事？"

"皇上命我管理宫中内务,假公济私为姐姐放个烟花,亦未为不可!"说罢,他的右手轻轻揽住了她的肩头。

"喂,要死了,你又占人家便宜!"欣媚拿手推他。

可他索性把脑袋靠在她肩头,笑道:"姐姐且将就我一回吧。"

"不行。你这等轻薄良家女子,该拖出去打死。"

"好姐姐……"

人世间,良辰美景,花好月圆,亦不过如是。

图书在版编目（CIP）数据

深宫女捕快：谁令骑马客京华 / 暗布烧著 . —— 北京：新星出版社，2022.1
ISBN 978-7-5133-4621-4

Ⅰ．①深… Ⅱ．①暗… Ⅲ．①长篇小说-中国-当代 Ⅳ．① I247.5

中国版本图书馆 CIP 数据核字（2021）第 207767 号

午夜文库
谢刚 主持

深宫女捕快：谁令骑马客京华

暗布烧 著

责任编辑：王 萌	特约编辑：刘 琦
责任校对：刘 义	责任印制：李珊珊
封面绘制：KEN	装帧设计：hanagin

出版发行：新星出版社
出 版 人：马汝军
社　　址：北京市西城区车公庄大街丙3号楼　　100044
网　　址：www.newstarpress.com
电　　话：010-88310888
传　　真：010-65270449
法律顾问：北京市岳成律师事务所

读者服务：010-88310811　service@newstarpress.com
邮购地址：北京市西城区车公庄大街丙 3 号楼　　100044

印　　刷：北京美图印务有限公司
开　　本：910mm×1230mm　　1/32
印　　张：8.875
字　　数：143千字
版　　次：2022年1月第一版　　2022年1月第一次印刷
书　　号：ISBN 978-7-5133-4621-4
定　　价：48.00元

版权专有，侵权必究；如有质量问题，请与印刷厂联系调换。